Le pays des asphodèles

Du même auteur

« Légende d'Irène de Rogues ou légende des Trois Ermites », Saint-Hippolyte-du-Fort, Dupas, 1951 (épuisé).

Du chien au loup-garou dans le fantastique de Claude Seignolle, Paris, Maisonneuve, 1961.

« Religion populaire en Cévennes : le culte à Saint-Guiral », collection des *Annales du milieu rural,* volume 1, Béziers, S.I.P.O., 1981 (épuisé).

En pays viganais : Saint-Bresson, Alès, Editions des amis des Cévennes, collection « Histoire des Cévennes », 1984.

Bonahuc, au cœur des Cévenes, Ibid.

En collaboration avec Y. CHASSIN DU GUERNY :

Bonahuc, au cœur des Cévennes, Alès, Editions des amis des Cévennes, collection « Histoire des Cévennes », 1985.

Un contre-révolutionnaire cévenol : l'abbé Jean-Louis Solier dit Sans peur (1734-1801), Alès, Editions des amis des Cévennes, collection « Histoire des Cévennes, 1989.

Le Gard autrefois, Le Coteau-Horvath, 1989.

Documents Payot

Adrienne Durand-Tullou

Le pays des asphodèles

Illustrations du hors-texte :
© Adrienne Durand-Tullou (pages 2, 3, 5, 6).
© Honoré Louis Durand (pages 1, 4, 8).
© Claude Arnaud (page 7).

Ces souvenirs sont dédiés à la mémoire de :

Honoré-Guillaume DURAND (1873-1946),
maire de Rogues, son village natal, pendant plus de 30 ans.

Gabriel-Louis FORESTIER (1894-1974),
curé de la paroisse pendant près d'un demi-siècle.

Paul MARCELIN (1886-1973),
conservateur du muséum d'Histoire naturelle de Nîmes,
président de la F.O.L. du Gard.

Paul MARRES (1893-1974),
titulaire de la chaire de géographie à l'université de Montpellier,
auteur des *Grands Causses*.

L'auteur tient à remercier ici Joan GUERS
qui a bien voulu relire et normaliser
les mots occitans.

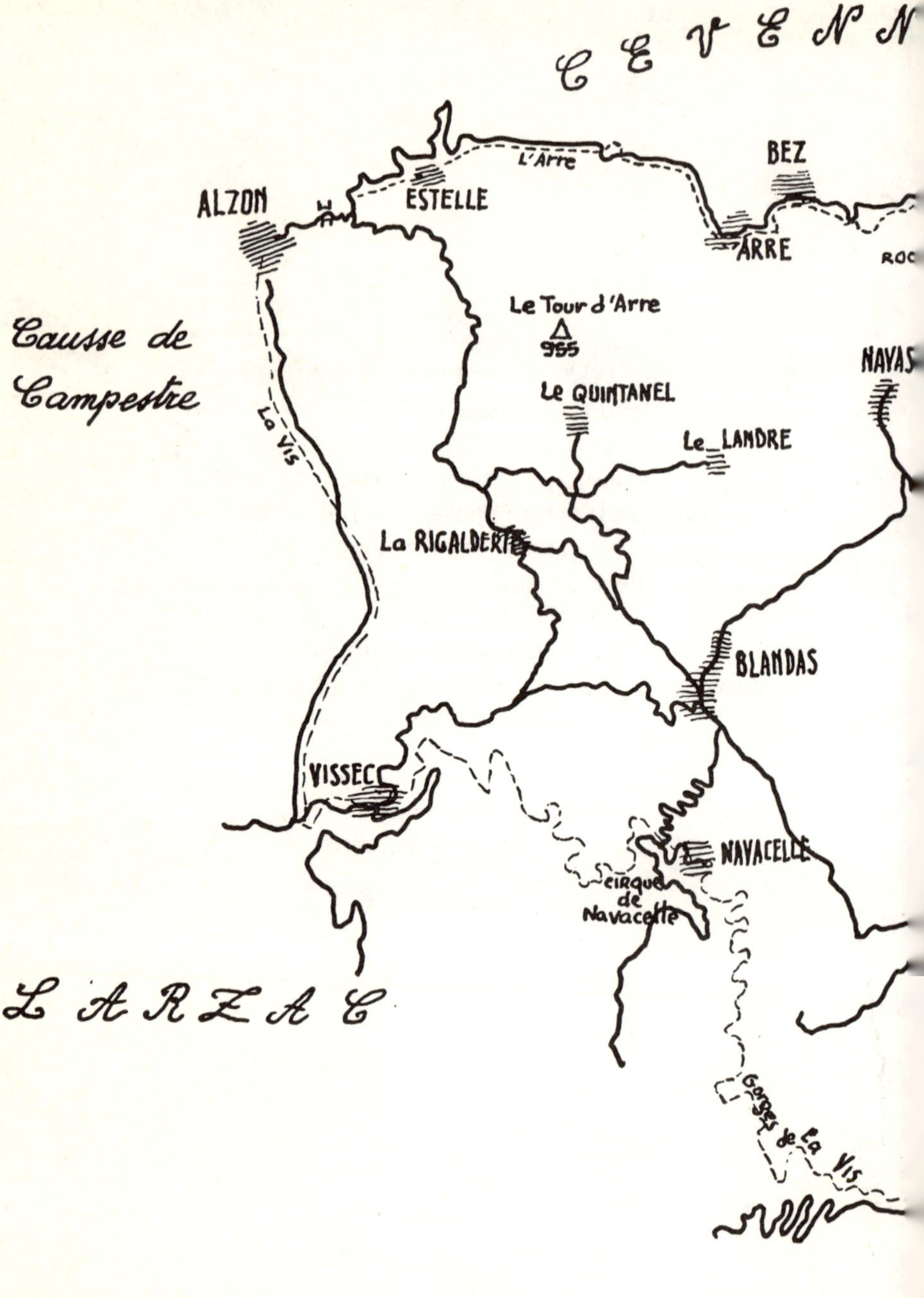

CEVENN
L'Arre
BEZ
ALZON
ESTELLE
ARRE
ROC
Le Tour d'Arre
955
Causse de
Campestre
NAVAS
Le QUINTANEL
Le LANDRE
La Vis
La RIGALDERIE
BLANDAS
VISSEC
NAVACELLE
cirque
de
Navacelle
LARZAC
Gorges de La Vis

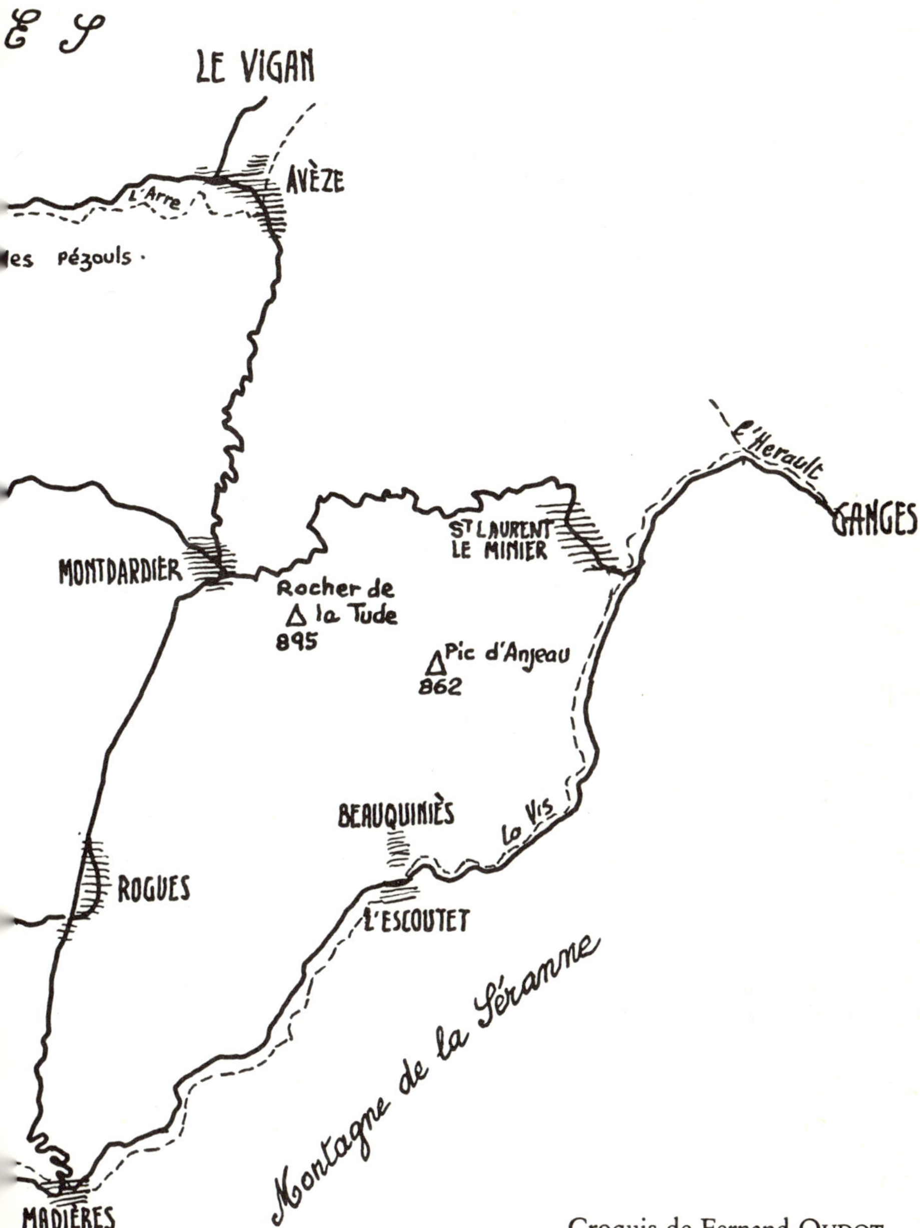

Croquis de Fernand OUDOT

CHAPITRE PREMIER

Destination : le Causse !

Les Causses, tout comme les Cévennes qu'ils ceinturent, n'ont pas connu de véritables transformations jusqu'à la Seconde Guerre mondiale.

A l'écart des grandes voies de communication, rudes par le climat, l'absence d'eau en surface, la rareté de la végétation qui ne parvient pas à voiler la roche omniprésente, ils n'attiraient guère le voyageur.

Grottes et avens sont à l'origine du peuplement amorcé voici quelque 40 000 ans et pour lequel on retrouve encore de précieux vestiges. Un mode de vie s'est alors lentement façonné, au cours des âges, en fonction du milieu naturel, mode de vie original et attachant, difficilement perceptible de l'extérieur. L'exode rural s'y est fait durement sentir. Dans les années 1930-1935, le manque de bras et la production en grande série de machines agricoles ont donné le signal d'un changement inéluctable, mais d'abord larvé, de la structure, des exploitations, puis de la société rurale, des mentalités, des us et coutumes.

C'est au lendemain de la Libération que la rupture avec le passé s'accélère brutalement. L'autarcie cède la place à la dépendance croissante et à l'uniformisation générale. Comme ce fut le cas lors des invasions successives les Caussenards, de souche plus ou moins ancienne, doivent cohabiter avec de nouveaux venus...

Entre filhas ou capelans
Sabon pas anaràn manjar son pan.

Ni filles ni curés ne savent où ils iront vivre.

L'année 1937 tirait à sa fin.

Dans une villa de la périphérie de Nîmes, nous nous préparions à accueillir l'An Nouveau sans réjouissances particulières. Selon une tradition bien établie, ma mère recevrait un cornet de marrons glacés, mon aïeule et moi-même des crottes de chocolat — comme on disait alors — et mon père un étui à cigares. Aussi loin que pouvaient remonter mes souvenirs, il en avait toujours été ainsi.

Le 1er janvier 1938 ne devait entraîner aucune perturbation. Le repas ressemblerait à celui de chaque dimanche hivernal : on respectait alors le rythme saisonnier et les primeurs ne figuraient pas au menu. Nous ne recevrions aucune visite et n'aurions pas à en rendre. Resterait la corvée des lettres et des cartes de vœux.

Le mistral avait soufflé rageusement toute la nuit. Le soleil montait dans une atmosphère lumineuse et glaciale. Cela durerait encore quelques semaines, puis viendraient les premiers signes avant-coureurs du printemps qui, à peine installé, céderait brusquement la place à l'été, un de ces étés éclatants, merveilleux comme seul le Midi en connaît !...

Au-delà du Rhin, les croix gammées fleurissaient à grande allure, les bottes martelaient le sol en cadence, les clameurs s'amplifiaient. Enfermés dans leur quiétude de retraités paisibles, mes parents vivaient inconscients de la menace. Pour eux, il était tout simplement impossible qu'un nouveau conflit pût éclater.

Leur seule et grande préoccupation était mon avenir, un avenir de fille unique ! Malgré leur insistance à me retenir auprès d'eux, je ne renonçais pas — bien au contraire — à ma volonté de faire carrière dans l'enseignement en milieu rural. J'étouffais mais je gardais le silence, rongeant mon frein, attendant de pouvoir échapper à l'asphyxie sans causer trop de peine. Je me devais de patienter un peu, au moins un petit peu.

Mes parents avaient secrètement espéré que huit mois passés en Lozère pour mon premier poste, à 1 200 mètres d'altitude, dans un village perdu, à mi-chemin entre La Bastide Saint-Laurent-les-Bains et Mende, auraient tempéré mon ardeur de néophyte. Eh bien ! J'étais revenue à la fin de l'année scolaire, brunie, souriante, presque loquace, en un mot méconnaissable. Incompréhensible.

C'est ainsi que je me trouvais à Nîmes durant le premier trimestre scolaire 1937-1938, piaffant d'impatience, dans l'attente du bon vouloir de l'administration.

Je rêvassais ce dernier matin de décembre 1937 quand la porte s'entrebâilla et une enveloppe jaune apparut, tendue à bout de bras : « Tiens, c'est pour toi » et la porte se referma. Instantanément, je me levai. L'enveloppe vola en morceaux. Un imprimé administratif avec des blancs remplis à la main : « 3 janvier 1938 », et « Rogues ». Ça y était ! J'avais ce que je voulais. La première exaltation tombée, je relus attentivement. Rogues ? Connais pas. Je me précipitai sur le calendrier des P.T.T. Suivant les colonnes d'un index fébrile, je m'arrêtai à une ligne « commune, 115 habitants, agence postale, téléphone ».

Rogues était précisément là, le plus au sud, presque à la limite du Gard et de... J'hésitai et il me fallut reporter mentalement à sa place le nord-est du Gard pour comprendre qu'il s'agissait de l'Hérault.

Je n'étais guère avancée. Une seule certitude : l'éloignement de Nîmes ! Je pris la carte bien décidée à en tirer le maximum d'informations. Je remarquai d'abord « Le Vigan » pourvu du gros rond noir des sous-préfectures, puis « Alzon », un chef-lieu de canton. Quant à Rogues, il figurait sur un fond jaune comme celui utilisé pour la garrigue. Aucune cote d'altitude. Une voix me soufflait : « Tu voulais partir à la campagne pour y exercer ton métier, tu pars ; 115 habitants, ce n'est pas une capitale ; dans quatre jours tu auras des élèves, alors, tu verras bien. Commence donc par préparer tes affaires. »

Je rassemblai mes livres et j'extirpai des vêtements chauds de la malle où, truffés de boule de naphtaline, ils attendaient l'occasion de servir à nouveau. Mon bagage n'avait pas nécessité beaucoup de temps. La mallette en osier suffisait à contenir livres, linge et vêtements de rechange, sans oublier les chaussures de ski.

Le lendemain, je rôdai comme une âme en peine et le surlendemain, à la nuit finissante, je pris place dans l'omnibus en direction du Vigan. A peu près à hauteur de Congénies, l'aube se leva, enveloppée de brouillard. A partir de Sommières, je commençai à scruter le paysage nouveau pour moi, car je n'avais jamais encore dépassé cette petite ville. Les vignes succédaient aux vignes. La pluie remplaça le brouillard quand apparurent les premiers reliefs entre Saint-Hippolyte-du-Fort et Ganges. Les vignes demeuraient présentes ; mais les parcelles perdaient de leur étendue. Des espaces incultes, sans aucun doute stériles, les séparaient. De véritables montagnes plus ou moins proches encombraient l'horizon. Passé Ganges, le train plongea dans l'obscurité d'un tunnel, retrouva le jour, replongea sous terre et l'alternance se fit à une cadence de plus en plus rapide.

Au cours de deux brefs arrêts, j'eus la sensation d'avoir abandonné un univers accueillant et facile et de pénétrer dans un autre, sévère et énigmatique. La pluie fine s'était transformée en averses glaciales. Le train se vida rapidement de ses quelques voyageurs. Je tendis mon billet à un employé et lui demandai comment parvenir jusqu'à Rogues. L'explication fut brève, donnée avec un accent rugueux à l'image des alentours. Je sortis de la gare et repérai sans peine le car qui venait de m'être indiqué. Le chauffeur, sacoche en bandoulière, casquette enfoncée sur les yeux, attendait, ruisselant et impassible, la venue hypothétique de clients. Je montai dans la guimbarde qui, après quelques tours de manivelle, consentit à démarrer. Toute la carcasse tressautait.

Deux vieilles femmes en noir, encombrées de paniers et de paquets, occupaient les quatre places du second rang. Je m'assis au fond de manière à ne pas satisfaire leur curiosité. Au mot de « Rogues », elles s'étaient mises à chuchoter. Je devinai qu'elles auraient bien voulu se retourner pour examiner cette « estrangère » ; mais, engoncées dans leurs fichus, elles ne parvenaient pas à tourner la tête. Quant au chauffeur, peu loquace, il profitait du rétroviseur pour lancer un coup d'œil dans ma direction chaque fois que la conduite de son véhicule lui en laissait le loisir.

A travers la pluie qui claquait aux vitres, je distinguai une rue, puis une place avec de grands arbres. Un arrêt permit à trois hommes de monter. Ils échangèrent quelques mots avec les passagères dans une langue sonore, puis parlèrent entre eux. Je saisissais des bribes ; mais l'essentiel m'échappait, car le débit était rapide. Je remarquai que le chauffeur leur répondait en français, brièvement, sans envie de participer à la conversation. Décidément, il n'était pas bavard et cela contrastait avec le trio bruyant dont les gestes ponctuaient le flot des paroles.

Après les dernières maisons du Vigan, le car s'engagea sur une route plus étroite entre des prés complantés de pommiers aux troncs déjetés d'où fusaient des branches ployant jusqu'à toucher le sol, sous un fardeau absent. Je devais apprendre que ces arbres donnaient des fruits d'une saveur exceptionnelle : les reinettes du Vigan qui portaient loin la renommée de cette production.

Nous traversâmes Avèze, une bourgade de laquelle je retins seulement la silhouette imposante d'une grande bâtisse très XVIIIe siècle. Ensuite, la vallée s'encaissa et la route commença à gravir une pente assez forte parmi de très vieux châtaigniers. De loin en loin, une bogue rousse bâillait à la cime d'un rameau.

La pluie, fatiguée sans doute de tomber depuis de longs jours — j'avais cru le comprendre à l'exclamation : *lònga secada, lònga banhada* * —, était remplacée par un épais brouillard, traînant à flanc de montagne. Accroché entre ciel et terre, un village duquel se détachaient de magnifiques cyprès semblait venu d'ailleurs, d'une contrée plus méditerranéenne.

A proximité de la route, une maison puis une autre, quelques terres cultivées attestaient la présence humaine. Les lacets étagés se succédaient toujours ; le moteur s'essoufflait. Faudrait-il encore gravir l'énorme masse rocheuse qui, maintenant, se dressait en face, barrant la vallée ? Nulle route ne balafrait les pentes d'un vert sombre... Sur la droite, une toiture d'ardoise et des clochetons chapeautés de même s'élançaient hors d'une futaie digne des Vosges. A gauche, un hameau se pelotonnait au cœur des châtaigniers.

Je me demandais si je n'étais pas victime d'une hallucination quand un des voyageurs s'exclama : *Espia, lo capelan es totjorn aici* ** *!* En bordure même de la chaussée une silhouette encapuchonnée, couverte de bure marron, évoquait un moine plutôt qu'un *capélan.* L'extraordinaire bloc de pierre brune était fascinant.

Encore quelques tournants et nous atteignîmes le haut de la vallée. Les petites parcelles de vigne en escaliers, serrées les unes contre les autres, annonçaient la proximité d'un

* A une sécheresse prolongée succède une longue période de pluies.
** Regarde, le curé est toujours là !

village. Brusquement la pente s'accentua, le moteur renâcla, puis accepta un ultime effort... Nous étions sur une place.

Les deux femmes et un des hommes descendirent. Le chauffeur extirpa quelques paquets par la porte arrière, entra dans l'auberge, en ressortit les bras vides, toujours sans rien dire. Une longue rue, des rideaux agités, des visages curieux. Finies les maisons ; des champs puis, une nouvelle fois, le décor changea.

Un horizon loin, très loin, une lande immense, quelques moutonnements rocheux, aucune trace de vie. Entre le ciel et la terre, un accord de gris en dégradés, une route toute droite sur un horizon en fuite. Un embranchement à gauche et, là, grises elles aussi, des maisons en file indienne, à la base d'une colline : Rogues. J'étais parvenue au terme du voyage.

CHAPITRE II

Prise de contact

Pertot i a una lega de michant camin.

Les débuts sont toujours difficiles.

Le car s'était arrêté à hauteur d'une place. Le chauffeur avait encaissé sans mot dire le billet que je lui tendais et rendu la monnaie. A un individu moins renfrogné, j'eus demandé où se situait l'école. Je préférai m'abstenir. Je ne devais pas tarder à découvrir le bâtiment typique qui abritait d'ordinaire la mairie et la salle de classe.

Il allait être midi. La rue apparaissait déserte et les portes closes. Au-dessus de ma tête, une plaque émaillée portant en gros caractères « agence postale » grinçait. J'abaissai les yeux vers la porte formant abri : deux contrevents vétustes étaient hermétiquement joints. Je posai corbeille d'osier et cartable dans le renfoncement et je partis droit devant moi. Au long de la rue, aucune boutique, aucun bâtiment qui ressemblât de près ou de loin à ce que je cherchais. J'étais certaine de ne pas l'avoir vue en arrivant. Comme je m'apprêtais à revenir sur mes pas, une porte s'était ouverte et une femme de forte corpulence, un torchon sur l'épaule, s'était avancée au bord d'un minuscule perron, tenant un panier à salade.

Je m'arrêtai et posai ma question. Elle sourit, me regarda attentivement avant de me répondre par une autre question :

— Vous arrivez avec le car ? Elle n'attendit pas d'entendre un oui pour enchaîner : Vous étiez devant; mais l'entrée se fait par la rue. Vous allez remonter. Vous tournerez à droite, avant l'agence postale. Vous prendrez de suite à gauche. Vous monterez l'escalier. C'est la porte juste en face. Seulement vous ne trouverez personne. L'institutrice est partie avant Noël.

— Et la mairie ?

— C'est la première porte à gauche, mais c'est fermé aussi. Le maire habite là-haut, la maison dans le tournant.

Le tout était accompagné de gestes destinés à préciser les directions.

Me présenter chez le maire à l'heure du repas manquait de correction. Je hasardai :

— Pouvez-vous me dire où se trouve le restaurant ? La brave femme fut secouée tout entière par un gros rire qui lui amena des larmes aussitôt essuyées du revers de son tablier :

— Un restaurant ! Il y a bien longtemps que ça n'existe plus. Où seraient les clients ? Les institutrices ont été d'habitude en pension chez des personnes qui habitent à côté de l'école. Allez-y voir. Quand vous serez sur la terrasse, vous n'aurez qu'à frapper à la porte la plus à gauche. Devant vous verrez un portillon.

Je remerciai et je hâtai le pas, découvris la ruelle, puis l'escalier. Trois portes sur la terrasse, m'avait-il été précisé. J'en trouvai quatre ! Me fiant aux explications, j'allai vers la gauche. Un bruit de couverts heurtant des assiettes, des voix. Je frappai un coup discret.

Les pieds d'une chaise raclèrent, un loquet se souleva et un visage de fillette se détacha sur le fond sombre d'une pièce. Une délicieuse odeur de soupe aux poireaux vint me donner un creux à l'estomac. Je n'avais avalé qu'une tasse de café depuis la veille et, tout à coup, la faim se manifestait.

Je demandai à parler à la maman. L'enfant sourit drôlement. Une femme s'avança. Elle m'invita à entrer. Je distinguai dans la pénombre deux silhouettes assises près d'une longue table. Elles ne bougèrent pas.

J'expliquai qui j'étais et ce que je désirais à la femme qui s'était avancée vers moi. Elle me demanda si j'avais mangé. Sur ma réponse négative, elle ajouta un couvert. Un tel accueil me toucha ; mais je sentis bien vite que l'atmosphère était bizarre. Je n'allai pas tarder à en comprendre la raison. En face de moi, l'un des deux convives demeurés à leur place me dévisageait avec une insistance déplaisante. Je l'examinai à mon tour, sans sourciller. Sa moustache, le style des lunettes, le vêtement prouvaient qu'il n'existait aucun lien entre ce personnage et les femmes de la maison. Pour détendre l'ambiance, je m'adressai à la fillette. Un regard très franc, un peu timide, un beau sourire. La glace fut bientôt rompue. J'échangeai quelques mots avec les deux femmes, ignorant l'intrus.

Le repas achevé, l'homme se leva et retrouva soudain la parole :

— Je vous souhaite bon courage ; mais vous ne ferez pas long feu dans ce trou perdu. Ma femme y est restée quatre ans. Elle en avait marre. Maintenant, elle est à Nîmes.

La réponse fusa :

— Chacun ses goûts. J'en viens, moi, de Nîmes. Je l'ai quitté pour vivre à la campagne et j'espère bien rester ici le plus longtemps possible.

Il crut sans doute à une boutade, haussa les épaules, méprisant. Quand il eut fait ses adieux, l'aïeule s'approcha de moi, désireuse de faire plus ample connaissance. Son visage était sillonné de rides profondes. Deux yeux couleur d'aigue-marine, mais encore très vifs, contrastaient avec le teint basané. Un petit foulard de cotonnade noire, noué serré sous le menton, dissimulait complètement la chevelure et retombait en pointe double sur la nuque. Un fichu croisé sur la poitrine était retenu à la taille par les cordons du tablier. Un corsage plat et une longue jupe froncée battant les chevilles protégeaient un corps qui paraissait assez mince et se voûtait un peu.

D'octobre à fin juillet, avec sa fille cadette, Julienne, restée célibataire, Séverine veillait sur la petite Claudie dont les parents exploitaient une propriété que plusieurs kilomètres séparaient de l'école la plus proche.

Après que j'eus apprécié un café bien chaud, Claudie m'accompagna jusqu'à la maison du maire. Lorsque j'entrai, deux personnes étaient assises près de la cheminée : une femme d'une cinquantaine d'années occupée à du raccommodage et un homme apparemment plus âgé tenant un livre qu'il referma et posa sur la table. La mise très propre était celle d'un travailleur des champs : chapeau de feutre noir fané par les intempéries, veston de moleskine, gilet et pantalon de velours rapiécés, cache-nez à rayures blanches et noires. Une moustache encore très brune ajoutait à la sévérité des traits. Derrière de grosses lunettes à monture d'écaille, les yeux scrutaient l'arrivante, la jaugeaient. La voix était grave, légèrement voilée, l'élocution aisée, le langage d'une correction parfaite. J'étais déroutée, abasourdie...

Nous nous rendîmes ensemble à l'école. Les contrevents semblables à ceux de l'agence postale s'ouvrirent, laissant voir une porte vitrée. Il me demanda d'entrer, me souhaita la bienvenue et me remit les trois registres sacramentels : inventaire, inscriptions et appel.

Le premier servit sur-le-champ. Nous eûmes vite fait de passer en revue le mobilier et le matériel. Une date, une signature, j'étaïs responsable du contenu de la classe. Quel contenu ? J'eus été absolument incapable de le dire. J'avais l'impression que ce n'était pas moi qui avais vu les objets puis contresigné le registre. Nous ressortîmes sur la terrasse. Le maire me dit alors qu'il allait me montrer le logement et il se dirigea vers la quatrième porte, celle de droite dont personne ne m'avait parlé. Elle ouvrait sur un escalier intérieur contigu à la classe et qui permettait d'accéder au premier étage composé de trois pièces en enfilade : une cuisine, une petite chambre et une très vaste salle pourvue d'une cheminée donnant sur la rue. Les murs étaient recouverts d'un badigeon blanchâtre, ainsi que les plafonds à chevrons très rapprochés supportant des planches disjointes. Sur le sol, de grands pavés carrés fendus, branlants et ébréchés qui avaient dû être rouges. Les vitres cliquetaient faute de mastic. Les volets perdaient leurs ferrures.

L'ensemble bien éclairé eût été agréable s'il n'avait témoigné d'occupations successives durant lesquelles personne ne s'était soucié de remédier au délabrement avec un peu d'ingéniosité. La visite des lieux s'acheva par les caves dont l'une contenait une petite provision de charbon. Après m'avoir remis deux clés, le maire me quitta. Il devait, sans tarder, envoyer le garde-champêtre prévenir les familles que la classe reprendrait le lendemain matin. L'horaire habituel était 9 heures à midi et 13 h 30 à 16 h 30. Certains élèves ayant un trajet assez long, il importait d'éviter une entrée trop matinale et une sortie trop tardive, surtout durant la mauvaise saison.

Je frissonnai. L'humidité m'enveloppait, m'engourdissait. Je fermai la porte demeurée entrouverte et tournai le commutateur. Une faible ampoule répandit une lumière jaunâtre dans la pièce. Je n'aurais jamais imaginé qu'une salle de classe pût être aussi exiguë. L'enduit des murs se détachait par plaques. Celui du plafond descendait en poussière mêlée d'écailles qui recouvrait le mobilier et le sol. A première vue, l'ensemble apparaissait misérable et ordonné à la fois. Les bancs étaient bien alignés. Pas de traînées d'encre, pas de bouts de papier. Devant moi, se dressait le bureau — accompagné d'une chaise — juché sur l'estrade accolée à la cloison de gauche juste au-dessous d'un tableau noir. En arrière, se cachait un minuscule poêle duquel montait un long et mince tuyau qui s'engouffrait dans le manteau d'une cheminée occupant l'angle du mur nord. Au milieu de ce même mur et au ras des poutres ouvrait une lucarne rectangulaire grillagée à l'extérieur. Le rebord en était occupé par une balance, une série de mesures en fer-blanc et une chaîne d'arpenteur. Sur une petite étagère, dix-sept livres couverts en bleu, avec étiquette au dos, se serraient les uns contre les autres. En dessous, les cahiers bien rangés voisinaient avec ce qui restait de fournitures pour arriver au bout de l'année scolaire. Le mur suivant, côté est, s'agrémentait d'une porte à chaque extrémité. L'une donnait accès à une sorte de débarras ménagé sous l'escalier du logement et l'autre permettait de passer directement de la classe dans l'escalier. Seul ornement : une série de trois cartes superposées. Noircies, écornées, elles recouvraient un tableau de système métrique rongé par le salpêtre. Enfin, côté sud, se situaient une petite fenêtre, un tableau noir et la porte d'entrée.

Je soulevai le couvercle du bureau pour remettre les trois registres à leur place. Je vis alors un cahier portant la mention « bibliothèque ». Les dix-sept ouvrages y étaient inscrits. Ainsi donc ce petit trésor — qui tranchait sur la pauvreté de l'ensemble — avait été acquis grâce à l'existence d'une coopérative ! C'était tout ce qu'avait laissé la précédente institutrice.

J'oubliai l'humidité, l'inconfort, le manque de matériel. J'avais une raison d'espérer. Je donnai, non sans peine, un tour de clé, fis trois pas et me retrouvai dans la maison où j'avais été si bien accueillie.

Je vis l'aïeule assise dans un fauteuil rustique, près de la cuisinière. Elle égrenait son chapelet. Ses lèvres remuaient mais aucun son ne s'en échappait. Mlle Julienne, tournant le dos, piquait à la machine. De temps en temps, elle abandonnait son travail pour soulever un couvercle et s'assurer que le contenu de la marmite cuisait normalement. Claudie caressait un chaton pelotonné au creux de sa blouse. Sur un signe de sa tante, elle posa l'animal par terre et commença de mettre le couvert. Le repas se déroula très simplement. Depuis longtemps les deux femmes avaient l'habitude de recevoir une jeune institutrice de passage et ma présence ne semblait pas les gêner. J'appréciai à nouveau la bonne soupe, la vraie, celle de la montagne.

Après le repas, je retournai en classe, escortée de Claudie très fière de me remettre les deux piles de cahiers. Je les emportai pour les examiner. Je m'installai sur un coin de la table. Claudie resta plantée à côté de moi, brûlant d'envie de me donner des précisions. Hélas, il était pour elle l'heure de dormir. La grand-mère et la petite-fille allèrent se coucher. Je restai avec Mlle Julienne qui se mit à surfiler des coutures.

L'étude des cahiers suffit à me prouver que le travail ne manquerait pas. Tous les cours étaient représentés, depuis les débutants en proie au syllabaire et à l'apprentissage de l'écriture jusqu'aux candidats « pour le certificat ».

J'avais refermé les cahiers. Il me restait à connaître l'essentiel sur les habitudes des familles et des enfants. Le mieux était de m'adresser à Mlle Julienne. J'appris ainsi que tous étaient de condition modeste, ce dont je me doutais, qu'ils étaient habitués à travailler dur et ne manquaient jamais l'école. Les parents tenaient beaucoup à ce que les garçons aient le certificat d'études ; pour les filles c'était moins important. Le jeudi, ils allaient au catéchisme et, en certaines occasions, je devais les autoriser à quitter la classe un peu en avance pour qu'ils puissent se rendre à l'église. Telle était l'habitude. D'ailleurs M. le Curé me le dirait. Ah ! A ce propos, il me faudrait lui rendre visite. Je me hasardai à demander s'il se trouvait des protestants parmi les gens du village : « Oh ! non, pas un seul. Sur le Causse, tout le monde est catholique. » J'étais fixée sur ce point important.

Mlle Julienne avait plié la blouse à laquelle elle travaillait, enfoncé son aiguille dans la pelote de velours rouge et posé son dé sur la machine. Je compris que la soirée était terminée et je me levai. Elle me demanda si je désirais une infusion. Elle avait l'habitude, comme d'ailleurs sa mère et sa nièce, d'en boire chaque soir durant l'hiver. J'acceptai volontiers et ce pour deux raisons : la première parce que j'ai toujours aimé ces breuvages fleurant bon les plantes, la seconde parce que, n'ayant pas sommeil, je trouvai là un moyen de retarder un peu le moment de monter me coucher. Je savourai à petites gorgées le mélange brûlant d'oranger et de tilleul versé dans un minuscule bol en faïence blanche à dessins rouges.

Je lui souhaitai une bonne nuit. Elle fit de même. Le lit en bois préparé à mon intention était semblable à celui que j'avais eu en Lozère : un gros édredon bourré de plumes de poule et une couverture en piqué. Je retrouvai avec plaisir les draps de grosse toile rude, un peu froids en hiver, mais si agréables au toucher. Ils sentaient bon la lessive. La journée avait été assez éprouvante et je ne tardai pas à m'endormir, ayant eu soin d'enfiler une paire de grosses socquettes de laine brute.

Le jour pointait à peine quand je fus éveillée par un bruit de moteur. Je trouvai insolite la présence d'une auto en un endroit aussi tranquille. J'appris que je devais me faire à l'idée d'être ainsi tirée du sommeil assez fréquemment. Le voisin s'en allait de bonne heure. Il existait même une seconde auto acquise depuis peu par un fermier habitant à deux kilomètres du village. On le voyait rarement. « Tant mieux ! » Cela fit rire Mlle Julienne :

— Si vous préférez le bruit des jardinières (voitures à cheval), vous serez bientôt satisfaite. Elles commenceront d'ici peu à passer tous les jours.

— Mais où vont-elles ?

— Porter le lait à la laiterie pour Roquefort.

Roquefort ? Je commençai à soupçonner que les vastes étendues aperçues la veille devaient être le domaine des troupeaux. J'arrêtai là mes réflexions, l'heure passait et je me hâtai pour être en classe avant l'arrivée des premiers élèves. J'avalai rapidement le petit déjeuner. La vieille horloge indiquait 8 h 30 et Claudie demeurait invisible. « Pas encore levée, pensai-je, entre une grand-mère et une tante, ça se comprend, surtout en hiver. » Eh bien ! j'étais dans l'erreur.

En sortant, je remarquai tout de suite que les contrevents

de la classe étaient ouverts. Des chuchotements parvenaient de l'intérieur. Arrivée sur le seuil, je vis Claudie penchée au-dessus du poêle, tandis qu'un gamin essayait d'enflammer du papier journal. Je constatai alors qu'une fumée noire s'échappait des raccords du tuyau et se répandait dans la pièce. Une odeur âcre me saisit à la gorge. Claudie sortit et revint presque aussitôt avec du papier froissé et une poignée de brindilles. En un clin d'œil, son coéquipier avait vidé sur le sol le contenu du poêle : papier calciné et bois intact et remplacé par ce qu'elle lui tendait. Les allumettes refusaient de s'enflammer au contact de la boîte humide. Il en frotta une contre la porte en fonte. Une flamme hésitante d'abord, puis plus assurée s'éleva, mordit les brindilles sèches. Alors la porte fut refermée doucement, le couvercle soulevé, le bois introduit peu à peu, puis couvert d'une pelletée de boulets. Pendant ce temps, Claudie avait balayé et ramassé le papier calciné et l'avait emporté au-dehors. La chaleur gagnant la cheminée, le tirage devint moins incertain. Ayant terminé sa tâche, le gamin avait dévalé l'escalier quatre à quatre, était revenu s'essuyant les mains à son mouchoir de poche. Il était escorté de toute la troupe curieuse et intimidée. Galoches, pèlerine de lainage noir et béret basque, tel était l'uniforme. Quelques fillettes tranchaient sur l'ensemble par leur bonnet de laine.

— Bonjour les enfants.

— Bonjour, madame (force de l'habitude !).

Une fois la pèlerine enlevée apparut une autre pièce de l'uniforme : le sarrau noir boutonné sur le côté. Trois ou quatre blouses en vichy à petits carreaux apportaient une note plus claire; mais assez terne cependant. Aucune couleur vive n'égayait les petits visages hâlés. Pas le moindre ruban, simplement un bout de laine ou une barrette pour retenir les mèches rebelles. Les vêtements étaient propres, les galoches cirées, les mains lavées ; mais les balafres et les ongles ras disaient l'habitude précoce des travaux rudes. Je remarquai aussi que plusieurs garçons présentaient une différence très nette de hauteur des deux épaules. C'était là le résultat du port répété d'un seau ou d'une cruche avec le seul bras droit.

Je procédai à l'appel et cochai les présents sur le registre, excellente façon de mettre un nom sur chaque visage. Restait à les retenir et à éviter au maximum les erreurs, ne serait-ce que pour donner à chacun le sentiment de ne plus être un inconnu, d'avoir un lien avec la nouvelle maîtresse. Dans l'ensemble, ils étaient peu communicatifs. Je me trouvais d'un côté de la barricade et eux de l'autre, donc tenus à l'obéissance, au respect, etc.

Déjà, en Lozère, je répugnais à me trouver sur l'estrade et préférais m'asseoir sur l'angle d'un banc parmi les gosses. Ici, l'estrade constituait un encombrement grotesque et dangereux. Les petits, assis au premier rang, butaient contre le rebord dès qu'ils allaient et venaient. Entretenir le poêle, balayer, supposait le franchissement de cet obstacle. Seulement l'estrade figurait à l'inventaire et puis pouvait-on imaginer une classe qui en soit dépourvue ? Comme si le prestige du maître et celui de l'administration en avaient dépendu ! Il convenait de s'armer de patience pour faire un sort à ce vestige d'un autre âge.

L'heure de la récréation était arrivée. Il pleuvait sans arrêt et je me demandai avec une certaine perplexité comment procéder en pareil cas. La cour était minuscule, coincée entre l'escalier, la terrasse, le flanc de la colline et une maison en ruine. Un appentis plaqué à la roche lui volait trois mètres carrés sur les trente-cinq qu'elle comptait. Les enfants restaient-ils en classe lorsque le temps était aussi mauvais ? J'en doutai car, depuis quelques instants, les benjamins donnaient des signes d'impatience.

Ostensiblement, je regardai mon bracelet-montre et annonçai la pause. Aussitôt, la volée de moineaux sortit, fonça sur l'escalier et, en bas, disparut vers la droite, à l'exception d'une unité de chacun des deux sexes. Ceux-ci obliquèrent à gauche, franchirent la cour et s'engouffrèrent à l'intérieur de l'appentis dans un bruit de portes verrouillées pour la fille et de portillon ballotté pour le garçon. En un clin d'œil, ils réapparurent. Cela dura une fraction de seconde au cours de laquelle ils croisèrent un autre couple sorti de l'endroit où eux se rendaient. Je n'avais vu aucune trace de préau. Je partis donc à la découverte de l'abri et je me trouvai dans la cave visitée la veille. Les rires s'arrêtèrent mais les allées et venues par deux se poursuivirent encore un moment puis cessèrent faute de filles. Les garçons clôturèrent la procession en file indienne.

La cave était une longue pièce voûtée presque obscure. Je remarquai un amoncellement important qui m'avait échappé : c'était un mélange de cendres de boulets incomplètement calcinés et de vieux papiers, autrement dit le dépotoir à ordures de la classe. Il suffisait de vider les déchets par un regard au niveau du sol de la terrasse pour qu'ils disparaissent dans les profondeurs de la cave.

La matinée s'acheva sur problème et dictée. L'après-midi comporta lecture, histoire et dessin. Visiblement, cette dernière activité n'occupait qu'une très, très petite place. L'objectif de la scolarité étant la réussite au certificat d'études, comment aurait-on pu songer à perdre un temps précieux pour « des choses qui ne font pas gagner la vie », comme m'avait dit une brave Lozérienne. Parmi ces « choses », figuraient le dessin, le travail manuel et la gymnastique : « Té, comme s'ils ne couraient pas assez toute la journée », s'était exclamée une autre.

Le jeudi était arrivé. Je décidai d'en profiter pour avancer les tâches administratives, revoir le maire et faire la connaissance du curé. Aux premières, je consacrai la matinée, me réservant de les poursuivre le soir. Après le repas, j'allai chez le maire. Je fus accueillie par la « mairesse » fort occupée à préparer sous la remise la nourriture de ses deux porcs qui devaient être soignés sans retard. Elle me demanda de patienter un moment. Le maire était dans son bureau avec un administré et elle s'excusa de continuer son travail qui ne pouvait souffrir aucun retard.

Je n'étais pas pressée et m'assis sur un billot de bois près de sa chaise basse. Elle raclait consciencieusement l'une après l'autre de grosses betteraves qu'elle plongeait ensuite dans une comporte remplie d'eau pour enlever les restes de terre. Au fur et à mesure, elle les rangeait au fond d'une grande marmite en cuivre rose, posée sur le sol. Quand le récipient fut plein à ras bord, elle se leva pesamment, se redressa avec peine, épousseta le grand tablier qui protégeait une blouse de dégravé à fond noir, sous laquelle se devinaient deux ou trois tricots de laine. Le tablier était en toile de jute grossière. Elle dut percevoir mon étonnement car elle me dit, tout en en saisissant un coin pour se frotter les mains : « Quand on fait un travail aussi sale, il n'y a que la toile de sac pour bien protéger et puis ça se lave facilement. C'est un sac décousu auquel on met deux cordons. » Elle se dirigea vers le mur de la remise où une autre marmite de cuivre pendait à une crémaillère au-dessus d'un brasier rougeoyant au cœur de trois grosses bûches. De la main gauche, elle avança l'anneau supérieur de la crémaillère pour éloigner au maximum le récipient du feu puis, de la droite, en saisit l'anse et le posa doucement à terre. Il contenait de l'eau bouillante. Je lui prêtai main-forte. Suspendre la *coirassa** remplie de betteraves lui eût été impossible sans aide, en raison du poids, bien qu'elle semblât robuste et habituée à la peine. Comme elle s'apprêtait à transvaser l'eau avec une vieille casserole en fer — autrefois étamé —, je lui proposai de verser directement d'une marmite dans l'autre. Il ne restait plus qu'à assujettir un gros couvercle bombé et à rapprocher les bûches. Moyennant un entretien régulier du feu, la cuisson serait achevée dans la soirée.

* Le lecteur trouvera en fin d'ouvrage, p. 319, un lexique des mots occitans qui apparaissent en italique dans le texte (*N.d.E.*).

Sa présence n'étant plus indispensable, elle m'invita à boire une tasse de café avec elle, ce qui m'aiderait à prendre patience. J'acceptai et la suivis. Un peu avant d'atteindre la première marche de l'escalier, elle se mit à racler ses sabots sur les cailloux afin de ne pas salir la cuisine. Juste devant la porte, une vieille serpillière permettait d'achever le nettoyage des semelles.

Un tel luxe de précautions aurait paru étrange à qui ne se serait pas ensuite trouvé face à des murs d'un blanc absolu surmontés d'un plafond gris très clair. La première surprise s'estompait vite pour laisser la place à un véritable enchantement. A droite, sur une longue étagère, des chaudrons de cuivre de toutes tailles, d'un rose immaculé, faisaient admirer leur martelage intérieur dessinant des lignes d'arabesques depuis le bord jusqu'au fond. En dessous, suspendus à une mince barre de bois, brillants à souhait, de grands couvercles en fer-blanc, rangés par ordre de grandeur, se chevauchaient légèrement. A chaque extrémité, un petit récipient de métal présentait qui les cuillères, qui les fourchettes. Le mur de gauche avait lui aussi son étagère moins somptueusement garnie, moins harmonieusement aussi car les faïences posées là, en sûreté, attendaient le moment de remplir le rôle pour lequel chacune avait été conçue. D'un côté le décorum, de l'autre l'utilitaire !

Deux teintes dominaient : le rouge sombre et plus encore le jaune. J'aurais volontiers tenté de savoir à quoi pouvaient bien servir des formes si différentes. L'arrivée du maire me contraignit à différer la satisfaction de ma curiosité. Tout en buvant le café, je l'entretins de problèmes administratifs qu'il importait de régler rapidement, parmi lesquels l'allocation aux familles éloignées de l'école. Il était au courant de tout, donna quelques conseils judicieux. Je l'en remerciai et lui demandai si je ne risquais pas de déranger le prêtre de la paroisse en allant me présenter au beau milieu de l'après-midi. Pour la première fois je le vis sourire : « N'ayez aucune crainte, il sera content de vous voir, seulement (il marqua une pause) ce n'est pas certain que vous le trouviez à la cure. »

Devant mon air interrogateur il précisa : « Quand il fait beau, il en profite pour aller aux truffes. » Je demeurai songeuse. Pour moi, les truffes c'était le Périgord, la recherche avec un porcelet que les paysans conduisent dans les chênes en le portant, parfois, sous le bras. J'étais perplexe et je me contentai de dire que si je ne le trouvais pas j'y retournerais une autre fois. Je ne connaissais pas les alentours du village, j'allais donc commencer de ce côté. Je sentis que mon interlocuteur s'amusait de mon trouble bien qu'il s'efforçât de n'en rien laisser paraître.

Il enchaîna curieusement :

— Si vous comptez vous rendre le dimanche à Nîmes, ce ne sera pas commode. Le car passe bien ce jour-là ; mais vous perdrez une bonne partie de la journée en train. Je m'empressai de le détromper :

— Je ne retournerai pas chez mes parents avant les vacances de Pâques. D'abord j'ai mon travail, les matinées du jeudi et du dimanche me seront nécessaires ; ensuite j'aime la campagne et mon séjour ici va me permettre de découvrir le Causse.

Il hocha la tête :

— Je crains bien que vous ne soyez déçue, nous n'avons guère que des pierres. Tenez, puisque vous allez à la cure, si vous voulez en voir une dressée, continuez un peu sur la route. Elle est un peu après la ferme de la Trivalle.

— Une pierre dressée ?

— Oui un menhir si vous préférez.

Je restai bouche bée. Cet homme était extraordinaire.

Quel pays : après les truffes du Périgord, les mégalithes de la Bretagne ! Si les premières ne m'intéressaient pas spécialement — pour la simple raison que j'en ignorais le goût —, les seconds exerçaient sur moi une étrange fascination depuis certaines vacances aux environs de ma douzième année. Je ne tenais plus en place, je voulais voir. Je pris congé et filai d'un bon pas vers l'église.

J'apercevais sa masse trapue entourée d'arbres. Le clocher émergeait à peine. Pourquoi était-elle ainsi perdue au milieu des champs ? Habituellement le sanctuaire se situe au cœur du village dont il a déterminé la formation.

Parvenue au croisement des routes, je remarquai la présence d'un socle en pierre surmonté d'une grande croix métallique. Une plaque de marbre portait dix-sept noms gravés. Ce simple monument aux morts me parut, lui aussi, bizarrement placé. En découvrant, loin à l'horizon, des fermes isolées, je compris qu'un souci d'égalité entre tous les habitants de la communauté rurale avait animé, à des siècles d'intervalle, les bâtisseurs du sanctuaire et leurs descendants.

Je poursuivis ma route. Arrivée à hauteur de l'église, j'hésitai un instant seulement : le menhir d'abord. Je passai devant une ferme à l'architecture remarquable. Après, le plateau s'étendait jusqu'à la ligne bleu sombre des Cévennes. Tout était calme. D'invisibles sonnailles, plus ou moins lointaines, se répondaient, se mêlaient. Parfois, un cri rauque et bref suivi d'un aboi et d'une accélération musicale troublait l'harmonie. J'avançai toujours et soudain je le vis, bien droit sur son tertre érodé : sommet arrondi, évasé, avec cupule à droite, il était tout à fait caractéristique ; mais petit, vraiment petit. La roche, à grain très fin, polie par le vent et l'eau, s'éclairait des rayons du soleil.

Perdue dans ma contemplation, je sursautai au contact d'une chaleur humide frappant mes jambes à petits coups successifs. C'était un chien au long pelage terne d'un noir roussâtre qui me témoignait son amitié et paraissait tout surpris de ma réaction. A une centaine de mètres, une silhouette noire s'avançait lentement. Sifflé, le chien s'en alla vers elle...

La soutane était verdâtre, le béret basque sans teinte bien définie. Les grosses chaussures disaient les longues marches à travers les espaces caillouteux. Je fus frappée par le regard direct et scrutateur braqué sur moi. Les yeux étaient d'un bleu limpide, paisibles. Je me présentai comme je l'avais fait avec le maire. Il me souhaita la bienvenue, garda un moment le silence. D'un ton quelque peu amer comme pour lui-même, il dit : « Je suis ici depuis treize ans, vous êtes la cinquième institutrice que j'accueille. Elles viennent me voir lorsqu'elles arrivent. C'est leur seule visite. Le jeudi et le dimanche, elles vont de côté et d'autre et puis un jour, au catéchisme, les enfants m'apprennent leur départ... J'ai marié celle que vous remplacez voici trois ans. Je savais qu'elle s'en irait aussi vite que possible, faute d'une situation pour son conjoint. Ça ne pouvait pas durer ainsi... » Il s'arrêta puis reprit : « Alors, mademoiselle, êtes-vous contente de vos élèves ? » Nous échangeâmes nos impressions concernant les plus grands, appelés à quitter l'école à la fin de l'année. Il était inquiet de leur avenir, inquiet aussi à l'idée d'un conflit international, qu'il estimait inévitable, à plus ou moins bref délai.

Nous étions restés sur place. Le soleil commençait à décliner sur l'horizon ceinturé de rouge. « Demain, nous aurons encore une belle journée », et une main tenant un bâton pointa vers les nuages qui viraient rapidement au bleu-noir. Je remarquai alors que les doigts étaient couverts d'une sorte d'argile ocrée semblable à celle collée au nez de chien. Le prêtre se trouvait de profil ; je vis une petite musette passée en bandoulière qui tombait sur les reins. Un manche court en dépassait.

« Oui, il fera beau : le soleil se couche rouge. » Il rit : « *Roge lo vèspre, bèl temps s'apresta, roge lo matin, la pluèga es per camin.* » Il s'excusa : « Peut-être ne comprenez-vous pas le patois ?

— Oui et non.

— Je traduis donc : “ Rouge le soir, le beau temps se prépare ; rouge le matin, la pluie ou le vent est en chemin. ” Vous verrez que cette remarque est exacte. Oh, les paysans d'ici en ont comme ça beaucoup d'autres. Ils n'ont pas besoin de baromètre !... Seulement, si vous voulez suivre les conversations, surtout celles des personnes âgées, vous devriez apprendre le patois. A partir du latin, vous n'aurez pas beaucoup de peine.

— C'est que je n'ai jamais étudié cette langue. Je connais un peu l'italien, c'est tout.

Un silence, un hochement de tête, un coup au béret pour le ramener légèrement sur le front :

— Vous non plus vous ne resterez pas longtemps. Vous êtes jeune, vous ne trouverez pas de distraction ici, alors vous demanderez votre changement. Apprenez quand même le patois, cela vous permettra de lire les félibres dans le texte. Si vous voulez essayer, je vous prêterai les œuvres de Bigot en édition bilingue. Il vous manque l'accent ; mais ça viendra.

J'aspirai à me fixer enfin, à m'enraciner dans une terre. Je voulais à tout prix en finir avec les éternels déménagements — cauchemars de mes jeunes années —, échapper à l'existence urbaine stupide et froide. Rejetée ici ? Ce n'était pas possible. Le bloc millénaire dressé là tout près me parut soudain jouer, pour le Causse, le rôle dévolu au pilier des cases de certaines peuplades : celui d'accueillir et de retenir l'étranger.

CHAPITRE III

Premier hiver caussenard

Genièr laissa la terre se pausar
Pas l'òme qu'a totjorn quicòm a far.

Janvier laisse la terre se reposer
Pas l'homme qui a toujours quelque chose à faire.

Peu à peu ma vie s'organisait. En classe, j'avais surmonté les principales difficultés matérielles. Je sentais que le plus urgent était de réchauffer l'ambiance de la pièce, d'en faire oublier la vétusté par quelques décorations aux couleurs vives qui accrocheraient les regards. Quelques feuilles de papier multicolores, une boîte d'aquarelle, un tube de colle et de la bonne volonté générale devaient suffire pour chasser la tristesse. Hélas, à part la colle, je n'avais rien sous la main. C'est alors que je pensais aux couvertures des cahiers. C'était suffisant pour commencer, mais je dus tempérer mon enthousiasme. Lorsque la dernière page blanche était écrite, les enfants avaient l'habitude d'utiliser la couverture, après quoi elle servait encore pour apprendre les tables imprimées au verso.

Je n'avais pas l'embarras du choix. J'allais procéder au premier changement. Je l'annonçai et en donnai la raison. Malgré moi, je jetai un coup d'œil anxieux à la maigre réserve de cahiers. Arriverions-nous jusqu'à la fin de l'année scolaire ?...

Un mois ne s'était pas écoulé que la métamorphose commençait. Les encriers s'ornaient de collerettes bleues, roses, jaunes, vertes. Leur exécution avait donné lieu à la première séance de travail manuel commune aux filles et aux garçons.

Au hasard d'une promenade, j'avais découvert, dans un creux de rocher moussu, une magnifique touffe de fragon. J'étais revenue avec quelques branches d'un beau vert sombre agrémentées de boules rouges curieusement plaquées contre les feuilles. Durant des semaines nous allions avoir un bouquet peu fragile. Une des mesures en fer-blanc servit de vase. Elle trouva place parmi les livres, sur l'étagère.

Un soir, vers la mi-janvier, le vent du sud, le fameux marin porteur de pluie, se mit à souffler, couvrant le plateau d'une brume très froide. La cuisine — d'ordinaire si calme — connut alors un remue-ménage bizarre. Mlle Julienne entassa du bois d'allumage sous le manteau de la cheminée, apporta du charbon. Claudie remonta de la cave avec une pelle. La neige allait faire son apparition ! La grand-mère hocha la tête et déclara : « Demain matin, ce sera tout blanc. La neige est *vergonhosa*, elle ne tombe que la nuit. Le garde viendra bien faire la trace ; mais avant qu'il arrive au fond de l'escalier, ce sera 9 heures passées. La fontaine risque d'être gelée, il faut aller remplir les cruches. »

J'enfilai un tricot et partis en direction du seul point d'eau. Je trouvai le maire occupé à disposer des bottes de paille autour de la fontaine, de manière à former un coffrage de protection contre le froid. Après un second voyage, la provision se révéla suffisante. La grand-mère était tranquillisée. Nous eûmes cependant droit à la sempiternelle mise en garde : *Cal pas jamai anar al lièch sens garnir lo canton et montar d'aiga* *.

Après une nuit d'un calme impressionnant et anormal, dans ce pays où le vent souffle presque sans arrêt, l'aube apparut grise et ouatée. Une bonne quarantaine de centimètres de neige recouvraient les maisons, les chemins, les

* Il ne faut jamais aller au lit sans garnir le coin du feu et monter de l'eau.

champs. On raclait dans la rue, sur les terrasses et les marches d'escalier. Des voix d'hommes se répondaient.

Je pensai : « Aujourd'hui, tu vas te trouver pour la première fois devant des bancs vides. Impossible de venir du Cros du Serre et de la Borie. Et la composition de calcul ? Ce sera pour la semaine prochaine. »

Pendant que Claudie passait un coup de chiffon sur les bureaux, je tentai d'allumer le poêle. J'avais regardé attentivement comment procédaient les gamins, je devais donc mener l'opération à bien et du premier coup. Je recommençai quatre fois avant d'obtenir qu'une petite flamme vacillante s'élevât parmi la pincée de brindilles. Je jugeai plus prudent de ne pas pousser plus avant l'expérience et laissai le soin aux arrivants d'introduire un peu plus de bois puis le charbon et de jouer les Vestales tout au long de la journée, selon l'habitude.

Comme les enfants du village s'asseyaient, un bruit de voix et des hennissements se firent entendre :

— Madame, on les mène.

— On les mène ?

Quelques instants plus tard, je compris. La jardinière attelée d'un percheron, venait de déposer, devant la ruelle, la petite troupe que je croyais bloquée par la neige. Les visages disparaissaient sous les capuchons ; les pèlerines s'arrondissaient, gonflées par les cartables et les paniers contenant les repas. C'était un événement : à midi, on ne rentrerait pas à la maison, on irait manger chez les parents ou les amis, dont on partagerait la soupe et le café accompagné d'un biscuit.

Le mauvais temps me donnait l'occasion d'amorcer un changement. La neige recommençait à tomber. Mieux valait éviter de sortir sauf nécessité. La récréation allait donc se dérouler dans la classe. Ceux qui avaient froid aux pieds pourraient quitter les galoches et se chauffer près du poêle. Tous auraient la faculté de dessiner librement, selon leur inspiration, soit au tableau noir, soit sur des feuilles. J'aidai deux petits, dont les doigts étaient couverts d'engelures, à se déchausser. En un clin d'œil, le poêle fut encerclé, puis un grand s'approcha du tableau, prit les bâtons de craie et nous eûmes droit à l'évocation d'une partie de boules de neige contre un énorme bonhomme. Deux filles l'aidèrent à parfaire la scène. Les autres se contentèrent de donner leur opinion.

A 16 h 30 précises, la jardinière revint. Contrairement à l'habitude, je ne retins pas les grands pour un exercice supplémentaire. Ils durent bénir la neige ! Je les accompagnai et remerciai le père qui s'était chargé d'amener l'équipe. Comme la neige tombait toujours, j'étais inquiète pour le lendemain. Je lui fis part de mes craintes. Il rit : « Ne vous tracassez pas. S'il en tombe encore autant, on les montera sur le dos du cheval ! » Je ne m'attardai pas en classe. Je préférai travailler dans la cuisine où je me trouvais bien.

Comme chaque jour, une casserole, coiffée d'un couvercle en terre vernissée, attendait sur le coin de la cuisinière l'arrivée de la maîtresse et de l'élève. Quatre petits bols, autant de cuillères et un sucrier semblable à un melon bleu se trouvaient sur la table.

Quand j'entrai, Mlle Julienne versa le breuvage auquel je m'étais déjà habituée. Semblable à du vin rosé coulait d'abord un liquide d'où montait une indéfinissable odeur de fruits. Ensuite, venait la répartition méticuleuse de minuscules cerises à longs pétioles et de quartiers de pommes reinettes. Nous grignotions et buvions alternativement la tisane du goûter préparée à petit feu depuis le repas de midi et nous gardions, pour la bonne bouche, une longue goulée de jus qui nous réchauffait.

Avec la nuit, le vent redoubla de violence et de lourdes bourrasques giflaient les vitres et la porte. Ayant achevé mon travail avant le repas du soir, j'aurais pu profiter de la veillée pour lire ou tricoter. Etait-ce l'effet engourdissant de la neige ? Je ne sais. Toujours est-il que je n'en avais nulle envie et je remarquai que Mlle Julienne ne se pressait pas non plus de reprendre son ouvrage.

Assises chacune d'un côté de la vieille cuisinière noire, nous restions immobiles. Peut-être souhaitait-elle parler et attendait-elle que je commence ? Je n'y songeais même pas. J'étais tout simplement en train de découvrir la pièce où nous nous trouvions. Les grandes dalles irrégulières, qui couvraient le sol, luisaient d'humidité. Rien qu'à les voir, nous savions que le marin n'était pas encore à bout de souffle.

En arrière de la cuisinière, sous le manteau de la cheminée, à l'endroit même où pendait autrefois une crémaillère, l'*escaufa-lièch* attendait de réchauffer nos lits. Pas de manches en bois tourné, pas de fines découpes géométriques dans le métal du couvercle. L'*escaufa-lièch* que j'avais devant les yeux n'était pas un de ces objets de luxe comme on en voit chez les antiquaires. Une solide barre de fer terminée en anneau permettait de manipuler sans précaution particulière et de suspendre l'espèce de grosse casserole fixée à son extrémité. Le couvercle comportait six trous : un grand au milieu pour le passage des braises et cinq petits disposés en couronne assurant l'aération. L'utilisation quotidienne ternissait tout à peine l'éclat du cuivre rose.

Juste au-dessus, le rebord de la cheminée s'ornait de chandeliers, de lampes en cuivre jaune et de boîtes en fer-blanc. L'une des lampes était toujours garnie de pétrole car, avec la mauvaise saison, les pannes de courant se succédaient.

A gauche de la cheminée, une porte faisait communiquer la cuisine avec la chambre occupée par les deux femmes et la fillette. A droite, une autre permettait de grimper à l'étage au-dessus, lequel se composait de la chambre où je couchais et d'un grenier.

Au long du mur, en vis-à-vis de la cheminée, une très vieille horloge au balancier fleuri donnait la mesure du temps avec un léger retard que l'usure des rouages ne permettait plus de corriger. Chaque samedi soir, Mlle Julienne, juchée sur une chaise, remontait les deux poids parvenus au maximum de leur course. La grosse clé tournait, imprimant de légères vibrations au cadran, tandis que les rouages des cylindres cliquetaient. L'opération achevée, elle refermait les deux portes de la caisse vermoulue et branlante. Pendant une semaine, les cordelettes se déroulaient en silence. Du haut en bas de la maison, on entendait le rythme du balancier, la chute des heures et des demies.

A côté de l'horloge, s'allongeait une belle *crédença* en noyer clair, couverte d'un morceau de toile cirée. Malgré son appellation, la crédence était en réalité une sorte de buffet bas à deux portes. A l'intérieur, une seule étagère supportait des ustensiles de cuisine et des boîtes, tandis que sur le fond reposaient des pots contenant de la charcuterie, des confitures et des fromages.

Quelle n'avait pas été ma surprise en voyant Mlle Julienne soulever la planche cachée par la toile cirée, la faire tourner, se pencher et prendre une miche. Je vis apparaître une grande maie dont les parois conservaient encore la trace de la pâte que l'on n'y pétrissait plus depuis des décennies. Elle abritait la provision de pain achetée deux fois par semaine au boulanger venant de Montdardier. Ce meuble aux lignes sobres, harmonieuses, sorti de l'atelier de quelque artisan caussenard, transfigurait la pièce. La longue table taillée dans du mûrier, qui occupait une bonne partie de l'espace entre la cuisinière et la *crédença*, était, en revanche, sans intérêt. Du tiroir ouvrant en bout, sortaient, à chaque repas, la salière, les couteaux, l'assiette garnie de fromages de chèvre et aussi, de temps en temps, un verre de fricandeau ou un tour de saucisse sèche.

A côté de la porte, sur une petite étagère, quelques faïences gagnées aux loteries de la fête votive et soigneusement conservées ne se distinguaient bien que le soir, à la lumière de l'ampoule électrique. La fenêtre donnant sur la cour les maintenait dans la pénombre. Quant à l'évier, encastré dans le mur, il ne bénéficiait pas non plus de son voisinage. Seule la cuisinière en recevait un peu de clarté.

Une autre fenêtre — vraiment minuscule —, à la verticale de la rue, aurait permis de contempler le Causse à des kilomètres sans l'opulente verdure d'un platane jaillissant de la place. Si seulement cet arbre s'était contenté d'une croissance plus raisonnable, Mlle Julienne aurait eu davantage de lumière sur la machine à coudre placée tout près de la fenêtre.

Ce soir-là, pour la première fois, elle me parla de son métier. Ce qu'elle savait, elle le tenait de sa mère, cette vieille femme que je voyais parfois repriser un sac ou un tricot sans avoir besoin de mettre des lunettes.

Née en 1860, elle avait quitté l'école de Rogues à l'âge de douze ans pour être éduquée comme il convenait par les religieuses de Montdardier. Au bout de deux ans, elle était prête pour entrer en apprentissage chez *Marion lo cordurièra*. Veuve de bonne heure, Marion la couturière vivait avec une parente, Pauline, qui tenait l'épicerie.

En hiver, Marion accueillait les filles du village et des fermes. Pour la plupart, il n'était pas question de gagner leur vie en cousant. Il s'agissait simplement d'être capables, après deux saisons, d'exécuter elles-mêmes leur trousseau et, le cas échéant, celui de chacune de leurs sœurs. Il fallait bien du temps pour venir à bout des ourlets de cinq douzaines de paires de draps, cinq douzaines de mouchoirs de poche, une de torchons et une de serviettes en toile, voire d'une nappe. Une certaine dextérité devenait indispensable pour tailler et coudre à la main trois douzaines de chemises, une de jupons, une de cache-corset et une de camisoles.

Quelques filles dont les parents ne possédaient pas beaucoup de bien au soleil entraient en apprentissage pour avoir un gagne-pain. Vers l'âge de dix-sept ans, elles commençaient à voler de leurs propres ailes. Tant qu'elles étaient célibataires, elles allaient travailler à la journée de maison en maison. La mère de Mlle Julienne avait commencé ainsi. Il lui arrivait de rester une semaine et parfois davantage dans le même mas, moyennant dix sous par jour et la nourriture. Au moment de partir, il n'était pas rare qu'elle reçût seulement un acompte. Parfois, elle s'en allait les mains vides. La paie ne venait qu'après la vente de la récolte de cocons... Elle travaillait surtout de la toile de chanvre dont la rudesse constituait un supplice non seulement pour elle, mais aussi pour le porteur. La belle chemise neuve était étrennée dans une grande occasion. Il arrivait qu'un gamin en route pour le pèlerinage du Suc ou du Saint-Guiral, écorché vif par le frottement continuel, quittât le carcan, le frappât contre un rocher et l'assouplît ainsi quelque peu avant de le renfiler.

Avec les gros draps de Lodève, qui donnaient les pèlerines à capuchon portées par petits et grands, la difficulté venait de l'épaisseur. Il n'empêche que les pauvres doigts soumis à rude épreuve restaient capables de coudre à points presque invisibles et d'une régularité parfaite les fins bonnets et les robes de communiante.

Mlle Julienne avait été formée à bonne école. Elle savait, tout comme sa mère, aussi bien couper et monter un veston de travail qu'une robe légère. Elle avait seulement, dès après la Grande Guerre, acheté une machine à coudre qui, depuis lors, n'avait jamais changé de place. L'aïeule s'était refusée à essayer de s'en servir.

La neige avait cessé de tomber. Au lever du jour, le spectacle était éblouissant : ciel d'un bleu insoutenable, soleil vainqueur, paysage blanc à l'infini.

Soufflant en tempête, toute la nuit, le vent du nord avait amoncelé des congères impressionnantes. Nous étions coupés du reste du monde : plus d'électricité, plus de téléphone. Impossible de sortir du village ; mais personne ne s'inquiétait : une telle situation était normale. Il suffisait de

« faire la trace » tout au long de l'embranchement pour rejoindre la route à chaque extrémité : la Croix vers Madières, le Cériéras en direction de Montdardier. Le Cériéras tirait son nom de la présence d'un volumineux cerisier. L'arbre, rendez-vous des oiseaux et des gosses, mort de vieillesse depuis longtemps, avait disparu, le nom était resté...

Tous les hommes valides s'affairaient. Premier objectif, se frayer un chemin jusqu'aux animaux : volailles, cochons, moutons, bœufs, chevaux, sans oublier les granges et les remises qui recelaient leur nourriture. Les abreuver sur place demandait de gros efforts. Ces tâches terminées, ils avaient entrepris le déblaiement de la chaussée. A la fin de la matinée, la route était atteinte... Il restait à attendre l'arrivée du chasse-neige stationné à Alzon. Dix-sept kilomètres de routes tortueuses, accidentées : l'épreuve était dure tant pour les hommes que pour l'attelage de bœufs ou de chevaux chargé de tirer la lourde étrave. Dans l'air sonore, montaient les voix des gens des mas qui, avec leurs propres chasse-neige rudimentaires, dégageaient les chemins ignorés de l'administration.

Sac à l'épaule, canne à la main, emmitouflé dans un passe-montagne et un cache-nez, les jambes du pantalon serrées par des houseaux de cuir noir, le facteur se préparait à franchir les cinq kilomètres séparant Rogues de Montdardier. Là, il laisserait la pincée de lettres vite enfouies au fond du sac réglementaire dûment étiqueté et cacheté, puis se chargerait du courrier apporté du Vigan. Il reviendrait, toujours calme, silencieux, effectuerait le tri et la distribution dans le village. Seul un véritable cataclysme aurait pu l'empêcher de remplir son rôle.

Dans la soirée, le chasse-neige parvint au village. L'équipe eut droit à plusieurs cafés accompagnés de rasades d'eau-de-vie. Nous fûmes renseignés sur les hauteurs des congères aux environs. Rogues ne battait pas les records et de loin. Les hommes repartirent, espérant que le vent du nord ne se lèverait pas à nouveau. Quelques bonnes bourrasques et tout serait à recommencer. La neige ne semblait pas pressée de fondre. Durant la journée, on entendait l'eau couler dans les gouttières. Les chandelles de glace alignées au bord des toits tenaient bon. Avec la nuit, la température baissait et la couche diminuait à peine. Tout le village s'était mis en hibernation. On ne sortait qu'au bon du jour. Les volailles aveuglées ne se hasardaient guère sur la neige. Elles envahissaient les marches des escaliers, les rebords des terrasses ou grattaient la surface des tas de fumier. Seules, les pintades grinçaient du bec au sommet des arbres.

Avec un temps pareil, je respectais l'heure de sortie. A 4 heures et demie la classe se vidait. Je m'accordais un instant pour aller boire la fameuse infusion puis je revenais corriger les cahiers et préparer le travail du lendemain. Je commençais à supporter cette ambiance au point de ne plus m'y sentir étrangère. Je préférais donc ne quitter l'école qu'une fois les tâches professionnelles terminées. Après, je pouvais songer à autre chose et profiter de la soirée. Je rechargeais le poêle pour tenter de maintenir un peu de chaleur le plus longtemps possible. C'était en pure perte : en fin de journée, il refusait de brûler le bois comme le charbon et le lendemain nous retrouvions le combustible à peu près intact.

Au matin, l'atmosphère était glaciale et l'encre gelée dans les godets de porcelaine. Dès que le tisonnier pouvait rougir, nous le trempions d'un encrier à l'autre. Rapidement, le violet passait au mauve de plus en plus clair. Il fallait alors jeter le contenu, rincer et remplir. A ce rythme, le niveau de la bouteille baissait vite. Nouvelle préparation. Verser le contenu du tube de poudre dans la bouteille, même en se servant d'un cornet de papier, nous valait des mains barbouillées à souhait. Restait à trouver de l'eau chaude. La cuisinière de Mlle Julienne y pourvoyait. Quant au nettoyage des mains, il se pratiquait en les frottant d'abord contre le rebord de la terrasse, puis avec une poignée de neige.

Les engelures et les crevasses, remarquées à mon arrivée, avaient presque disparu chez la plupart des enfants. Comme je m'en étonnai, un garçon me dit en riant : « C'est pas étonnant : quand on a tué les cochons, on s'est trempé les mains dans l'eau grasse bien chaude... »

Je profitai d'un dimanche après-midi pour aller demander au maire si le garde pourrait ramoner la cheminée. Je pensais, en effet, que le manque de tirage pouvait provenir d'un excès de suie dans la gaine très étroite. A travers la porte vitrée, je vis le maire tenant à la main un journal : *L'Echo des Cévennes.* Assis près de la cheminée, les pieds contre les bûches, un homme que je n'avais pas encore rencontré était penché sur un gros volume. Entendant frapper, il avait levé la tête. Debout, il me regarda avec curiosité. « Je vous présente mon fils. » Poignée de main réciproque et bref examen. J'exposai mon problème. Sourire désabusé : bien des réparations à envisager, mais pas de crédits et un budget de misère. Il avait cru comprendre qu'en venant de la ville, je craignais le froid. Je protestai. En effet, il ne s'agissait pas de moi, mais bien des plus petits dont les doigts gourds ne parvenaient point à tenir correctement le crayon : « Ils s'y feront, nous y sommes tous passés et ça ne nous a pas empêchés de bien écrire », dit une voix. C'était la « mairesse » qui revenait de l'office, très à l'aise malgré le froid glacial de l'église et la neige.

J'eus droit à un autre genre de tisane contenue dans un pot en terre niché au creux des cendres. C'était un bouillon d'un rouge clair très limpide. Des fruits maintenus par une cuillère restaient dans le récipient. Je crus les reconnaître, mais n'en laissai rien voir : « C'est très bon. J'ai l'impression d'en boire pour la première fois (ce qui était exact). » Je n'eus pas le temps de poser ma question : « Les femmes ont l'habitude de cueillir les fruits de l'églantier, vous savez ce que les botanistes appellent des cynorrhodons. Comme nous n'avons pas étudié le grec, pour nous ce sont tout simplement des " grata-cuol " (gratte-cul). Si vos élèves emploient ce nom, ne les grondez pas, c'est le seul qu'ils connaissent. Peut-être arriverez-vous à leur faire retenir l'autre. Même si vous y parvenez, ça ne changera pas grand-chose. » La conclusion fut ponctuée d'un rire plein de malice. Nous étions trois à tenir conversation. Le fils semblait peu bavard. Je remerciai et m'en allai.

De retour chez Mlle Julienne, je lui racontai ma visite et lui fis part de mon étonnement : « Vous n'aviez pas encore vu le fils parce qu'il travaille dehors. En hiver, il passe la journée à la vigne, au-dessus de Madières, où il va faire du bois. Quand il rentre, il s'occupe des bœufs et des chevaux. »

Pendant que nous parlions, Claudie s'était éclipsée. Je l'entendais secouer une corbeille dans le grenier au-dessus de notre tête. Elle redescendit portant un curieux récipient en boudins de paille cerclés d'anneaux bruns. Il était rempli de « gratte-cul ». Je trouvai qu'avec une telle quantité, on aurait de la tisane pour tout l'hiver ! Je m'étais trompée quant à la destination.

Mlle Julienne et sa nièce, armées l'une et l'autre d'un couteau, se mirent à fendre chaque fruit dans le sens de la longueur et, avec la pointe de la lame, elles en extrayaient une boulette de poils et de graines agglomérés. Les fruits béants se retrouvaient au fond d'un poêlon en terre. Quelle patience ! Je demandai à essayer. Les yeux brillants de Claudie me remerciaient d'avance d'abréger la corvée. A la fin de la soirée, le contenu du poêlon fut recouvert avec du sucre et un peu d'eau. Il ne restait plus qu'à faire cuire doucement pour obtenir une confiture que Claudie paraissait très désireuse de goûter au plus vite. Il lui faudrait attendre le lendemain.

J'appris que les fruits étaient récoltés en automne et conservés sur le grenier jusqu'à mollissement. En Cévennes, les paysans consacraient la majeure partie des vieillées à cet épluchage. Ils entassaient les fruits nettoyés dans des jarres de terre en alternance avec du sucre et préparaient ainsi une pâte — analogue à celle du coing — qu'ils vendaient aux foires de Meyrueis. Pour me récompenser de ma participation, Mlle Julienne s'en fut chercher une bouteille et deux verres à liqueur qu'elle emplit. Claudie trempa un morceau de sucre dans le verre de sa tante, et le ressortit coloré en orange vif. Cette liqueur était également préparée avec des gratte-cul !...

J'examinai le récipient vide : « C'est un *palhasson* dit Julienne. Il est fait avec de la paille de seigle plus longue et plus fine que celle du blé. Le lien, c'est une écorce de ronce gelée dont on enlève les épines et qu'on fend par le milieu. Celui-ci a peut-être un siècle. On en fait de toutes les formes et de toutes les dimensions. On y met la pâte à lever quand on prépare le pain ou la poule à couver ; mais pour ça il en faut un plus large et moins profond. Il en est qui servent de mesure à grain, ils tiennent un décalitre. Sur le grenier on en a encore deux très grands où on conservait les céréales. Les pauvres *bondons* sont mangés par les rats, maintenant qu'on n'a plus de blé on les a remplis de journaux, de sacs, d'un peu de tout et ça les attire. »

La neige avait fini par fondre avec la montée du « marin » chargé d'humidité chaude. Elle tenta une réapparition ; personne ne semblait s'en soucier. En effet, elle ne s'installa pas ; ce fut un froid très vif qui la remplaça. On pouvait circuler à sa guise, c'était l'essentiel.

Dès le premier dimanche suivant mon arrivée, deux personne étaient venues frapper à la porte. Mlle Julienne avait l'habitude de se rendre à l'office avec elles. Le chemin semblait moins long et, tout en marchant, on pouvait se raconter les nouvelles des alentours. Elles habitaient au

Canton, c'est-à-dire dans le groupe de maisons à l'entrée du village, en venant de Montdardier. Elles pouvaient avoir l'une et l'autre la trentaine. Un gros missel sous le bras, elles paraissaient empêtrées dans leurs vêtements du dimanche.

Au bas de la ruelle, d'autres personnes se joignirent au groupe. Tout au long de la rue, on s'appelait, on s'attendait devant les portes. Les gosses se faufilaient, glissant comme des anguilles pour rejoindre à toute vitesse les camarades qui formaient le peloton de tête, loin des adultes.

A l'appel de la cloche, le village s'était vidé de tous les éléments valides. Ne restaient dans les maisons que les vieillards en mauvaise condition physique et les femmes astreintes à la surveillance des bébés.

Je ne parvenais pas à suivre la conversation fort animée de Mlle Julienne et de ses deux amies, conversation ponctuée de petits rires et de hochements de tête. Les paraboles, les sous-entendus laissaient à penser qu'elles habillaient une ou plusieurs personnes de leur entourage. Je n'en avais cure, attirée par les attitudes et la mise de ces gens que je connaissais à peine. Pour la première fois, je les voyais assemblés et je constatai un curieux cloisonnement. La cellule familiale avait momentanément éclaté et chacun de ses membres s'en était allé rejoindre le groupe d'âge auquel il appartenait. Chaque groupe était scindé en deux : l'un au masculin, l'autre au féminin. Déjà, à l'école, la distinction des sexes était omniprésente. A l'église, elle s'affichait : les femmes dans la nef, les hommes en haut, dans les tribunes...

En cours de route, notre quatuor s'était augmenté progressivement au point d'approcher la douzaine. La conversation changeait, tournait du général à l'anodin. Je sentais les regards braqués sur moi. Le résultat de l'examen ne me paraissait pas favorable. Pensez donc : le manteau de chaque jour, pas de missel, pas de sac à main, pas de gants !

A quelques mètres devant nous, le groupe de jeunes filles témoignait de différences très sensibles. La plupart avaient délaissé les travaux de la ferme pour assister à la messe et une blouse apparaissait sous le manteau enfilé à la hâte. Quelques visages au teint plus pâle, encadrés d'un foulard bien arrangé, traduisaient un métier exercé en usine ou en atelier. Deux ou trois uniformes bleu marine noyés dans l'ensemble représentaient les activités intellectuelles. Il s'agissait, à n'en pas douter, de pensionnaires revenant au village pour une journée de repos.

A l'abri du vent, le long d'une grange vis-à-vis l'église, les gens des mas attendaient l'arrivée des villageois. Poignées de main, embrassades. Les ouailles au grand complet entraient alors dans le sanctuaire où le prêtre, entouré de servants, se préparait à célébrer la grand-messe. La soutane fanée dépassait l'aube bien empesée. Une paire de grosses chaussures de marche, rappelant les godillots de Van Gogh, allaient et venaient sur le tapis tendu au-devant de l'autel.

Le prône n'eut rien de conventionnel ni d'insipide. Sa concision traduisait à la fois une pensée claire, ordonnée et le désir de frapper l'auditoire. Sous une façade rugueuse se cachaient un profond amour des hommes et une véritable charité chrétienne. J'avais remarqué l'absence de la mère de Mlle Julienne et m'en étonnais : « Elle va toujours à la première messe, sauf pour les fêtes ! »

Au retour de l'office, il restait à terminer les préparatifs du repas. En début d'après-midi, les enfants se rendaient au catéchisme et restaient à l'église pour entendre les vêpres. Je constatai que seules les femmes y assistaient. Les hommes se réunissaient pour une partie de cartes et les jeunes gens filaient au cinéma ou ailleurs, qui en vélo, qui en moto. A la sortie des vêpres, les femmes s'invitaient à tour de rôle pour boire le café et bavarder. Il fallait bien passer le temps, puisque tout travail était sacrilège, même le tricot ou le crochet. Mlle Julienne, d'ordinaire si active, semblait désorientée sans rien dans les mains.

Le déroulement du dimanche étant rituel, je ne voulais pas courir le risque de jouer les trouble-fête. En attendant l'arrivée des beaux jours, je profitais du repos dominical pour expédier mon courrier qui se limitait aux correspondances administratives et à la lettre familiale hebdomadaire.

J'avais deux candidats à présenter au certificat d'études : un garçon et une fille. Je leur demandai s'ils comptaient poursuivre leurs études en cas de réussite (ce dont je ne doutais pas : ils étaient, en effet, intelligents et appliqués). Sans hésiter le garçon me répondit :

— Papa a dit que j'irai au cours complémentaire pour passer le brevet.

Puisque papa avait décidé, le gamin obéirait et certainement avec plaisir, c'était l'essentiel.

La fille semblait gênée :

— J'aimerais bien y aller, moi aussi ; mais si je ne réussis pas au concours des bourses, je resterai ici et je broderai.

Les derniers mots avaient été prononcés avec regret et résignation. Je m'efforçai de la rassurer :

— Tu es du niveau du concours, tu dois réussir, si tu t'en donnes la peine. Il faut arriver en tête, à toi de travailler, et j'enchaînai : On dirait que tu n'aimes pas broder ?

— Oh non, je n'aime pas rester assise trop longtemps et puis, quand je fixe les mailles, mes yeux se brouillent et je pique l'aiguille à côté, alors il faut défaire et la soie s'abîme et je me fais gronder.

Je lui demandai si elle voulait me montrer son travail. Elle accepta d'emblée et, à la sortie de la classe, je la suivis. Sa mère avait levé la tête en me voyant. J'eus l'impression qu'elle pensait que je venais me plaindre de la fillette, aussi je m'empressai de lui donner la raison de ma visite.

La mère avait posé sur la table une sorte de petit coffre en bois qu'elle tenait sur ses genoux. Je la priai de continuer mais elle ne voulut rien savoir. Elle avait toute la soirée devant elle... Mon élève alla prendre un objet rangé sur une étagère et me l'apporta. C'était le même coffre que celui de la mère. Au-dessus du couvercle, un morceau d'étoffe à carreaux recouvrait un épais bourrage légèrement bombé au centre. Trois épingles à grosses têtes multicolores s'y enfonçaient, retenant par la pointe de la semelle une fine chaussette noire dont le côté s'ornait d'un début de broderie à points lancés minuscules, dessinant une baguette rouge clair et bleu pâle. Je la félicitai.

La mère accepta finalement de me montrer comment travaille une brodeuse. Le coffre était calé contre le bas-ventre et légèrement incliné vers l'avant. Du côté droit, deux fils de soie — un rouge et un bleu — sortaient par la rainure du couvercle. La main gauche disparaissait à l'intérieur de la chaussette et on percevait le mouvement de l'index tendant les mailles à l'endroit précis où passait une aiguille très courte animée d'un mouvement rapide et sûr. De temps à autre, une étroite lame de carton, crantée en certains endroits, était appliquée sur la broderie pour évaluer la hauteur. Quand elle atteignait la dimension indiquée, des points en diagonale permettaient de réaliser le motif terminal, sorte de losange agrémenté de fantaisies. Il ne restait plus qu'à repasser l'aiguille sous un demi-centimètre de points successifs et de couper le fil très ras, aucun nœud n'étant admis. Les épingles étaient alors retirées, la chaussette tournée, puis fixée. L'autre face devait présenter une broderie absolument identique. Pour cela, il convenait d'abord d'enlever le peu de fil restant à l'aiguille et de le remplacer par un autre ni trop long ni trop court, question de coup d'œil et d'habitude... La soie sortant du coffre était déroulée doucement et sectionnée à l'aide d'une paire de ciseaux qui pendait au bout d'une chaîne de métal retenue à la ceinture de la blouse par une châtelaine en argent ciselé : le *clavier*.

J'examinai ce curieux crochet, petit chef-d'œuvre d'orfèvrerie. La maman précisa : « Dans ma jeunesse, nous étions fières d'avoir un *clavier* et une chaîne et le dimanche nous les portions pour aller nous promener. Certaines n'avaient que le *clavier,* alors elles mettaient une tresse noire à la place de la chaîne pour tenir les ciseaux. »

J'appris qu'une bonne ouvrière capable d'exécuter des dessins compliqués arrivait à broder deux paires de chaussettes et gagnait deux francs par jour. Celles qui se chargeaient des baguettes simples ne dépassaient pas 1,50 franc de salaire quotidien pour six paires. La plupart des jeunes filles se livraient à cette activité qui leur permettait de rester avec leurs parents et les laissait libres d'accomplir d'autres tâches quotidiennes ou saisonnières : ramassage d'herbe pour les lapins, épierrage des champs, vendanges en Bas-Languedoc, etc.

L'apprentissage débutait très tôt vers huit-dix ans, d'abord sur un vieux bas, et il s'achevait sur le « modèle » d'une aînée. Le « modèle », j'en avais précisément un spécimen sous les yeux. Il s'agissait d'un bas noir présentant, côte à côte, des motifs multicolores accompagnés d'un numéro. Quand le distributeur passait, il indiquait simplement les références et les coloris à utiliser. Si le dessin était nouveau, le premier travail de l'exécutante consistait à le relever sur le « modèle ».

Les Caussenardes étaient brodeuses de mère en fille depuis des générations pour le compte des industriels de la région de Troyes et des fabricants locaux comme les Brun (établis dans la vallée de l'Arre) et dont la célèbre marque « Lys » chaussait, gantait et coiffait aussi bien la cour royale britannique que le Vatican.

La broderie ignorait à peu près le chômage. Tout au long de l'année, les ouvrières pouvaient se pencher sur le coffre. En été, les plus jeunes se rassemblaient sous le platane, au printemps et en automne, elles choisissaient l'abri d'un mur. Durant l'hiver, on les trouvait quêtant la lumière contre la fenêtre.

Mlle Julienne, avec qui j'évoquais ce métier, m'avait précisé :

— Depuis quelques années, elles peuvent travailler sans peine le soir grâce à l'électricité. Avant, elles s'éclairaient avec une lampe à pétrole placée derrière une grosse boule en verre remplie d'eau qui faisait loupe. Elles la posaient en équilibre sur une cafetière (pot en terre à encolure évasée) ou sur un pot à confiture et il ne fallait pas remuer la table... C'est du gagne-petit ; mais ça leur permet d'aller à Lourdes au pèlerinage du Rosaire, ou de s'acheter des meubles à la mode. Celles qui sont mariées ont ainsi un peu d'argent pour habiller les enfants ou les « tenir à l'école ».

Je comprenais que ma candidate au certificat préférât le cours complémentaire au coffre !...

Les semaines passaient et, insensiblement, on percevait un changement. La terre se réveillait. Déjà, quelques violettes sans parfum et d'un mauve très pâle arrivaient dans la classe. Il fallait les entourer d'une poignée de feuilles de lierre, ce qui permettait aux corolles de rester à la surface du verre. Elles arrivaient à point nommé le fragon poussiéreux faisant triste mine.

Dans les haies, proches des maisons, surgissaient des branches de cornouiller tordues et porteuses d'une multitude de fleurettes jaune vif qu'aucune feuille n'accompagnait. De loin, ces arbustes ressemblaient assez à des mimosas chétifs, mimosas d'une terre pauvre et rude avec laquelle les vrais n'auraient pu s'harmoniser.

Le dimanche, on commençait à voir dans la rue quelques personnes arrêtées qui discutaient un instant et repartaient d'un pas moins rapide. Les jeunes s'appelaient et, la nuit tombée, sifflaient et plaisantaient, peu pressés de regagner le bercail.

Le temps du Carême approchait et, pour l'heure, nous en étions au Mardi gras. La veille, j'avais demandé à mes élèves s'ils se déguisaient. Ils s'étaient regardés les uns les autres, en souriant, se demandant sans doute où je voulais en venir.

La réponse avait été timide et négative. Un des plus grands s'était risqué à ajouter :

— Quand on a du papier ou du carton, on fait un masque.

— Eh bien, nous allons chercher ce qu'il faut et nous en confectionnerons un pour chacun.

Pendant la récréation, nous avions découpé, crayonné, placé des bouts de ficelle et le soir, ils étaient tout contents et impatients d'être au lendemain afin d'arborer les masques au travers du village.

Un samedi soir, nous avions veillé assez tard comme nous le faisions d'ordinaire en fin de semaine. Des chuchotements, venus du sentier surplombant la cour de l'école, arrivaient jusqu'à nous. Mlle Julienne ne formula aucune remarque et j'en conclus que, sauf au plus fort de l'hiver, ce passage assez périlleux devait être emprunté par des habitués... Nous étions couchées depuis un bon moment déjà quand j'entendis nettement des coups à la porte. Je fus d'abord surprise, car nous ne recevions pas de visite à pareille heure et puis l'absence de lumière indiquait que personne ne se trouvait plus dans la cuisine... J'écoutai.

Après un silence, les coups reprenaient, s'arrêtaient à nouveau, recommençaient avec de plus en plus d'intensité. On frappait sec et j'eus la certitude que ce n'était pas une main qui heurtait le bois, mais un objet dur.

Je pensai qu'alertée par ce tintamarre, Mlle Julienne se lèverait. A ma surprise, rien ne bougeait dans la chambre située juste au-dessous de la mienne. C'était bizarre... Je continuai à tendre l'oreille. La porte était heurtée par intermittence. Au bout d'un temps que je ne pouvais évaluer, la voix de Claudie me parvint, interrogative et apeurée semblait-il. Celle de sa tante, calme et posée, lui répondit et le silence reprit. Je n'avais pu saisir les paroles échangées ; mais j'en déduisis que la fillette, inquiète d'entendre frapper ainsi à la porte, avait appelé sa tante et que celle-ci s'était empressée de la rassurer. Donc, elle savait de quoi il retournait... Je commençai à me poser des questions.

L'attaque reprenant de plus belle, je décidai de me lever pour essayer de me rendre compte. Ma chambre n'avait qu'une minuscule fenêtre donnant sur l'amorce de la ruelle. Je ne pouvais ainsi voir — façon de parler, l'obscurité étant presque totale — ce qui se passait en direction de la cour. Du moins, pensais-je, j'entendrais bien parler le ou les auteurs des coups. Je mis pied à terre doucement. C'était sans compter avec les vieilles planches toujours prêtes à se plaindre... J'ouvris la fenêtre qui geignit elle aussi. Une ampoule haut perchée éclairant la rue ne révéla aucune présence.

Bien décidée à savoir, je cherchai mon manteau à tâtons, l'enfilai et repris ma faction. Hormis le martelage accéléré et rageur, je n'entendais rien d'autre. Patience, me dis-je, on verra. Je ne vis pas ; mais j'entendis : des pas souples allaient et venaient sur une très courte distance, en arrière de l'école, quelques paroles étouffées coupées de rires. Il me sembla qu'une des voix ne m'était pas totalement inconnue.

Ayant compris que je me trouvais à la fenêtre, Mlle Julienne s'était levée à son tour. Elle avait tourné l'interrupteur de la cuisine et le jet de lumière s'était traduit par l'arrêt des coups. Je la rejoignis et lui demandai ce qui se passait. Je me rendis vite compte qu'elle ne voulait pas trop parler : « Oh ! C'est la jeunesse qui s'amuse. Ils font le *martelet.* Ça se produit de temps en temps. Ils se fatigueront bien. On va retourner se coucher. Ma mère dort, elle ne s'est aperçue de rien ; mais ce qui m'ennuie, c'est que Claudie a peur et que je n'arrive pas à la consoler. »

Il était inutile de chercher à en savoir davantage. Les maisons voisines étaient toutes inoccupées et, par conséquent, une seule était visée. Peut-être croyait-elle que je comprenais et que je feignais d'ignorer ? C'est possible. Je ne l'ai jamais su… Ce fut seulement au petit matin que le calme habituel revint.

Quand nous sortîmes sur la terrasse, nous restâmes un moment éberluées : le ciment était jonché de cailloux plutôt plats et un morceau de solide ficelle pendait encore à un clou. La porte ne portait que peu de traces : elle avait été protégée par le portillon. Lui, par contre, se trouvait en piteux état… Par chance, aucune vitre n'avait été atteinte. Mlle Julienne restait muette, la grand-mère paraissait en colère et Claudie cherchait à comprendre. Nous rentrâmes. Le petit déjeuner se passa en silence. Je montai à ma chambre faire ma toilette et réfléchir.

Je compris que j'étais la cause du trouble. Je devais en éviter la répétition. Je redescendis et, sans mot dire, j'allai trouver le maire, « chef de la police municipale et rurale », comme je l'apprenais à mes plus grands élèves. Il parut surpris d'une visite aussi matinale ; mais quand je commençai à lui en exposer le motif, un éclair s'alluma dans son regard. « Toi, mon bonhomme, pensai-je, tu as très bien compris, pas besoin que je me perde en discours. » Je me contentai donc de préciser que si pareil fait venait à se reproduire, je serais dans l'obligation d'avertir l'inspecteur, voire de demander mon changement.

Le maire s'empressa de m'affirmer qu'il ne serait pas besoin d'en arriver là. La quiétude de mes logeuses ne serait plus troublée. Il en fut ainsi. Si le maire resta muet au sujet de la séance de *martelet,* il devint de plus en plus disert à propos du Causse. Puisque le temps s'améliorait, pourquoi n'irais-je pas juste en face du village, à quelques centaines de mètres en prenant le chemin qui partait juste au tournant de son champ, le chemin de la Faïsse, et en continuant jusque sur Lacam ? Des gestes de la main précisaient les points où je devais m'arrêter.

Le jeudi après-midi, je m'en allai à la découverte des curiosités annoncées. Claudie m'accompagnait ainsi qu'une de ses camarades. Je sus que la Faïsse était ce grand champ à notre gauche, champ clos de murs de pierre sèche, en arrière desquels courait une longue ligne de vieux mûriers aux troncs creux. Leur présence évoquait l'élevage des vers à soie. Je demandai aux fillettes si elles en avaient déjà vu. La réponse fut négative. Une idée me vint. Puisque la feuille n'était plus utilisée, pourquoi ne pas réaliser un essai ? Ce serait instructif et la vente des cocons apporterait un peu d'argent à la caisse de la coopérative. Il faudrait d'abord trouver de la graine...

Après la traversée de la route départementale absolument déserte, le chemin continuait entre des parcelles cultivées. Le tournant indiqué était là, accusant une courte pente brutale. A droite, le champ longé depuis la route cessait brusquement sur une haie de buis et de prunelliers, d'où surgissaient quelques arbres. A la base de la haie, une chaussée empierrée, de quatre mètres de large, s'arrêtait bordée d'un parement de gros blocs réguliers, lequel dominait d'environ un mètre un second champ. Je longeai la construction pendant quelques minutes et arrivai à un endroit où les buissons soigneusement coupés laissaient la voie à nu. Je grimpai sur le lit de pierraille tassée et remarquai deux traces parallèles régulièrement espacées qui se perdaient plus loin sous la végétation.

Les deux petites me suivaient en silence, se demandant bien ce que je pouvais voir d'intéressant parmi ces cailloux. Je me contentai de leur expliquer que 2 000 ans plus tôt, des chars circulaient sur ce chemin pavé et que les lignes en creux résultaient du frottement des roues. J'ajoutai que ce chemin menait en Espagne. J'aurais été bien incapable de leur en apprendre davantage ! Leurs frimousses étaient éloquentes : ça, un chemin et pour aller jusqu'en Espagne ; non vraiment, la nouvelle maîtresse avait de drôles d'idées !

A l'autre extrémité, les champs butaient brusquement contre une pente douce qui se poursuivait loin, très loin. Là, plus de cultures mais une lande pierreuse émaillée de maigres touffes de thym et d'herbes rêches. Le chemin avait fait place à une simple piste qui nous mena sur un replat. De cet endroit nous vîmes, en nous retournant, la ligne de collines continue depuis Montdardier. Devant nous, elle dominait le village qui s'étirait curieusement sur plus d'un kilomètre, bien à l'abri du « marin », mais recevant la bise de plein fouet. Au premier plan courait le long ruban de terre labourable, arrivant jusqu'à nos pieds en festons irréguliers.

En me montrant un point de la colline, vers le sud, Claudie précisa : « Là-bas, c'est le château, puis le Serre, la Borie et le Pruniéret. Après, il y a le Cros mais on ne le voit pas. » Le Serre : c'était la barre rocheuse surplombant Rogues, avec sa succession de cols et de sommets arrondis, véritable réplique de la « sierra » espagnole. En arrière, une autre barre plus élevée : la Séranne, plaquait sur le ciel le triangle désertique du Roc Blanc. Je sentais qu'il y aurait, dans ce paysage, matière à d'excellentes leçons de géographie.

J'étais venue pour tout autre chose et je scrutai la lande. Ils étaient à deux pas, les blocs gisant à plat dont m'avait parlé le maire. J'approchai du premier. C'était une dalle avec trois côtés presque rectilignes et égaux tandis que le quatrième était nettement arrondi de main d'homme. La surface présentait de larges quadrillages incisés résultant sans doute de l'érosion. A partir de là, tous les autres blocs s'ordonnaient en cercle à intervalles irréguliers. Il s'agissait bel et bien d'un cromlech, d'un de ces mystérieux monuments mégalithiques dont celui de Stonehenge est le plus beau spécimen. Je me bornai à dire aux deux petites qu'autrefois — terme vague et commode — ces blocs étaient dressés, que le vent et la pluie avaient arraché la terre tout autour de leur base et qu'ainsi ils étaient tombés. Je sentis, pour la seconde fois, un certain étonnement.

Nous revînmes sur nos pas, puis nous traversâmes la lande à l'opposé. Quelle ne fut pas ma surprise de trouver un second groupe de blocs analogues à ceux que nous venions de voir. Cette fois, leur nombre était plus réduit et ils ne formaient pas une figure régulière. Un peu plus loin, en direction des champs, les fillettes en découvrirent d'autres. Je les félicitai. Elles semblèrent contentes.

Pour terminer la promenade, je décidai d'aller voir l'aven *. Je leur demandai de rester à côté de moi afin de ne pas risquer d'y tomber. Elles en avaient entendu parler, ce qui m'étonna : « Oh ! On le sait parce que, quand une bête crève, on va la jeter dedans pour s'en débarrasser. C'est commode. » Je restai sans voix... Deux ou trois grosses branches entrecroisées apparurent au bord d'une dépression de la lande, tout près des champs cultivés. Je m'approchai seule, envoyai un caillou dont je ne perçus pas le choc contre le fond. C'était bizarre. Je reculai brusquement, saisie par une odeur de charogne montant des profondeurs. Le caillou n'avait pas frappé la roche... Pour une première promenade, c'était amplement suffisant et l'heure du goûter devait être passée.

En arrivant au village, j'aperçus le maire qui déposait son courrier dans la boîte. Les fillettes s'esquivèrent. Je m'arrêtai et le remerciai de ses précieuses indications. Il ignorait l'existence du second mégalithe. Des savants s'étaient occupés des menhirs, des dolmens ; ils n'en avaient jamais parlé. Je lui demandai de quels savants il s'agissait. Il me nomma Cazalis de Fondouce et Mazauric. Depuis 1920, personne n'avait pris la relève et il le regrettait. Quant à la désastreuse habitude d'utiliser l'aven comme charnier, il se déclara impuissant à la faire cesser. Le transport des bêtes

* Le calcaire présente d'innombrables fissures dont les dimensions sont très variables. Certaines peuvent atteindre plusieurs mètres de diamètre et des dizaines de profondeur. Ce sont des avens. Celui dont il est question ici est très complexe. Le premier puits, subvertical, a 19 m de profondeur. Il a déjà permis aux spéléologues du S.C.M. de découvrir une rivière souterraine et des kilomètres de galeries dans les profondeurs du Causse.

crevées s'effectuait de nuit. Il était ainsi à peu près impossible d'identifier les coupables. Un certain Robert de Joly, qui descendait dans les trous, fulminait contre cette pratique et tentait vainement d'expliquer aux paysans qu'ils empoisonnaient l'eau des deux rivières voisines, la Vis et l'Arre.

Je gravai dans ma mémoire les trois noms qui venaient d'être prononcés. Les vacances de Pâques étaient maintenant très proches. Je comptais bien en profiter pour me renseigner sur ces savants dont je n'avais encore jamais entendu parler. Si je voulais comprendre cet étrange pays, une solide documentation m'était nécessaire. Je ne pouvais espérer la trouver qu'à Nîmes.

Il me resterait alors à en faire profiter mes élèves. Les petits Caussenards, eux, sauraient que les Gaulois étaient les descendants d'hommes ayant vécu ici même des milliers et des milliers d'années auparavant.

CHAPITRE IV

Plongée dans l'inconnu

As pas encara vist ont peta lo lop.

Tu n'as pas encore vu où pète le loup.

Les vacances de Pâques commençant un dimanche, j'aurais pu, selon l'usage, filer au car du samedi soir. Je préférai préparer tranquillement la rentrée du dernier trimestre. Les enfants, eux, manifestaient une certaine impatience. Ils s'étonnèrent de ne pas me voir fermer la porte en vitesse après la classe de l'après-midi. Je m'amusais de constater à quel point mon comportement les déroutait. Le lendemain, malgré l'heure matinale, Mlle Julienne s'était levée pour préparer le petit déjeuner.

Le chauffeur était toujours aussi rébarbatif. Il n'avait d'ailleurs aucune raison d'être aimable avec une cliente qui, en trois mois, utilisait son véhicule pour la seconde fois seulement !

Dès le lendemain de mon arrivée à Nîmes, je prétextai des achats de fournitures indispensables et filai au Muséum d'histoire naturelle et à la bibliothèque Séguier. Je préférais m'y rendre seule. La salle Bayol, avec tous les vestiges des civilisations pré- et protohistoriques de la région, avait ma préférence. Il m'était arrivé d'y passer des heures et les gardiens commençaient à me connaître. Je sentais confusément qu'il manquait quelque chose dans cette salle. Ce n'est que bien plus tard que le « quelque chose » se traduisit par : « ethnographie ».

Au deuxième étage, il existait une porte sur la gauche —

avec une plaque et une sonnette toujours bien astiquées — qui m'attirait. Je n'avais jamais osé appuyer sur le bouton pour obtenir qu'elle s'ouvrît. Cette fois, je m'armai de courage, bien décidée. Avant d'atteindre la fameuse porte du sanctuaire, j'abordai un des gardiens et lui expliquai pourquoi je souhaitais voir le conservateur en personne. Je ne devais pas paraître très sûre de moi, car il se proposa de m'accompagner. J'acceptai avec soulagement et me trouvai tout à coup dans un vestibule sombre sur lequel s'ouvraient trois portes. Le gardien avait frappé à celle de gauche, était entré et presque aussitôt m'avait invitée à pénétrer. J'étais pétrifiée, malgré une cordiale poignée de main. Je m'assis à l'extrême bord du siège, face au bureau derrière lequel, doigts joints, Paul Marcelin le conservateur attendait. Je n'ai jamais su comment je parvins à dire qui j'étais et pourquoi je venais. Je risquai une allusion à la conférence sur les capitelles à laquelle j'avais assisté. Cela me valut deux ou trois questions. Je répondis sans hésiter, malgré le regard pénétrant qui m'évaluait. J'avais gagné la partie.

J'étais autorisée à puiser dans la bibliothèque où figuraient les écrits des Cazalis de Fondouce, Mazauric et de Joly, sans compter un certain nombre d'autres qui m'étaient tous inconnus. J'étais à la fois ravie et angoissée, ravie à la pensée de pouvoir comprendre le Causse, angoissée par la masse de documents à compulser, étudier et interpréter, le cas échéant. Je terminai la matinée dans une librairie du boulevard Victor-Hugo. Quelques tissages, un sac de perles destiné aux petits et une carte d'état-major à l'usage des grands et de moi-même. Il m'était impossible de dépenser davantage, mais je ne manquai pas d'acheter différentes petites choses destinées à Mlle Julienne : du fil, des boutons et un patron de robe.

Je passai l'après-midi à explorer le contenu de cartons entassés dans la cave. Gravures, revues pédagogiques, produits offerts par des firmes constituaient un petit ensemble précieux. J'y ajoutai *Le Roland,* un recueil de vieilles chansons, ainsi que des bouts d'étoffe et de ficelle, une poignée de clous et de vis, quelques feuilles de papier. J'emportai enfin un vase en grès, le seul qui ornait ma chambre.

Je résolus de retourner au Muséum et de chercher dans la salle Bayol les éventuels trésors du Causse. Je commençais à désespérer quand j'avisai un grand récipient en terre brune, dont la surface s'ornait de cordons en relief parallèles, régulièrement espacés de la base jusqu'au voisinage du col où le dernier s'agrémentait d'oreilles. Une indication figurait au-devant : « Vase à eau provenant de l'aven de la Figueirolle, Causse de Montdardier — collection R. de Joly. » Je sortis un carnet de ma poche et exécutai un rapide croquis. Dans une proche vitrine, des morceaux de poterie voisinaient avec des ossements humains et animaux. Mêmes indications que pour le vase, nouveaux croquis.

Derrière moi, une voix cassante s'étonna :

— Alors, mes bouts de vase vous intéressent ?

Je dus lever la tête, tant le personnage était grand. Avec un béret basque marron et une culotte de golf, le bonhomme sortait du commun. Malgré le ton sarcastique, je ne me troublai pas :

— Oui, en effet, tout ceci m'intéresse et je suppose que vous êtes M. de Joly ?

La longue carcasse fut secouée d'un rire bizarre :

— D'où sortez-vous, jeune fille ? Que faites-vous dans la vie ? Archéologue ? J'en doute, ce n'est pas votre genre.

La réponse ne tarda pas :

— J'arrive du Causse. Je suis institutrice à Rogues et je sais que vous êtes descendu dans le cimetière des bêtes crevées et je peux même vous dire que, si vous venez, vous en trouverez de nouvelles.

Il cessa de persifler et la conversation prit un tour sérieux. Au bout d'un moment, il me laissa en m'assurant qu'il s'arrêterait à Rogues, lors d'un prochain passage. Je n'y crus pas trop.

Je repartis enfin, nantie de mes menus trésors et de mon appareil photographique acheté un an plus tôt, grâce à mes premières économies. Le voyage me sembla plus rapide. Il est vrai que le beau temps était de la partie.

En quelques jours, le Causse s'était métamorphosé : on piochait les jardins, on labourait les champs, on charriait du fumier tout fumant. Les portes des étables, des écuries et des bergeries étaient ouvertes à deux battants. Les gosses couraient dans la rue. Les femmes bavardaient près de la fontaine. Le village s'animait après le repos forcé de l'hiver.

Du jardin de Nîmes, j'avais apporté une botte de roses. Quand les élèves entrèrent en classe, le lundi matin, ils marquèrent un temps d'arrêt devant les fleurs. Les filles, après une légère hésitation, s'approchèrent et en respirèrent le parfum. Elles n'en avaient jamais vu d'aussi belles. Pendant que les moyens et les grands se mettaient au travail, je distribuai les tissages aux benjamins et leur expliquai comment s'y prendre. Ils étaient visiblement ravis et manipulaient les bandes avec précaution. Très vite, ils surent harmoniser les couleurs et réaliser des motifs décoratifs. Je leur demandai de choisir les plus beaux pour décorer le mur. Il en alla de même avec les dessins de leurs aînés, dessins libres la plupart du temps.

Certains, profitant du jeudi, cherchaient une plante. Il arriva ainsi des branches de noisetier, des hépatiques et même une touffe d'ellébore que je trouvai très belle avec ses fleurs globuleuses d'un vert absinthe et ses feuilles découpées en lanières d'un vert sombre. Sa présence dans la classe ne dura pas : au bout d'un moment, les yeux étaient brouillés et les estomacs fort mal à l'aise. J'avais compté sans l'odeur épouvantable de cette plante !

La période des grands travaux n'étant pas encore arrivée, je proposai aux élèves des cours moyen et supérieur de m'accompagner le jeudi après-midi. Je craignais que les plus jeunes, malgré leur endurance, soient trop fatigués au retour. Je redoutais aussi de ne pas les intéresser : le moment des examens approchait et le nombre de sorties étant limité, je voulais avancer rapidement dans les connaissances essentielles. Ce n'était possible qu'avec des enfants ayant déjà une certaine maturité. Le tour des petits viendrait. Ma proposition fut acceptée avec plaisir par les garçons qui trouvaient ainsi le moyen d'échapper aux corvées. Quelle mère de famille n'avait pas besoin d'une brassée de bois, d'un seau de pommes de terre ou d'un *palhasson* de grain ? Mieux valait être hors de son champ visuel !

Le jeudi suivant l'annonce de la promenade, il n'était pas une heure de l'après-midi que, déjà, mes galopins piaffaient sous la fenêtre. Au cas où j'aurais oublié !... Nous partîmes.

Un premier arrêt nous permit de faire connaissance avec la roche qui affleurait partout. Tout en marchant, ils apprirent que « Causse » venait de « calcaire » ; mais le savoir n'était pas à sens unique et je ne tardai pas à m'en rendre compte. En bordure d'un chemin, un amoncellement de gros fagots très verts devait attendre l'arrivée d'un char. Je reconnus des buis liés avec du fil de fer. J'en avais déjà vus entassés sous les remises du village et je m'étais demandé à quoi ils pouvaient bien servir. Les apercevant, un des gamins s'exclama :

— Ça se connaît que ton père va semer un plein champ de pommes de terre.

La réponse fusa :

— Comme si chez toi, on n'en *cocissait* pas tout l'hiver. Vous en faites par tout le serre. Ta mère peut en brûler des *calòces.*

Je compris que faire se traduisait « couper », mais je butai sur les deux termes occitans. J'en demandai la signification.

Les galopins baissèrent la tête tout penauds. Que se passait-il ? Ils avaient l'air pris en faute. C'était précisément le cas ! Ils avaient enfreint l'interdit en osant prononcer deux mots patois. Nous n'étions pas en classe et je pouvais me permettre de rire. Je leur expliquai ce que représentait réellement pour moi leur patois : non pas un parler grossier, traduisant un manque de culture ou, au mieux, une culture primitive ; mais, au contraire, une forme locale d'une langue merveilleuse, la langue d'oc.

La crainte envolée, je sus que *cocir* signifiait couper les rameaux de buis en petits fragments. Les tiges dégarnies ou *calocès* étaient brûlées dans la cheminée. Les rameaux enfouis dans le sol constituaient un engrais vert. Une voix reprit :

— Mon père dit que les buis sont bons pendant trois ans pour la terre : la première année, c'est les feuilles qui fument, la deuxième, c'est l'écorce et la troisième c'est la branche, et puis les feuilles, ça tient frais et ça remplace une « saison* ».

En un instant, j'avais appris que le buis était la providence du Causse : de l'engrais et du combustible à la fois.

Devant nous, la monotonie de la lande s'arrêtait brutalement et cédait la place à un étrange fouillis de blocs très blancs aux formes tourmentées. Dans les intervalles, surgissaient des buis et des arbrisseaux épineux, dont les racines plongeaient au cœur même de la roche. La petite troupe s'égailla rapidement dans le labyrinthe, sautant, escaladant comme des cabris. Une partie de cache-cache s'organisa.

Nous nous trouvions à proximité du Barral, un hameau de trois ou quatre feux, entouré de chênes clairsemés, d'assez belle venue. La ligne de collines qui, de Rogues, paraissait lointaine, était maintenant à deux pas. Les maisons bâties là se trouvaient à l'abri du vent du nord. Les cris des enfants avaient été entendus et je vis bientôt apparaître au détour du chemin une silhouette trapue. La casquette

* Une saison est la quantité de pluie nécessaire et suffisante pour assurer la croissance normale des végétaux.

enfoncée sur les yeux m'empêcha de reconnaître tout de suite le père d'une de mes élèves.

Je lui demandai s'il existait d'autres champs de pierre comme celui qui servait pour l'heure de terrain de jeu ; « champ de pierre » ne signifiait pas grand-chose, mais je ne trouvais pas d'autre expression pour désigner le lapiaz.

— Ah ! vous voulez parler de la *caïrissa ;* celle-ci va presque jusqu'à la route de Montdardier mais vous en verrez une avec des trous profonds si vous montez sur le serre. Si on tombait dedans, on aurait de la peine à s'en sortir. Y a pas d'herbe pour les bêtes ici dedans et là-haut, il faudrait des chèvres pour brouter les branches. L'hiver on y monte faire la provision de bois après qu'on a fini les *ramassés.* Tout près du pylône, y a un grand aven avec des bêtes noires et jaunes au fond.

L'accent trahissait une crainte. Après une seconde d'arrêt :

— Un peu plus loin, au bord de l'ancien chemin qui *trescòla*, y a une maisonnette des fées, comme celle qui est dans le mur, là au bout du champ.

Les maisonnettes en question devaient être des dolmens. J'aurais bien voulu m'en assurer. Le soleil commençait à baisser, il convenait de résister à la tentation. Le plus sage était de revenir.

Sur le retour, le silencieux de la troupe jugea bon de parler, intrigué qu'il était par des blocs nettement différents, très corrodés, caverneux même, friables, laissant dans la main un peu de sable. A la base, le sol se couvrait d'une couche de ce même sable. Tous le reconnurent et s'exclamèrent avec un bel ensemble :

— C'est avec ça qu'on fait les cuivres *.

Faire était, cette fois, à traduire par astiquer, aucun doute possible !

* Il s'agit du poulverel, sable d'une extrême finesse résultant de la décomposition de la dolomie.

— Ici, y en a presque pas ; mais au trou de Graille, on en remplit des marmites et derrière le Serre, aux Escalons, on y enfonce dedans, c'est de la terre à lapins.

Le « trou de Graille », c'était à Rogues même et pour la terre à lapins, il fallait grimper la colline au-dessus du village, continuer à plat, puis descendre... J'en déduisis qu'une telle expédition serait pour plus tard ; dans l'immédiat, le trou suffirait.

Je ralentis un peu l'allure, alors que nous avions à peu près effectué la moitié du parcours et retrouvé la lande uniforme. J'avais repéré ce que je cherchais. A notre droite, une légère dépression tranchait sur l'ensemble terne. Il convenait de l'examiner de plus près. Les garçons s'interrogeaient du regard et semblaient dire : « Qu'est-ce qu'elle a encore trouvé de curieux ? » Evidemment, pour eux, le spectacle était habituel et n'appelait aucune question. Claude, toujours prêt, déclara : « C'est le *camp des ases* », fort bien nommé, à en juger par les chardons qui dominaient déjà une maigre céréale, laquelle au juste ? A ce stade de végétation, j'aurais été incapable de le dire. Je leur demandai de préciser la forme du petit champ. Pas l'ombre d'une hésitation : « Il est rond, c'est un *sot*. » Ils savaient par héritage séculaire.

Un peu plus loin, la lande s'échancrait largement. Sur plus d'un hectare, la charrue avait retourné une terre brune et tracé des sillons d'où n'émergeaient que de minces traînées d'un vert pâle. Au-delà s'étendait une surface uniformément verte. Le terrien-né répondait d'avance : « C'est de la luzerne, elle a été abîmée par la gelée. La *pomola* est bien sortie. »

Cette fois, la forme du champ n'inspirait personne. « Doline » n'éveilla aucun écho mais, d'eux-mêmes, ils me montrèrent, à peu près dans la direction d'où nous venions, les « combes » d'Assas. Ils avaient senti instinctivement une certaine analogie. La tâche serait moins malaisée que je ne le pensais.

Mes gamins filaient à un train d'enfer et je ne parvenais pas à tenir la même cadence car, depuis un moment, nous traversions un espace couvert de grandes plantes aux piquants acérés. Mes jambes nues se couvraient de balafres douloureuses qu'eux ne ressentaient nullement. Impossible d'éviter les rameaux en treillis qui se chargeaient de peigner les troupeaux à en juger par les mèches de laine accrochées aux épines. J'enjambais avec précaution. Ils finirent par se retourner : « C'est mauvais, les *arjalas.* »

Le dictionnaire ne me fut d'aucun secours. Les gens du village que je rencontrais quotidiennement ignoraient l'équivalent français d'*arjalas.* Le maire m'affirma qu'il s'agissait d'une variété de genêt. Restait à attendre la floraison et à utiliser ma vieille flore. C'était bien un genêt et pas n'importe lequel ! En plus de ses terribles épines, le genêt scorpion s'était couvert d'une multitude de corolles jaunes qui dégageaient une insupportable odeur de poisson pourri. Il était vraiment exécrable et quand, à l'automne, je vis les bergers y mettre le feu, je fus tentée d'applaudir. Las ! C'était méconnaître la ténacité de cette diablesse de plante qui renaît de ses cendres, avec une vigueur décuplée.

L'allongement du jour et la température printanière incitaient les gens à vivre de plus en plus au-dehors. Moi aussi, je sortais, je prenais le vent, j'essayais de faire plus ample connaissance avec le petit monde qui m'entourait. Insensiblement, l'accord s'établissait avec le milieu physique. Je répondais à une sollicitation souterraine et, comme le buis plonge au cœur de la pierre, je m'enracinais peu à peu avec une extraordinaire sérénité.

Le matin, toute la rue s'agitait à la pointe du jour. Les jardinières se succédaient en direction de la laiterie, puis au bout d'un moment, repassaient en sens inverse, d'une allure moins rapide. Des bœufs, des chevaux allaient et venaient, poussés ou retenus d'une parole, d'un sifflement, d'un aboi. Des attelages, des bruits de ferraille proches ou lointains annonçaient le départ aux champs. Les ménagères, elles aussi, s'agitaient dans un concert de portillons claqués, de seaux, de chèvres bêlantes, de récriminations contre les volailles envahissantes. L'Angélus portait aux quatre coins de l'horizon l'annonce d'une nouvelle journée.

J'aurais eu mauvaise conscience à rester entre les draps. Me lever de bonne heure était le meilleur moyen d'apprécier la fraîcheur de l'air et celle de l'herbe couverte de rosée, de voir ce que les bruits me laissaient deviner et enfin d'entrer en classe l'esprit clair et dispos. Aller à la fontaine me procurait l'occasion de rencontrer des visages sur lesquels j'arrivais à mettre un nom. J'échangeais même quelques mots avec les femmes rassemblées devant la borne, attendant leur tour.

J'avais remarqué que certaines personnes, parmi les plus proches voisines de Mlle Julienne, n'allaient jamais à la fontaine. Je voulus en avoir le cœur net et finis par lui poser la question. « Elles ont des citernes. » Il s'agissait de cuves en maçonnerie bâties au niveau des caves, cimentées à l'intérieur et dans lesquelles s'accumulait l'eau de pluie tombant sur les toits. Depuis quelques années, les chénaux et les tuyaux de descente étaient en zinc ; mais on voyait encore des canalisations en bois qui reposaient sur des pierres faisant saillie au long des murs. Je m'étonnai :

— Mais pourquoi toutes les maisons n'ont-elles pas une citerne ?

— Certaines sont trop petites, alors on en construit une dans celles où il y a assez de place. On met des chénaux aux toitures des maisons voisines pour avoir le plus d'eau possible. Tous ceux qui donnent l'eau ont le droit de puiser à la citerne.

Je me souvins avoir remarqué des comportes et d'énormes chaudrons en cuivre recouverts de planches, un peu partout au long des murs :

— Comment se fait-il que, dans les maisons pourvues d'une citerne, il n'y ait pas de pompe sur l'évier ?

Ma question dut paraître saugrenue car Mlle Julienne se mit à rire :

— On aurait l'eau trop facilement sous la main et on la gaspillerait. Quand on est obligé de la monter à la force des poignets, on l'économise et on arrive, en général, à en avoir assez pour passer l'été.

Quant à la qualité du liquide, j'allais devenir de plus en plus sceptique pour ne pas dire davantage !... En plein cœur de l'été, alors que le niveau était particulièrement bas, un alerte octogénaire conviait les parents et les amis à boire l'absinthe et on pouvait voir de minuscules insectes aquatiques batifoler dans les verres. Personne n'y prêtait attention.

Dans une cuisine astiquée avec un soin jaloux, la ménagère lavait la vaisselle au-dessus de planches disjointes, couvrant l'orifice de la citerne. On entendait les gouttes échappées du baquet s'écraser à la surface de la réserve d'eau.

Ailleurs, pendant la mauvaise saison, les enfants en bas âge ne sortaient pas pour satisfaire leurs besoins. Ils s'accroupissaient à même le sol de la cuisine, dans le coin obscur, tout près de la trappe. Dans un intérieur d'une propreté étincelante, l'eau de la bouillotte en cuivre qui avait chauffé le lit durant la nuit servait à préparer l'infusion matinale. Elle était encore tiède et arrivait plus vite à ébullition...

L'accoutumance permettait peut-être d'expliquer l'absence de troubles sérieux qui auraient normalement dû résulter de l'absorption d'un tel bouillon de culture. En un siècle, le village n'avait connu que six cas de typhoïde et au moins deux résultaient d'une contamination extra-locale, par des jeunes effectuant leur service militaire.

Le temps passait vite. Autour de moi, on commençait à parler de la première coupe de fourrage. C'était peut-être un peu tôt et on risquait de ne pas engranger du foin bien préparé. Pourtant, les paillers étaient vides et la fenaison devait commencer. La promenade, annoncée pour le jeudi, risquait fort d'être la dernière avant les vacances. Nous n'irions pas loin. Il s'agissait d'étudier les *lavagnes.* Je n'en avais alors vu qu'une seule : celle du village ; mais un des gamins se flattait d'en connaître d'autres plus intéressantes.

Pour cette sortie, l'équipe m'attendait à la Croix. De là, il suffisait de traverser la route et de prendre un chemin de terre pour rejoindre la voie romaine. A proximité, des marches ménagées dans le mur descendaient jusqu'à une large dalle bien plate. Les enfants ignoraient à quoi elle servait. Sans doute n'était-elle plus utilisée depuis un certain temps. Le liquide, qui occupait encore une bonne partie de la vasque argileuse, tenait plus du purin que de l'eau claire. Comment des bœufs, des brebis et surtout des chevaux pouvaient-ils ingurgiter un pareil breuvage deux fois par jour ? Ils avaient, eux aussi, l'habitude ; mais tout de même...

J'expliquai que la *lavagne* avait été réalisée à la corvée, au temps des seigneurs. Je leur montrai ensuite, à quelques mètres, une sorte de tour basse recouverte de terre en grande partie démolie et d'où surgissait un fouillis de broussailles. C'était la glacière féodale qui permettait de conserver en été les plaques de glace recueillies sur la *lavagne.* Déposées dans la tour, en alternance avec de la paille, elles servaient à rafraîchir les boissons et certains aliments destinés au châtelain de Rogues. Même les vétérans du village n'avaient plus souvenance du rôle de cette construction. En revanche, celle de Montdardier avait servi jusqu'aux environs de 1910.

La sortie s'était achevée au Cros où nous avions pu voir les *gorgòs* ou *lacs,* simples cuvettes creusées dans l'argile, et une belle *lavagne* bétonnée, ce qui évitait la perte par infiltrations. Restait celle résultant de l'évaporation. Restait surtout le problème de la salubrité...

Juin arrivait et avec lui les journées les plus longues de l'année. La date du certificat était connue et nous commencions à compter en semaines. Les deux cobayes, auxquels j'avais joint ceux de l'année suivante, ne connaissaient guère de répit. Chants — ma bête noire ! — et récitations ne souffraient aucune hésitation ; mais le plus difficile à obtenir était bien une diction correcte et vivante. Le débit monotone, chantant, rapide, cherchait toujours à reprendre le dessus. Accords des participes passés, surfaces et volumes, nombres complexes, rien ne devait être oublié. A six heures du soir, je les lâchais.

Il faisait encore grand jour et j'en profitais pour m'évader jusqu'au moment du souper. L'évasion se bornait à une flânerie au long de la rue, tantôt vers le sud, représenté par le château, tantôt vers le nord, autrement dit le Canton et le Cériéras. Au bout de la ruelle, je savais que je trouverais les jeunes brodeuses sur la place.

Côté gauche de la rue, en descendant, le premier pâté de maisons, toutes délabrées, restait silencieux faute d'occupants. Au-dessus d'une petite porte, sur une plaque d'enduit ocre, on lisait encore « Café ». A deux pas, la porte suivante, munie d'un gros heurtoir en fer forgé et trouée d'un judas, était celle de l'épicerie. Depuis une décennie, personne n'entrait plus dans ce long rez-de-chaussée voûté. La concurrence des marchands ambulants avait tué le minuscule commerce local.

Jouxtant l'épicerie, une écurie donnait asile à divers animaux dont des chèvres. Celles-ci ne manquaient jamais d'épointer les maigres rosiers ou les géraniums du voisinage. Leur sacrilège accompli, elles tâchaient de se faufiler parmi les brebis afin d'échapper au fouet du berger ou à la dent du chien. Restaient les cris et les protestations des femmes qui se hâtaient de réparer les dégâts à coup de ciseaux. Les chèvres ont mauvaise dent et un rameau coupé par elles ne se développe plus. Il faut donc sacrifier les parties atteintes.

Même les voisines qui n'étaient pas concernées faisaient

chorus et, parmi elles, une longue personne à nez crochu, dont la maison ouvrait en face. La tenue et le langage traduisaient l'intention délibérée de ne pas se commettre avec les autres femmes du pays où elle était revenue après son veuvage. Un éternel ruban de velours noir serré autour du cou et de longues boucles anciennes ornées de diamants s'agitant aux oreilles n'étaient pas de mise. Les moqueries étaient cependant étouffées car sa langue passait pour redoutable.

Toujours en face de sa porte, un raidillon, la Doupléto, véritable paradis des gosses jouant à cache-cache, grimpe vers un groupe de vieilles demeures lézardées. Une seule était encore occupée par un vieux célibataire, Barralas, qui louait ses bras pour toutes les besognes. Il était tour à tour essartier, fossoyeur, coupeur de buis et j'en passe. Une parcelle caillouteuse — les Gravas —, seul héritage d'ancêtres besogneux, occupait une partie de son temps et le remerciait de ses peines par une assez maigre provision de lentilles, de pois chiches et de pommes de terre. Sans richesse, mais aussi sans grands besoins, l'homme semblait heureux. Il ne laissait rien perdre de ce que la nature pouvait offrir, pas même les *pérusses.* Il entassait ces poires sauvages dans une jarre à la fin de l'automne, quand les premières gelées blanches commencent à frapper leur chair graveleuse. De temps en temps, il en sortait deux ou trois poignées. Elles étaient alors devenues blettes et, dans le pot en terre, avec un peu d'eau, elles cuisaient vite. Il avait là soupe et fricot.

Presque en vis-à-vis, une bâtisse simple et bien entretenue abritait le facteur et sa famille. Son enclos, jalousement protégé, contrastait singulièrement avec les pentes qui, sur des kilomètres, étaient livrées aux troupeaux. Là, bien à l'abri d'un mur à pierre sèche côté maisons et d'une haie de buis vers le haut, les érables, poiriers sauvages et mûriers croissaient sans problème.

De l'autre côté de la maison, un raidillon parallèle au

premier, mais plus large et pavé, d'où son nom de Calade, finissait brusquement sur la rue. Entre la Doupléto et la Calade, deux constructions s'épaulaient l'une l'autre. Une seule était habitée. Elle abritait une veuve originaire de l'Aveyron et deux de ses enfants, encore célibataires. De l'autre côté de la rue, vivait une de ses filles mariée depuis peu avec un berger.

La maison suivante — *l'ostal de Brozet* —, appartenant au maire, servait de pailler-fenil et d'écurie. Un peu en arrière, se trouvait la cabine téléphonique. Un hangar la séparait de deux petites maisons accolées. La première était occupée par un ménage et une fille unique qui avait quitté l'école à la fin de la précédente année scolaire et commençait à broder comme sa mère et comme toutes les voisines. La seconde n'avait plus qu'un habitant : Auguste, ancien *ruscaïre*, toujours coiffé d'un chapeau de feutre rond et dont le visage s'ornait d'une magnifique paire de moustaches poivre et sel.

En retrait et ouvrant sur une ruelle, la maison de Fulcrand n'était plus occupée que par sa veuve, vive et alerte, malgré ses soixante-dix ans passés. Son mari, un essartier fils d'essartier et spécialiste de la tonte des ovins, était décédé deux ans auparavant. De ses deux filles, mariées l'une et l'autre, seule la plus jeune était restée sur place.

La dernière porte du village, côté droit, était celle de *l'oustal de Tancou,* maison qui s'agrémentait d'une terrasse dallée, longeant la chaussée. Le four à pain s'abritait sous un appentis, tandis qu'un escalier extérieur conduisait au grenier. Une petite cour sur laquelle débouchaient les caves ainsi qu'une remise et un jardin grand comme un mouchoir de poche complétaient l'ensemble. Malgré l'exiguïté du terrain, un cognassier, un rosier grimpant et des lilas trouvaient place en hauteur, laissant aux légumes le ras du sol. Sur les marches de l'escalier, de vieilles soupières en émail et des pots en terre dépourvus d'anse contenaient des géraniums rouges et des plantes grasses. La maîtresse de céans avait dépassé les quatre-vingts ans. C'était une petite vieille toute menue, droite comme un piquet, portant une coiffe noire. Elle seule refusait d'abandonner la tradition. Pour l'état civil, elle était Mathilde ; mais, pour tout le village, elle était la Tancoune, autrement dit, l'épouse de Tancou. Elle avait eu cinq enfants : trois garçons, célibataires endurcis — tout au moins en apparence —, et deux filles mariées dans la région du Vigan. Le père décédé avait été ouvrier agricole durant toute sa vie et les fils étaient restés au même niveau. Loués dès l'âge de huit-neuf ans comme aides-bergers dans les fermes des alentours, ils amassaient un petit pécule dont les parents disposaient quand ils le souhaitaient. C'est ainsi que les trois cents francs (francs-or s'entend) gagnés par l'aîné au château de Madières, où il gardait le *cabrat*, avaient permis l'acquisition de la maison.

La Première Guerre mondiale s'était chargée de l'arracher au Causse pour l'expédier combattre aux Dardanelles. Devant ce petit homme chétif, on se demandait où il avait pu puiser assez de vitalité pour surmonter le choléra, les blessures, échapper à toutes les embûches et revenir au pays, amoindri certes, mais encore capable de travaux pénibles. Il était présentement garde-champêtre, très fier de sa plaque et de son képi, de son képi fait sur mesure, aucun de ceux vendus dans le commerce n'étant assez petit. Les deux autres frères étaient bergers, le plus jeune dans une ferme de Rogues et l'autre à Montdardier.

Mathilde se tenait souvent sur la terrasse. Je la voyais appuyée sur le manche du balai ou tricotant bas et chaussettes destinés aux ménagères trop occupées pour se livrer à une aussi fastidieuse besogne. Ce jour-là, elle finissait la pointe d'un pied et, n'ayant plus qu'une maille, elle rompit le fil de laine et me tendit fièrement son travail. Je la félicitai de la régularité du tricot mais, perplexe, je retournai le bas dans tous les sens, trouvant la jambe et le pied bien volumineux. La femme à laquelle il était destiné devait être de forte corpulence. Les petits yeux se plissèrent soudain de malice, Mathilde se pencha vers moi et sur le ton de la confidence :

— Ce sont les bas du curé.

Elle secoua la tête, se passa l'index sur la bouche, se serra le menton et, en confidence, baissant la voix :

— Le pauvre il est mal *apodonit* tout seul, alors je ne peux pas lui refuser...

En face, une porte venait de s'ouvrir et aussitôt, comme piquée par un serpent, Mathilde tourna le dos et disparut dans l'ombre de la cuisine.

Planté devant moi, le vieux maréchal-ferrant, qui n'usait plus guère l'enclume, me regardait la bouche tordue par un rictus bizarre. Il était heureux d'avoir embêté Mathilde. Antonine — dit le Piot — possédait la dernière maison du village, côté gauche. Elle se dressait là, isolée, séparée des précédentes par une trouée de verdure potagère, mais elle s'offrait le luxe d'un cadran solaire. Sa cheminée arborait fièrement une girouette, la seule, l'unique, sur laquelle se braquaient tous les yeux à la recherche d'une certitude, quand le vent perdait de sa puissance.

J'étais parvenue à la sortie du village. Sur la butte, devant moi, se dressait le château. Il ne m'attirait pas spécialement ; mais, comme tout le monde en parlait, je finis bien par grimper le raidillon que certains de mes élèves empruntaient quatre fois le jour pour aller et venir du Serre. La route coudait là à angle droit, au niveau du chemin, pour rejoindre la départementale.

A peu près à mi-parcours entre la forge du Piot et le château, un groupe de bâtiments se tassait sur un léger replat, de part et d'autre d'une cour qui se donnait un air de petite place. Haut perchée dans le mur, une fenêtre à meneaux témoignait de l'ancienneté de l'habitat. Pour le village, l'ensemble c'était le Mas, abrégé de « Mas de Revel » ; mais quand les propriétaires parlaient du seul bâtiment dont j'appréciais fort l'ouverture typique, ils disaient l'*Eune*. Plusieurs familles avaient certainement vécu là en des temps dont la mémoire ne se souvenait pas. Pour l'heure, ce n'était plus qu'une seule exploitation dont dépendaient les alentours : pente de colline, sans oublier la fameuse sablière, jardins complantés de vénérables mûriers et champ, plus des parcelles au cœur de la Plaine et d'autres derrière le Serre. Le foyer se limitait à trois personnes : un couple et un vieillard, le père du mari. Un berger et un domestique composaient le personnel permanent.

Comme le soir arrivait, je n'étais pas allée plus loin. D'ailleurs, tout ce qui se situait après la *Crotz* restait pour un temps encore étranger à mon champ d'investigation. J'avais à voir la partie du village en direction de Montdardier.

C'est ce que je fis quelques jours plus tard. Jusqu'à la borne-fontaine, les lieux m'étaient déjà tout à fait familiers et je connaissais les quelques habitants. Le chemin de la fontaine prenait juste à l'angle du four à pain contre lequel se dressait l'unique borne. Là il se divisait en trois branches, trois sentiers rocailleux, un passant au-dessus de l'école et desservant les maisons abandonnées, un autre gravissant sec la colline et continuant loin, dans une zone sauvage où n'existait nulle habitation, et enfin un dernier, quasi impraticable, s'arrêtant à Micot. Micot, la maison bien nommée, car elle profitait d'une minuscule replat, à mi-chemin entre la base et le sommet de la colline. C'était en réalité un ensemble de deux demeures jumelles coiffées de lauzes, à l'ancienne mode. Les énormes dalles calcaires, solidement imbriquées, avaient résisté aux assauts du vent, de la neige et de la pluie. De belles pierres, taillées en arrondi, bordaient les ouvertures depuis longtemps béantes.

Le dernier occupant, le Gierdo, un mendiant sans feu ni lieu, las d'errer, avait trouvé un ultime refuge dans la cave. Une couche de paille, du bois mort ramassé aux alentours et une vieille marmite en terre lui permettaient à la fois d'échapper aux intempéries et de préparer une soupe avec des morceaux de lard rance, quelques poignées de légumes secs, aumône des fermières. Parfois des pommes de terre, des raves maraudées dans les jardins proches rompaient la monotonie de l'ordinaire. De ses quêtes à Montdardier, il revenait avec de la menue monnaie. Le matin, avant l'heure de la classe, il appelait les gosses, confiait deux sous au premier arrivé qui filait chercher une pincée de tabac à priser et rapportait le cornet, tout en suçant le bonbon offert en récompense par l'épicière.

Un matin, personne ne vit plus le Gierdo partir pour la tournée habituelle. On le découvrit mort, roulé dans sa pélerine.

Depuis lors, Micot n'accueillit plus que les chouettes, les chauves-souris et les mulots... Les propriétaires se bornaient à cultiver les petits coins de terre encaissés dans la roche, bien à l'abri des vents. Quelques poiriers et pruniers à demi sauvages donnaient des fruits que les gosses s'empressaient de croquer encore verts. Une touffe de chênes et d'érables, juste au-dessus de la bâtisse, lui composait un écrin de verdure inattendu.

En dessous de Micot, s'échelonnaient un vaste jardin clos de murs et une sorte de pelouse à l'herbe fine, laquelle arrivait en surplomb jusqu'à la rue. La cour de l'école étant très exiguë, la coutume voulait qu'à la belle saison, les enfants aillent courir sur la colline pendant la récréation. Les premiers jours, tout se passait bien. Ils restaient au-dessus de l'école, jouant à chat perché ; puis, incapables de résister, ils grimpaient dans l'enclos de Blaise pour se rouler sur l'herbe.

Un soir où j'attendais mon tour à la borne-fontaine, je vis s'avancer une femme imposante par la stature et le port très droit. Lydie arrivait, martiale, depuis un petit bâtiment situé à l'autre extrémité de l'aire. Elle s'arrêta pile au bord du mur :

— Dites donc, vous là, l'institutrice, vous pourriez faire votre travail et surveiller les gosses. Je vous avertis bien que je ne veux pas qu'ils viennent chez moi piétiner mon herbe. Tâchez de les garder. Ils sont mal élevés. Les parents les laissent faire. Bande de *caraques*. C'est tout de la basse classe...

Sa cruche remplie, la « dame au long nez » avait filé sans bruit. Le lendemain matin, je profitai des quelques minutes consacrées, selon l'emploi du temps, à la morale pour expliquer aux coupables qu'il convenait de respecter la propriété privée, d'être polis (car je n'ignorais pas que la vieille demoiselle était gratifiée, à l'occasion, de qualificatifs justifiés certes mais interdits). J'avais l'impression de n'être guère persuasive et je conclus ma péroraison sur la menace de récréations passées dans la cour. De temps en temps, l'incartade se reproduisait et je reprenais mon prêche.

Depuis le chemin de la Faïsse jusqu'en face du paradis défendu, une grande parcelle inculte constituait l'aire du maire. La façade de son habitation appelée le *Taparel* — surnom d'un propriétaire au XVIIe siècle — s'ouvrait sur une cour prolongeant le champ. Après le bâtiment, un espace également inculte, envahi d'arbres et d'arbustes, arrivait jusqu'à une grande bâtisse : la laiterie. En réalité, la laiterie n'occupait que l'étage inférieur. Tout le reste constituait, depuis le départ des derniers locataires, une dépendance de l'exploitation agricole aux destinées de laquelle présidaient la fameuse représentante de la haute classe et son frère, tous deux célibataires. Ils vivaient dans une spacieuse demeure dont la terrasse surélevée leur permettait de surveiller le chemin de la fontaine et le terrain interdit. Un escalier en spirale, composé de pierres remarquablement taillées en arrondi et agrémenté d'une rampe en fer forgé, montait de la cour et de la remise longeant la route jusqu'à l'étage. Une immense cheminée mangeait tout un mur de la cuisine vétuste et mal entretenue. Les volailles allaient et venaient librement, en quête des miettes sous la table, tandis que les mouches s'affairaient au-dessus.

Les ouvriers agricoles ne faisaient pas long feu dans la maison où Lydie commandait ferme, rationnait le vin et le pain et lésinait sur le salaire de la valetaille qui eût dû se contenter de l'honneur de la servir. Son frère, désireux d'avoir la paix, évitait de l'attaquer de front. Il guettait le moment où elle tournait le dos pour se rendre à la cave tirer une bouteille de vin et la dissimuler dans le coffre de la jardinière. Quand il partait aux champs, avec une *foliéta* dans la musette, il devait passer à proximité de la jardinière afin de sortir les bœufs ou le cheval. Il en profitait et glissait la seconde bouteille dans sa veste. Une *foliéta,* c'était un peu juste pour étancher la soif d'un amateur de jus de la treille, mais deux c'était nettement trop et les idées se brouillaient. Lydie le tançait à chaque fois vainement. Elle exhalait alors sa rancœur en s'en prenant à tout le voisinage.

La pauvre vieille était peut-être plus à plaindre qu'à blâmer. Dans sa jeunesse, elle avait failli se marier. Un jour, un prétendant était descendu d'une jardinière flambant neuve, tirée par un cheval fin et nerveux. Le conducteur, lui aussi, avait belle allure. Crevant déjà de jalousie, les autres filles virent passer le couple, le temps d'une promenade. Ce fut la première et la seule fois qu'elle marcha au côté d'un gars de son âge. Les parents refusèrent leur consentement. Le candidat n'était pas assez argenté pour épouser une fille aussi bien dotée, une *verquièra.* Elle avait alors vingt-huit ans. Obéissante, comme le voulait la tradition, elle s'était inclinée.

Au long de cette belle demeure passe un très vieux chemin sur lequel s'ouvrait la *Magnadiéro* devenue la forge. Jacques, le maître des lieux, était omnipotent. Grand, sec, la casquette sur l'oreille et un éternel mégot collé à la lèvre inférieure, il vous regardait de ses petits yeux noirs perçants comme les vrilles suspendues au mur.

A quelques enjambées, un groupe de bâtiments formait le *Masagré.* En avant une longue façade rectangulaire tournée vers le village témoignait d'une construction relativement récente. Elle n'ouvrait ses volets qu'à la belle saison pour recevoir une femme très âgée, sa fille — une demoiselle grisonnante — et son fils prêtre d'une localité voisine où tous trois résidaient. De l'autre côté d'un étroit passage, une grande maison imbriquée dans un ensemble à l'abandon s'offrait le luxe d'un jardin allant jusqu'à la rue.

Après le *Masagré,* un long intervalle de champs s'étend de chaque côté de la route. Sur la gauche, deux bâtiments isolés : le *Gibert,* vaste pailler-fenil, et la *Jana,* sans porte ni fenêtres qui — disait-on — avait jadis servi de refuge à une pauvresse. L'un et l'autre constituaient des annexes du Mas de Revel.

Sur la droite, face au *Gibert,* débute le *Canton,* enserré entre la route actuelle et le vieux chemin venant du *Masagré,* en surplomb de quelques mètres et qui disparaît juste à cet endroit entre des murettes à pierre sèche. Tout contre la route, deux minuscules maisons étroitement enlacées avaient fini par n'en constituer qu'une, tout juste suffisante pour ses trois habitants : un couple âgé et une fille liée d'amitié avec Mlle Julienne bien que sensiblement plus jeune. L'esprit vif, toujours en éveil, la repartie facile, elle était d'un commerce agréable. On la considérait comme une des meilleures brodeuses par son adresse et sa rapidité. Elle crochetait et tricotait avec beaucoup de goût.

Après des jardins étagés, bien à l'abri au sein de la roche, venait un enchevêtrement de très anciennes constructions dont la plupart étaient réduites à des pans de murs dangereusement fissurés et à des vestiges de voûtes en plein cintre qui, eux, restaient debout.

Au bord de la chaussée se dressait une remise, puis venait une façade qui sauvait les apparences, suivie de deux bâtiments habités. Dans le premier : une veuve et deux de ses enfants célibataires dont les modestes gains réunis permettaient de faire bouillir la marmite. Les femmes passaient une bonne partie des journées penchées sur le coffre. Le fils et le frère travaillaient dans une ferme comme ouvriers agricoles.

Dans le second, un couple âgé et une fille qui était la troisième des habitantes du Canton, les *Cantonnéncos* comme on disait au village en parlant de ces jeunesses qui avaient coiffé Sainte-Catherine. Elle aussi brodait de même que sa mère. Durant la période de fonctionnement de la laiterie — de mars à juillet —, père, mère et fille se chargeaient de la préparation du fromage, travail pénible et absorbant, mais qui leur procurait un complément de ressources non négligeable.

Des treilles, des arbustes — dont une profusion de lilas et de buissons ardents —, un marronnier et surtout un magnifique cèdre rendaient l'endroit agréable.

Hélas, quand on tournait le coin de la remise, il suffisait de quelques pas sur la route pour changer de décor. La masse des ruines se dressait lugubre. Un peu plus loin encore, de part et d'autre de la route, les toitures avaient toutes disparu. Parfois, une poutre déséquilibrée pointait vers le ciel. Des accroche-diable barraient encore des ouvertures donnant sur le vide. Des pentures plombaient, balançant des morceaux de contrevents. Merisiers, figuiers sauvages, sureaux, lierres et ronciers jaillissant des intérieurs ne parvenaient pas à cacher cette terrible désolation. Il semblait que la guerre était passée par là. La mort des « anciens », la désertion de leurs descendants avaient abouti à de tels décombres, en moins d'un siècle. L'arrivée à Rogues ayant lieu d'ordinaire par le Canton, les gens qui venaient pour la première fois étaient désagréablement surpris. Seule cette vision demeurait gravée et n'incitait pas à lier plus ample connaissance avec l'endroit, encore moins à y revenir. Le territoire spirituel du village s'achevait un peu après la dernière ruine. Une petite croix en fer forgé marquait cette limite.

J'aurais pu me satisfaire de ce survol de mon entourage immédiat et tenter d'aller au-delà du village. Je n'en éprouvais aucune envie. La communauté du lieu ne m'avait révélé que son écorce. Tout au plus m'arrivait-il de pouvoir jeter de brefs coups d'œil sur l'aubier. Je souhaitais aller jusqu'au cœur. Serais-je un jour admise à y pénétrer ? La question demeurait en suspens.

Pour l'heure, une chose était certaine : les visages que je rencontrais chaque jour ou presque avaient perdu leur anonymat. Ils prenaient vie, reflétaient un individu, un être humain avec sa personnalité propre, ses pulsions, ses souffrances et ses joies. Certains penseront que je cédais à une curiosité déplacée, voire malsaine. Qu'ils se détrompent.

J'avais la prémonition qu'il n'y aurait plus, pour moi, de départ vers d'autres horizons. Des liens allaient se tisser ici. Je n'allais plus seulement avoir affaire à des silhouettes mais à des personnages bien vivants avec leur passé spécifique et relationnel.

Juin, encore à ses débuts, annonçait déjà la chaleur estivale. La plaine était devenue une symphonie de verts. On distinguait de loin le vert blond des céréales de printemps fraîchement sorties, le vert assuré des automnales qui, les derniers froids passés, montaient dru et enfin le vert bleuâtre des fourrages.

Lacam avait perdu sa grisaille triste et uniforme. Les troupeaux y broutaient des fleurs éphémères, surgies en une nuit de la pierraille et qui disparaissaient avec la même rapidité. Le lundi et le vendredi, les garçons apportaient des bouquets maladroits composés de fleurs dont j'ignorais le nom. Venant tout droit de la lande, il y avait eu d'abord des sortes de toutes petites jonquilles à l'odeur désagréable qui étaient en réalité des narcisses à feuille de jonc. Ensuite de bizarres branches ligneuses tordues, presque sans feuilles, mais constellées d'étoiles roses et bleues nécessitèrent un bon moment de recherches avant de s'appeler grémil. Des iris aux tiges minuscules réclamèrent des récipients à leur mesure. Violets, blancs, jaunes, leurs pétales transparents, semblables à de la mousseline de soie, embaumaient la classe. Enfin apparurent les immenses gerbes d'asphodèles, suprême luxe du calcaire.

Nous pouvions laisser la porte grande ouverte, dès le milieu de la matinée. Le poêle étant devenu inutile, je l'avais mis en pénitence, lui et ses accessoires, dans le débarras sous l'escalier. La pièce s'en trouvait agrandie. Plus de poussière ni de cendres. L'ambiance était métamorphosée. Mlle Julienne avait hoché la tête :

— Ne vous réjouissez pas trop vite, la chaleur n'est pas encore là. D'ici deux jours, il pleuvra.

J'étais étonnée, car le ciel demeurait d'une limpidité absolue. A la récréation, je cherchai vainement un nuage. Le soleil brillait au-dessus de nos têtes et, pourtant, il me sembla tout à coup que ses rayons étaient moins ardents. La texture de l'air avait changé. J'aurais été bien en peine d'exprimer l'évolution insidieuse qui s'opérait ; mais je la ressentais. Je n'étais pas seule, un des grands jeta un coup d'œil sur l'horizon et s'écria :

— Après-demain, c'est Saint-Médard, il fera mauvais. Mon père dit que s'il pleut ce jour-là, il pleut quarante jours plus tard.

Mlle Julienne confirma, tout en ajoutant avec un sourire :

— A moins que Saint-Barnabé ne lui coupe le nez !

Pour ne pas être en reste, sa mère ajouta :

— *Per Sant-Medard, la renda creis o demenis d'un quart* *.

Dès les premiers jours de juin, je n'entendis plus parler que de « la Saint-Jean ». A croire que petits et grands étaient survoltés à l'approche du solstice d'été.

Cette année-là, le 23 tombait justement un jeudi. Au retour du catéchisme, j'avais perçu des appels, suivis de

* Pour Saint-Médard la récolte croît ou diminue d'un quart.

galopades en direction du Canton. Jusqu'à l'heure du repas, aucun gosse ne se trouva dans la rue, contrairement à l'habitude. Personne ne parut s'en soucier. Vers midi, un brouhaha monta jusqu'à la fenêtre. Toute l'équipe arrivait tirant, traînant une masse broussailleuse. Je descendis me rendre compte. En me voyant, ils se rengorgèrent, heureux de l'intérêt qu'ils suscitaient. Bouts de ficelle assemblés, fils de fer rouillés, vieilles fourches édentées avaient permis le glissement sur le goudron d'un enchevêtrement de genêts scorpion noircis par le feu courant, de prunelliers secs, de sureau méprisable et méprisé (il se consume sans chaleur). Au ras de la chaussée, j'aperçus quelques branches de chêne et d'érable dépassant à peine. Ils les avaient dissimulées, afin d'éviter des questions embarrassantes, voire d'encourir la confiscation des précieuses bûches. Toutes les mains et les jambes et même un nez présentaient des balafres. Elles étaient sans gravité, ce qui supposait une bonne dose d'adresse et d'entraînement.

Ils poussèrent la masse dans le coin de la ruelle et s'en allèrent manger. Le repas fut expédié encore plus rapidement qu'à l'accoutumée et ils se retrouvèrent quignon de pain et morceau de fromage à la main. D'une porte, d'une fenêtre, parvenaient les récriminations maternelles ; c'était pour la forme. En vitesse, le démantèlement de la charge s'opéra et, en bordure de la rue, des tas furent disposés. Je suivais avec curiosité et intérêt le déroulement des opérations :

— Vous voyez, m'selle, y sera beau mon feu, oh ! mais je n'ai pas fini, faut que je retourne en chercher d'autre.

— D'autre quoi ?

— Du bois pardi. Faut en avoir beaucoup pour que le feu dure longtemps et puis on doit le voir de loin.

A ce moment, un glapissement s'éleva au milieu de la rue. La « dame au long nez » s'efforçait de retirer deux longues branches prisonnières des épines :

— Vous n'avez pas honte, petits malheureux, de vouloir brûler du figuier ?

Flairant un motif que j'ignorais, j'intervins :

— Ils ne font pas un crime, ce bois n'a aucune valeur et brûle mal.

Je crus qu'elle allait s'étouffer :

— Comme si vous ne saviez pas, mademoiselle, que la croix du Christ était en figuier et qu'on ne doit jamais en brûler. Goguenarde, la voix du Piot s'éleva :

— Ben alors, si on regarde tout, qu'est-ce qui restera pour fêter Saint-Jean ? Pas de figuier à cause du Christ, pas de sorbier parce qu'on risquerait de mourir dans l'année. Alors qu'est-ce que vous allez mettre à vot' tas ? — Du *sambuc*. — Du *sambuc* ? Alors vous pourrez être tranquille parce que vos poules pondront plus !

Content de son effet, le Piot reprit son chemin, secoué d'un rire sardonique.

Comme décidément la récolte se révélait insuffisante, la volée de moineaux était repartie vers des coins repérés à l'avance. Dans les maisons dépourvues d'enfants, les préparatifs incombaient aux grandes personnes. On sortait ce que l'on avait mis de côté tout au long de l'année : quelques boîtes en carton, de vieux morceaux de planches trop vermoulues pour le feu de l'âtre, d'antiques *palhassons* dévorés par les rats, une poignée de paille.

Chacun tenait à avoir un feu décent, même les femmes seules se risquaient à affronter les buissons desséchés les plus proches du village. Quelques-unes s'associaient entre voisines, pour réaliser un unique feu. Seul l'apport du combustible était considéré comme une obligation à laquelle nul ne pouvait se dérober. Ceux qui possédaient une vigne n'hésitaient pas à sacrifier un fagot de sarments capables d'enflammer même des branchages frais coupés. Ce qu'on perdait d'un côté, on l'économisait de l'autre ! J'avais aussi remarqué la présence de quelques rameaux de buis entre de la paille et des épineux.

A la fin de l'après-midi, tous les tas étaient prêts. Un peu à l'écart attendait la petite provision destinée à prolonger la vie du brasier. Avec les enfants, j'étais allée du Mas de Revel au Canton. Deux retardataires retenus par les travaux des champs et les soins aux animaux se hâtaient de mettre le combustible en place, à grands coups de fourche métallique, le *forcat*.

La nuit avait été longue à venir. Quand elle fut bien installée, la rue s'anima. En douce, Claudie avait disparu. La grand-mère s'entortilla dans un châle et, à pas menus, gagna la terrasse de la maison d'en face où deux femmes de son âge étaient assises attendant que s'allumât leur feu. Avec Mlle Julienne, je suivis le mouvement jusqu'au Mas de Revel.

Déjà, aux quatre points cardinaux, des rougeoiements trouaient l'obscurité et montaient jusqu'aux étoiles. Ils étaient trop éloignés pour que des bruits pussent nous parvenir. Une voix s'exclama : « Regardez la Cévenne, ils allument eux aussi. » De fait, tout au long de l'énorme barrière rocheuse qui ne se distinguait du ciel que par l'absence de scintillements, un à un les brasiers apparaissaient. Compte tenu de la distance, ils devaient être énormes. Là-haut, le bois était à portée de la main et les montagnards en profitaient pour saluer dignement le retour de la saison chargée de toutes les promesses. Plus près de nous, les hameaux de Blandas, les fermes isolées se devinaient à la position des lueurs rougeoyantes.

La rue s'était embrasée, les gosses sautaient, couraient ; les mains se cherchaient et s'accrochaient pour la farandole. Les gars, insoucieux du danger, bondissaient au milieu des flammes et, de temps à autre, encadrée par surprise et solidement tenue malgré ses cris, une fille passait au-dessus du brasier. Quelques tignasses sentaient le roussi. Les spectateurs aux aguets surveillaient les chutes qui pouvaient se produire après le saut du bûcher. Un vieillard interpella le maire en plaisantant : « Regarde bien. Des fois que ça arriverait, ça te donnerait l'occasion de sortir l'écharpe et de faire un bon repas ! » Tomber ensemble était bel et bien présage d'union de deux jeunes.

Les gens raisonnables attendaient qu'il ne restât plus que des braises pour passer rituellement le feu. Les vieux encore valides et les très jeunes enfants, à force d'encouragements, se décidaient à promener une jambe au-dessus des morceaux en pleine combustion. Quelques petits sautaient, juchés sur les épaules paternelles, les bras crispés autour du cou ou du front protecteur.

A ce rythme, les gosiers se desséchaient. La fontaine accueillait les assoiffés et certaines portes s'ouvraient. En file indienne nous entrions dans une cuisine où le fils de la maison sortait une bouteille de « goutte » et des verres. Nous trinquions et nous repartions rapidement vers un autre logis. Les « anciens » ne dormaient pas. En passant sous certaines fenêtres, les cris et les refrains s'amplifiaient, comme pour donner des regrets aux occupants. Sur le matin, la rue s'assoupit enfin, après que toutes les traditions eussent été observées : un brandon incandescent jeté dans le potager contre les chenilles et les vipères, un autre éteint contre la foudre allait remplacer celui de l'année précédente au *belho* du grenier, trois eaux différentes et bénites guériraient le troupeau de la gale. Dans un moment, il passerait sur les cendres éteintes afin de lutter contre le piétin et les femmes s'en iraient cueillir les bonnes plantes avant le lever du soleil.

CHAPITRE V

L'ancrage

Al pais ont anaras,
Como veirás faràs.

Au pays où tu iras
tu te comporteras comme ceux qui y sont nés.

En classe, la vitesse de croisière était atteinte. A l'approche du certificat, il ne convenait pas de ralentir. Durant les récréations, la future candidate prenait un carré de toile et y brodait les lettres majuscules au point de croix, en tirant des aiguillées de coton rouge préparées à l'avance. Je pestais contre cet exercice sans le moindre intérêt pratique. Depuis belle lurette, on ne marquait plus le linge de cette manière. Si les mœurs avaient évolué, le programme demeurait inchangé, alors impossible d'y échapper. Le gamin, lui, multipliait les dessins. Bol, bouteille, carafe, vase, livres, tout y passait des objets parmi lesquels risquait fort de se trouver le sujet du grand jour. Couture et dessin n'étaient pas des épreuves de premier ordre ; mais elles rapportaient quelques points et il valait mieux ne pas en laisser perdre. Les plus jeunes commençaient à s'essouffler. La place du dessin et du travail manuel augmentait, avec une liberté d'exécution qui les troublait. Ils ressemblaient aux petits qui commencent à marcher seuls et vacillent tout à coup, quand ils s'aperçoivent de l'absence du soutien habituel. J'affectais de ne pas remarquer leur indécision et ils finissaient par se débrouiller seuls.

Un dimanche, avant le repas de midi, je me trouvais au beau milieu de la rue avec un petit groupe quand un bolide s'arrêta juste à notre hauteur. Quelques brefs chuchotements me prouvèrent que l'arrivant n'était pas un inconnu.

Une longue silhouette s'extirpa de la carrosserie. Le béret marron me rappela tout de suite une rencontre au Muséum de Nîmes. Aucun doute possible : M. le Président de la Société spéléologique de France était homme de parole. Il m'écrasa les doigts entre les siens, jeta un coup d'œil circulaire et me demanda où je vivais. Il aperçut Mlle Julienne appuyée au portillon :

— Alors, c'est vous qui l'avez recueillie ? Je monte là-haut. Sûrement que le lièvre m'attend, alors j'y vais.

Arrivé au bas de l'escalier, il se retourna :

— Pas encore fait de descente ? Plus personne dans le secteur pour la spéléo. Trop fatigant et puis l'aven de Rogues, c'est fini. Un puits de dix-neuf mètres, c'est tout.

Je demandai à Mlle Julienne comment elle le connaissait : « Il va chez ma sœur et mon beau-frère. » Claudie confirma. J'appris ainsi que Robert de Joly était un familier du Causse de Blandas.

Robert de Joly adolescent ne partageait pas la crainte des paysans à l'égard des profondeurs obscures de leur pays. Cette crainte, héritée des temps très anciens et toujours vive, résultait sans doute de la croyance selon laquelle les entrailles de la terre appartiennent aux puissances maléfiques. Un jour, il s'était trouvé en présence d'une brèche * remontant à des dizaines de milliers d'années. Cette découverte avait été décisive.

Les années passant, il étendit ses recherches aux alentours. Ses grands-parents y possédaient deux fermes, riches surtout d'immenses landes à moutons sur lesquelles débouchaient bien des « trous ». Les gens du voisinage s'habituèrent à une manie étrange pour eux, inexplicable même,

* C'est un amalgame durci d'argile, de cailloux et d'ossements d'animaux (ours de cavernes, hyènes, etc.).

aucun gain ne paraissant l'attendre au bas de l'échelle perdue dans le noir. Ils acceptaient volontiers de lui prêter main-forte pour transporter le matériel, l'encorder lors des descentes ou remontées trop périlleuses, attendre patiemment un appel au bord de l'abîme ; mais très rares étaient ceux qui consentaient à le suivre.

Je brûlais d'envie de partir sur ses traces, dans la mesure de mes médiocres moyens. J'en avais parlé à mes élèves. A deux exceptions près, ils n'étaient pas très chauds. Le maire me conseilla de commencer par la visite d'une minuscule cavité proche du village, facile et sans danger. Il suffisait d'une bougie et d'une boîte d'allumettes. J'en fis l'achat, lors du passage hebdomadaire de l'épicier. Par mesure de précaution, j'avais demandé une boîte entière de bougies, ce qui avait déclenché un mouvement de curiosité parmi la gent féminine assemblée autour de la voiture.

La fenaison battait son plein, il ne pouvait être question de sacrifier tout un après-midi. Il fallait trouver une autre solution, d'autant plus que je souhaitais emmener l'équipe au complet, du plus petit jusqu'au plus grand. Restait le dimanche, jour du Seigneur, consacré au repos, où l'on n'aurait rentré la récolte qu'en cas de menace sérieuse de pluie ou d'orage. Après les Vêpres, j'avais le temps de mettre mon projet à exécution. Pour éviter les dérobades, je m'étais bornée à annoncer une promenade « derrière le Serre ».

A pas lents, mesurés sur les petites jambes de cinq ans, nous avions commencé à gravir la colline, en empruntant le sentier au-dessus de l'école. Il n'avait pas fallu plus de quelques minutes aux grands pour éprouver le besoin de filer comme des chèvres. Je dus les rappeler à l'ordre. Ils s'arrêtèrent sur place, à mi-pente de la colline. Piaffant d'impatience, ils s'amusaient à faire rouler les pierres le long de l'éboulis. Tout à coup, je les vis, rassemblés en cercle, observant quelque chose que je ne distinguais pas. Le reste de la troupe s'était agglutiné : « Mademoiselle, qu'est-ce que c'est ? On dirait un escargot en pierre. » Sur une paume reposait un caillou assez plat et arrondi. Je le pris. Aucun doute possible. Il s'agissait d'un fossile et plus exactement d'une ammonite, en excellent état. L'animal avait vécu là quelque deux cents millions d'années auparavant, alors que la mer recouvrait encore le Causse. Sur la promesse de plus amples explications en classe, je leur conseillai de bien regarder autour d'eux car il en existait certainement beaucoup d'autres. Ils pouvaient arriver à constituer une collection.

Très vite, je dus tempérer leur ardeur, les poches s'emplissaient de fragments dépourvus d'intérêt. Comme nous arrivions au col, un des gamins penché sur le sol appela les autres qui s'attroupèrent. A cet endroit, la roche en place affleurait, lissée par le frottement des roues des chars. A la partie centrale, miraculeusement épargnée, une ammonite de plus de trente centimètres de diamètre apparaissait bien en relief. La première réaction des grands avait été de savoir comment s'y prendre pour l'extraire et l'emporter à l'école. J'eus bien de la peine à les dissuader d'une opération qui eût conduit à la perte d'une pièce exceptionnelle. Il convenait de la laisser en place.

Je tournais et retournais deux petits fossiles enfouis au fond de ma poche. Je n'éprouvais aucun besoin de les regarder. Il me suffisait de les palper pour en apprécier la forme, le relief, la structure même, pas celle d'un morceau de calcaire mais d'un petit animal marin qui avait vécu en cet endroit. Cette découverte — assez banale dans une telle région — prenait tout à coup la forme d'une révélation exaltante. Fini le temps des fossiles-images de mes bouquins, des fossiles-collections de musées. Ils étaient là chez eux, dans leur décor originel, rendus visibles par la pluie, le gel, les pas des hommes et des bêtes.

Le chemin continuait à plat dans un paysage tourmenté, beaucoup plus sauvage que le Causse proprement dit. Au nord, le massif Tude-Anjau découpait sa masse puissante sur l'horizon. En contrebas, sur une croupe, se dressait un ensemble de bâtiments. Le hameau de Caucanas constituait la seule trace d'habitation perdue au sein de la roche taraudée, cisaillée de vallées sinueuses.

Selon les indications fournies, une fois dépassée une cabane à pierre sèche et un *espère* de chasse, bâtis en bordure du chemin, j'obliquai sur la gauche et commençai à descendre légèrement la pente abrupte. Une étendue presque chauve précédait une barrière de buis. Nous devions la franchir et, après une centaine de mètres parmi ces arbustes, l'entrée de la grotte apparaîtrait à droite, en surplomb. Une escalade de quelques mètres, et nous nous trouvâmes face à un large porche ouvrant sur l'obscurité humide et froide. Les mines n'étaient pas réjouies ; mais tous s'efforçaient de cacher leur trouble. J'allumai rapidement quelques bougies que je confiai aux volontaires. Peu à peu, les yeux s'habituèrent et, à la clarté vacillante des flammes, la voûte surbaissée et les parois apparurent. Suivie de très près, je fis le tour de la salle, hélas dépourvue de toute concrétion. Le sol était recouvert d'une épaisse couche de fumier. Baume Bacou avait servi de bergerie au temps où les troupeaux ne rentraient pas chaque soir au bercail. Une croûte craquelée montrait que le refuge ne servait plus depuis longtemps.

J'étais déçue, car toute trace d'occupation préhistorique avait disparu, emportée avec le fumier qui servait à fertiliser les terrasses aménagées sur les pentes des alentours. Les murs de soutènement éventrés, la présence de chênes pubescents indiquaient que les cultures avaient cessé avec la fin d'une très ancienne poussée démographique, peut-être au XVIIIe siècle.

Les trois grands fouinaient dans les recoins pendant que les autres, tournés vers l'extérieur, attendaient le moment de retrouver le soleil et l'espace. Le plus aventureux s'était glissé bougie et tête en avant à l'intérieur d'un diverticule où ses épaules n'avaient pas place. Là le dépôt d'origine était intact ; mais son épaisseur ne dépassait guère cinq ou six centimètres. Tel un blaireau, il eut vite dégagé les quelques poignées de sable qui coulait entre ses doigts. Tout à coup il referma la main, se redressa. Il tenait une drôle de petite pierre brillante, blanchâtre, avec des arêtes tranchantes, qui ne ressemblait en rien aux innombrables cailloux du Causse.

Le gamin passait son pouce avec insistance sur ce bout de roche qui l'intriguait, quand, soudain, il le lâcha et une ligne rouge apparut sur la face interne du doigt. Le sang perlait et il sortit un mouchoir de sa poche. J'arrêtai le geste lui demandant de laisser saigner. Je ramassai le caillou malfaisant. C'était un petit outil en silex de médiocre qualité. Je plaisantai pour rassurer le blessé : « Tu vois, les couteaux des hommes préhistoriques taillaient aussi bien, si ce n'est mieux, que les nôtres ! Bravo, tu as trouvé une pièce intéressante. C'est ta première découverte, tu en feras certainement d'autres. » Il était réconforté. Le retour s'effectua dans la gaieté.

Le lendemain matin, les ammonites sélectionnées et le silex trouvaient place dans le minuscule placard, à côté des échantillons de calcaires. Le premier contact avec les dessous du Causse s'était bien passé et déjà les héros songeaient à une seconde expédition. Objectif : l'aven-grotte de Camasso qui — d'après le père d'un des garçons — ne présentait pas de danger... vu d'en haut ! Je jugeai prudent de procéder à une visite préalable.

Depuis plus d'une semaine, le débit de la borne-fontaine diminuait de façon inquiétante. Si, aux premières heures de la matinée, il était à peu près normal, vers midi, il se réduisait à un mince filet et remplir une cruche devenait un exploit. Le rationnement s'imposait et, avec lui, les difficultés allaient commencer. J'avais beau entendre évoquer le calvaire que constituait une longue période de sécheresse, je ne parvenais pas à réaliser les problèmes posés par le manque d'eau. Il fallait les affronter pour les comprendre.

Alors que le débit baissait, je remarquais que les heureux possesseurs de citernes allaient à la fontaine au moins une fois le jour. Comme je m'en étonnais, il me fut répondu : « C'est pour garder une réserve le plus longtemps possible et ne pas avoir à charrier l'eau du puits. » Le puits, c'était un cylindre en maçonnerie équipé d'une énorme roue en fonte et d'un déversoir alimentant le « chaudron * », là-bas, au milieu de la Plaine. J'évaluais la distance à environ 500 mètres.

Nous n'en étions pas encore réduits à cette extrémité. Dans un premier temps, la fontaine resta ouverte une heure, le matin, et chacun préleva la quantité qui lui convenait. Tous les récipients bien astiqués attendaient la manne et les membres de chaque famille se relayaient pour obtenir le maximum. Je m'amusais à observer le manège de certaines vieilles qui faisaient deux ou trois va-et-vient alors qu'habituellement elles venaient une seule fois.

Pendant que les mains fatiguées de tourner alternaient, les langues ne dételaient pas. Les jeunes pestaient contre la lenteur, contre le système de pompage, contre le temps perdu, contre les soudures qui ne résistaient pas et leur valaient de s'arroser et d'arriver à domicile avec une cruche presque vide. Les vieux attendaient patiemment. La borne-fontaine, en bordure de la route, constituait pour eux un progrès appréciable. Ils avaient connu la *conco* dans les rochers, à l'emplacement du réservoir ; un creux où il fallait descendre pour puiser un peu d'eau douteuse en plein été et dont les abords étaient glissants et traîtres au cœur de l'hiver. Comment oublier l'anse du seau collée par le gel à la paume de la main, les petites chandelles formées au tablier parce qu'il était impossible de ne pas recevoir les dégoulinades tout en marchant ?

* Il s'agit d'un récipient ayant la forme d'un demi-œuf. Il mesure 0,75 m de haut et 1,35 de diamètre au sommet. Il fut apporté, au siècle dernier, d'une grotte où il se trouvait.

L'eau et, par conséquent, la pluie accaparaient les pensées. Chaque paroisse avait sa procession annuelle ou circonstancielle. Ainsi à Blandas, le lundi de Pentecôte, les habitants observent toujours la tradition. Ils se réunissent devant l'église et se rendent à Fontaret, la fontaine découverte par un *aret*. Avant la Grande Guerre, tous les possesseurs de troupeaux y faisaient l'offrande de la plus belle toison et de la plus belle gerbe de blé. Le conflit terminé, on se contenta de les déposer devant l'autel de la Vierge, avant le départ de la procession. Peu à peu, pour simplifier la tâche du prêtre — qui était obligé de vendre la laine — on substitua au don en nature sa valeur en espèces. Cette procession à la Vierge sollicite son intercession pour les récoltes et vise surtout par conséquent à obtenir la pluie. Si, malgré tout, la sécheresse persiste, une seconde procession est organisée.

La véritable tradition, dont les origines sont antérieures au christianisme, se révèle dans la procession aux Conquétos qui cessa à la fin du XIXe siècle. Les Conquétos sont de grandes cupules creusées par l'érosion dans des rochers en bordure d'un vieux chemin reliant deux hameaux de Blandas : le Landre et Peyrarines. La plus vaste de ces cupules, alimentée par une petite venue d'eau pérenne, voyait arriver les paysans, précédés du curé et des enfants de chœur. La croix des processions était trempée trois fois par l'officiant qui demandait au Bon Dieu une averse capable de désaltérer les champs, les bêtes et les gens.

Dans les premiers jours de juillet, un drôle de vent se mit à souffler. Il arrivait de la Méditerranée ; mais aucun nuage ne l'accompagnait. La chaleur s'était installée. Impossible de trouver le sommeil avant le petit matin où une coulée de fraîcheur se dégageait du calcaire. Dès que le soleil apparaissait, le « marin blanc » reprenait. Plus la moindre trace de rosée sur l'herbe. Les céréales blanchissaient, se desséchaient. Les fourrages, surpris en pleine croissance, se ratatinaient. Dans les jardins, toutes les feuilles plombaient vers le sol. La soif était partout.

D'une heure d'ouverture de la fontaine chaque jour, on était passé à la seconde phase du rationnement : une cruche par personne, deux par famille. A l'avance, les récipients étaient prêts et chacun donnait un coup d'œil à l'horloge puis dressait l'oreille dans l'attente du son de la corne.

Dès qu'il parvenait, c'était la course à qui serait le premier. Au bas de la ruelle, le spectacle était cocasse. Félix le garde arrivait, coiffé du képi et soufflant dans la corne, tout en portant d'une seule main un seau et une cruche. Derrière lui, sur ses talons, se pressait tout le bas du village, dans un déploiement de récipients. Une fois à la fontaine, on les posait par terre et on attendait sous un soleil de plomb. On attendait quoi ? Tout simplement le retour du garde qui devait aller jusqu'au Canton. Quand tous les acteurs étaient en place, il ouvrait la vanne et chacun passait à son tour. Au début, tout allait bien, puis insensiblement le débit diminuait et l'attente devenait pénible. Jusqu'au jour où les récipients demeuraient vides...

Le temps du puits était venu. Ceux qui disposaient d'un attelage garnissaient une charrette avec des fûts, des bidons, des lessiveuses qu'il fallait arrimer solidement au moyen de cordes. Le charroi avait lieu le matin de bonne heure et le soir au coucher du soleil. Tourner la roue était très pénible et, en général, on se relayait. Il fallait au retour guider les chevaux pour éviter au maximum les secousses. La stabilité du liquide était obtenue par quelques rameaux placés à la surface.

Dans les fermes, une fois les citernes vidées, on prit également le chemin du puits. Les *gorgòs* dispersées sur les aires de parcours étaient depuis longtemps desséchées et leur fond d'argile craquelait au soleil, en dessinant de petits polygones irréguliers dont les bords se relevaient. Les lavagnes ne contenaient plus, au centre, qu'un infect bourbier qui se calcinait un peu plus chaque jour en dégageant une odeur nauséabonde. Restait la mare communale avec quelques mètres cubes d'un bouillon verdâtre traversé d'algues glauques dont nul animal domestique ne voulait plus. Seules des nuées de petits papillons bleus et quelques libellules s'en contentaient. Autour du puits, les abeilles et les guêpes, de plus en plus agressives, se précipitaient sur l'herbe humide ou se noyaient en masse dans le « chaudron ».

La quantité d'eau que pouvait fournir le puits était assez limitée. Elle correspondait en effet au volume d'une poche très localisée dont la profondeur maximale de quelques mètres se situe à cet endroit précis. En effet, un autre puits, jouxtant la voie romaine et distant seulement d'une quarantaine de mètres, était comblé depuis moins d'un siècle, ne donnant plus une goutte d'eau.

A plusieurs reprises, de gros nuages blancs étaient apparus en différents points de l'horizon ; mais, au lever du jour, le ciel redevenait limpide. Le « marin blanc » avait cessé de souffler et on respirait mieux. Un matin, des masses cotonneuses montèrent de partout à la fois, doublées d'autres moins épaisses virant au noir. L'orage n'allait pas tarder à éclater. Vers l'ouest, une clarté jaunâtre s'éleva, poussant les nuages devant elle. La grêle, c'était la grêle, une malédiction. Un silence impressionnant s'installa. On n'entendait pas la moindre manifestation animale, pas le plus petit froissement de feuilles. Loin, très loin semblait-il, inattendue, une sonnerie de cloche s'égrena comme un appel au secours. L'aïeule se signa, puis murmura : « Ils veulent protéger les maisons de la foudre. » Ils ? Peut-être ceux de la vallée, souvent frappés par le fléau. La tension devenait insupportable. Tout à coup, un long éclair zébra la Plaine. C'était le signal. Pas un seul grondement de tonnerre ; mais une succession accélérée de décharges aveuglantes qui mettaient les nerfs à vif. On avait envie de crier, de supplier la venue libératrice des premières gouttes. Au lieu de gouttes, ce fut une lame de vent froid, sans direction précise, qui s'éleva au-dessus du Causse. La pluie était tombée ailleurs. Nous étions oubliés et pourtant l'orage devenait indispensable : *Julhet sens auratge, famina al vilatge* *.

Dans les jours qui suivirent, les bêtes et les gens manifestèrent de l'humeur. En classe, le travail n'était pas fructueux comme à l'ordinaire. Les enfants s'agitaient et ne parvenaient plus à fixer leur attention, en dépit d'efforts méritoires. A plusieurs reprises, nous crûmes que les nuages allaient libérer leur cargaison au-dessus de nos têtes. L'orage tournait, s'assoupissait, reprenait et, finalement, il se déchaînait sur les corniches au nord du plateau. D'Alzon à Montdardier, les terres en avaient fini avec la sécheresse. C'était, paraît-il, le processus habituel. Les corniches accrochaient et retenaient les nuages. Il ne restait rien pour le cœur du plateau.

L'attente continuait, maintenant teintée d'espoir. Après le réconfort au-dessus de la vallée de l'Arre, survint la catastrophe sur celle de la Vis. Pendant des heures, implacable, la grêle hacha, déchiqueta, broya les vignes, les oliviers, les maigres arbres fruitiers, sans compter le jardinage. La récolte de vin était anéantie. Pour sauver les vers à soie, il faudrait aller demander de la feuille là où les mûriers auraient échappé au massacre, peut-être sur le plateau, peut-être dans les vallées aux environs de Saint-Laurent-le-Minier. A Rogues, les paysans hochaient tristement la tête.

Ce fut à ce moment — peu propice — qu'eut lieu le certificat d'études. Le départ s'effectua aux aurores et, ce jour-là, le car se trouva complet à partir de Montdardier, grâce aux candidats et aux parents. Selon la coutume, le repas de midi eut lieu à l'hôtel du *Commerce.* Les brouillons des problèmes, rédaction et questions suivant la dictée passés au crible étaient très satisfaisants et les convives firent

* Juillet sans orage, famine au village.

honneur au menu. L'attente des résultats déclencha l'impatience, puis l'énervement de tous les intéressés. Le retour s'effectua dans l'allégresse avec deux gosses soulagés. Restait la seconde manche, la plus difficile car, avec les bourses, il ne s'agissait pas d'un examen, mais d'un concours et la situation matérielle de la famille entrait en ligne de compte. Seul le garçon fut admis. Pour la fille, la porte des études se fermait. Je le regrettai vivement, car les deux étaient d'égale valeur. Ils quittèrent définitivement l'école, tandis que leurs camarades durent patienter jusqu'au 14 juillet pour s'échapper de la volière. Le programme était terminé et l'emploi du temps avait cessé d'être un carcan. La matinée se passait en exercices de consolidation des connaissances primordiales. Durant l'après-midi, la chaleur transformait la classe en fournaise et nous allions chercher un peu d'air et d'ombre soit sous le platane, soit en bordure de la rue. Les filles cousaient, tricotaient ou dessinaient ; les garçons profitaient des dernières feuilles de papier de couleur et d'un fond de colle pour réaliser des décorations à leur convenance. Avec des bouts de craies, les plus petits esquissaient des bonshommes, des arbres, des animaux et jusqu'à des scènes cocasses sur leur ardoise. Pour la première fois depuis des mois, les contrevents de l'école se rabattaient à quatre heures et demie.

Le Causse vivait intensément sous le soleil de juillet. Le temps de la moisson était arrivé. La Plaine avait viré du vert au blond doré. Brûlés par le « marin blanc », les épis ne seraient pas gonflés. Les asphodèles l'avaient d'ailleurs annoncé. Lacam avait été trop vite privé de leur parure. Au long des quelques rares hampes, les boules se comptaient sur les doigts de la main. Mauvais présage ! *Alédas tanadas, airés granadas* *. Ce n'était pas le cas. Raison de plus pour se

* Asphodèles riches de fruits mûrs, aires de dépiquage riches en céréales.

hâter d'engranger le plus rapidement possible la maigre récolte dont on aurait grand besoin lorsque viendrait la mauvaise saison. J'entendais répéter sans cesse : *Cal ménaja l'estiu per assura l'iver* et *l'estiu recolto et l'iver manjo* *. J'avais l'impression de plonger des siècles en arrière, au temps des famines.

Impossible de courir le risque d'une averse de grêle qui, en un instant, eût vidé les épis sur le sol. Dès qu'ils étaient assez dorés et que, sous le doigt, les grains apparaissaient *calhòls* et non plus laiteux, les faucheurs entraient en action. Ils ouvraient, à grands coups de faux rythmés, les passages par lesquels la machine s'introduirait dans la masse végétale, pour la jeter à bas en quelques heures. De temps en temps, ils s'arrêtaient et, en deux ou trois frottements de pierre à aiguiser, rendaient à la lame son tranchant. La pierre enfouie dans le *cojal,* ils allaient vers quelque buisson où attendait — à une ombre toute relative — le *flasco.* Ils buvaient quelques gorgées à la régalade, s'essuyaient la bouche du revers de la main et reprenaient le travail. Quand, malgré l'adresse du faucheur, la lame rencontrait une pierre — comment cela n'arriverait-il pas dix fois le jour, sur le Causse ! —, il fallait s'arrêter un moment et « piquer ». L'homme assis, jambes écartées, fichaient l'enclumette en terre, y posait la partie ébréchée et, à petits coups de marteau, réparait le mal. Si le fil était retrouvé, une goutte d'eau déposée sur le talon de la lame devait parvenir, sans encombre, jusqu'à la pointe. Là se reconnaissait un vrai faucheur. Une fois le champ préparé, la machine arrivait, traînée par des bœufs ou des chevaux. La machine, c'était la faucheuse qui servait pour le fourrage ; mais elle recevait en complément un assemblage de pièces de bois et de métal, destiné à préparer les gerbes. La botte tombait et il ne restait plus qu'à la lier avec une

* En été il faut mettre de côté pour assurer l'hiver ; on consomme en hiver ce que l'on a récolté au cours de l'été.

poignée de brins divisée en deux parts sensiblement égales et dont les épis s'entrecroisaient. Enserrer la botte dans l'anneau de paille, la tasser d'un coup de genou, tordre les extrémités du lien et les immobiliser en les repliant à l'intérieur n'avait rien de bien compliqué ; mais il faut aller au rythme de la machine, sans souci des chardons qui s'enfonçaient dans la chair, de la fatigue qui cravachait les reins.

Sur deux des plus grandes parcelles de la Plaine, un autre type de machine était à l'œuvre, dans un cliquetis régulier de chaîne et un tournoiement de pales blanches. Des regards d'envie se posaient sur les nouveaux engins qui expulsaient les gerbes toutes prêtes, à une cadence accélérée, sans la moindre intervention du conducteur tranquillement assis sur son siège.

Quelques vieillards avaient quitté le village pour voir fonctionner ces engins diaboliques dont ils se méfiaient. Une masse pareille ne pouvait se mouvoir que sur de vastes espaces. Impossible de frôler les haies, de contourner les tas d'épierrement appelés *clapasses*. Je les écoutais affirmer que jamais la mécanique ne remplacerait le faucheur et pourtant...

Ils se souvenaient que leurs grands-pères coupaient le blé à la faucille, longue lame droite dont seule l'extrémité était recourbée. Il en traînait encore quelques spécimens en mauvais état, pendus aux murs des granges. Ils étaient absolument identiques à ceux que j'avais admirés sur des gravures représentant des manuscrits carolingiens. En leurs jeunes années, les vieux Caussenards qui observaient les deux moissonneuses-lieuses s'étaient servis du *volant*, grande faucille introduite sur le Causse par les Albigeois qui, à chaque saison, y venaient moissonner. Le *volant*, je le connaissais pour le voir aux mains des gens du village qui avaient seulement deux ou trois recoins semés en céréales, des recoins minuscules où nulle machine ne pourrait jamais pénétrer. C'était aussi l'outil indispensable au nettoyage des haies vives et des espaces buissonneux.

J'appris que la *dalha*, et ses petits accessoires avait fait une timide apparition vers 1890, au domaine de la Borie d'Arre, le plus important de la commune de Rogues. Elle avait été saluée par des quolibets : un tel instrument ne permettrait pas le ramassage intégral des épis et son emploi ne se généraliserait jamais ! L'année suivante, une seconde faux était entrée en action ; mais il fallut attendre près d'une décennie pour que le *volant* fût réellement détrôné. Quant à la première faucheuse, elle était apparue dans la Plaine deux mois avant le déclenchement de la Grande Guerre.

Avant 1914, la loue de saisonniers avait lieu pour la Croix, le 3 mai. Les plus importantes se tenaient à Saint-Michel de las Sers (des Vipères) et à Saint-Maurice, sur le Larzac ; à Nant et à Saint-Jean-du-Bruel, en Aveyron. Tous les villages du Causse avaient également une loue, généralement peu importante, le dimanche précédant le début de la moisson. C'était le cas pour Rogues et Blandas.

Les équipes s'y formaient. L'un se chargeait du manche de la faux et l'autre de la lame, marquant ainsi leur volonté de travailler ensemble, l'un coupant, l'autre liant la gerbe. Pour ceux qui utilisaient encore la grande faucille, on comptait une lieuse chaque quatre moissonneurs. Les hommes gagnaient trois francs et les femmes deux francs cinquante. La *colle* comportait de cinq à vingt ouvriers. Le capitaine de l'équipe percevait un franc de plus par jour. Il était responsable de la nourriture et tout particulièrement de l'approvisionnement en pain. S'il venait à en manquer, on l'enfermait dans un sac et on le malmenait quelque peu. Le marché conclu, le fermier versait un acompte qui était dépensé séance tenante à l'auberge et la journée s'achevait parfois en disputes et horions, parfois en joyeux refrains. Les moissonneurs étaient, en majeure partie, des Albigeois, presque tous anciens maîtres d'armes qui avaient passé sept ans sous les drapeaux. Les lieuses qui les suivaient —

qualifiées de « femmes de mauvaise vie » — étaient la cause de nombreuses rixes sanglantes. Les meurtriers demeuraient impunis, le silence étant de règle au sein de l'équipe. Certains, même, n'avaient de moissonneur que le nom. En réalité, ils passaient leur temps à organiser des jeux de hasard, soutirant par ce moyen la paie de leurs camarades. Toujours ceints de la tayole rouge, ils chantaient à tue-tête la *Carmagnole* et d'autres hymnes dont le souvenir s'est perdu. C'est par eux que les Caussenards apprirent la proclamation de la IIe République.

La journée des moissonneurs durait de l'angélus du matin à celui du soir. Pour qu'elle fût un peu plus longue, les fermiers s'entendaient avec le curé qui sonnait en avance le matin et en retard le soir. Cette ruse n'échappait pas aux journaliers du pays et l'un d'eux, excédé, finit par se plaindre : *Ah ! ça de que creses : me logo per lo jorn mas pas per la nuèch**. Pour éviter toute perte de temps, les repas étaient pris aux champs. Au lever, les hommes absorbaient un morceau de pain accompagné d'un peu de fromage ou d'une tranche de saucisson et avalaient par-dessus un petit verre d'eau-de-vie. C'était le *tuo vèrme* — le tue-vers. Aux alentours de six heures, la fermière apportait *lou déjuna* composé d'une marmitée d'eau bouillie, la soupe qui a toujours été très répandue sur le Causse. *L'aigo bolida sauvo lo vido, esquinso lo cantel***. C'est de l'eau salée dans laquelle on plonge, à ébullition, une branche de thym et quelques gousses d'ail coupées menu. Après quelques minutes sur le feu, on verse le mélange sur de fines tranches de pain arrosées d'une cuillerée d'huile d'olive.

La suite consistait en une épaisse tartine accompagnée d'un oignon cru et d'un peu de *rebarba*. La cuillerée de *rebarba* était déposée sur un coin de la tartine. Les hommes coupaient de petits morceaux de pain, et avec chacun,

* Ah ! ça qu'est-ce que vous croyez : je me loue pour le jour mais pas pour la nuit.

** L'eau bouillie sauve la vie et amenuise la tourte.

raclaient un peu de fromage. De larges et fréquentes rasades étaient nécessaires pour apaiser la soif déclenchée par la terrible *rebarba.*

A neuf heures, une courte halte permettait de faire honneur à la *tessio* comportant saucisson et petits fromages. Le *gostar* arrivait vers treize heures. La lourde marmite de cuivre reposait sur une *cavilhada* posée sur le chignon de la fermière. La marmitée de soupe de pommes de terre et de poireaux une fois posée au sol s'allongeait d'un litre de vin. C'était *lo chabrot* que les moissonneurs mangeaient assis en rond en puisant à même le large récipient. Après, venaient un plat de légumes verts et de la charcuterie, souvent du jambon, puis du fromage. Légumes et charcuterie étaient déposés sur une *lauza* que chacun mettait de côté sur un mur ou sur un *clapas* pour les repas suivants.

On laissait passer le gros de la chaleur à l'ombre d'une haie, d'un poirier sauvage ou tout simplement d'un buis. Avant de s'endormir, les moissonneurs priaient le petit lézard de leur accorder sa protection : *Lausèrt, lausèrt gardo me de la serp qué quand véndras a mon ostal te donorai un granet de sal**. Le lézard a, en effet, la réputation de mettre le dangereux reptile en fuite.

Après une demi-heure de repos, le travail reprenait jusqu'au *gostassor*, vers seize heures. Le menu consistait en un ragoût suivi de salade et de fromage. Deux heures plus tard, venait la *saussòla* : c'était une écuellée de vin et d'eau accompagnée d'une tranche de pain que l'on trempait d'un seul coup, ou une bouchée après l'autre, selon les goûts. Ainsi prenaient fin les va-et-vient de la fermière qui n'avait guère de répit, car il lui fallait encore préparer *lo sopar* servi vers vingt heures trente. La soupe était souvent remplacée par du caillé dans lequel on émiettait du pain. Le plat de résistance se bornait à des restes de légumes ou de ragoût et

* Lézard, lézard, protège-moi de la vipère et quand tu viendras chez moi, je te donnerai un petit grain de sel.

à un morceau de fromage. Ce repas, pris à table, était le seul de la journée que les hommes pouvaient faire durer avant de s'endormir écrasés de fatigue, dans la grange qui attendait la récolte nouvelle.

Tout cela, je l'apprenais peu à peu, en écoutant les anciens égrener leurs souvenirs. La machine avait — selon eux — dérangé toutes les habitudes, à commencer par les repas. Plus de *tuo vèrme,* mais une simple tasse de café pour aider au démarrage de la journée. La toile de la moissonneuse-lieuse ne s'accommodant pas de l'humidité matinale, il fallait attendre que le soleil boive la rosée et le petit déjeuner se prenait autour de la table familiale. L'eau bouillie n'était pas détrônée, seulement après ce décrassage d'estomac, il fallait du pâté, des œufs au plat, de la charcuterie et du fromage. Personne n'étant plus de bonne heure aux champs, finie la *tessia.*

A midi, les hommes revenaient à la maison pour se mettre les pieds sous la table et digérer confortablement à une bonne ombre. « Plus de soupe, ça fait suer », qu'ils disaient. En guise de *chabrot,* ils réclamaient un grand plat de salade. Les légumes ? Ils acceptaient ; mais ensuite, inutile de parler de charcuterie, « ça donne soif, c'est trop salé » ; alors on tuait de la volaille ou un agneau et même on achetait de la viande au boucher. La volaille ! Selon la tradition, c'était seulement le dernier jour du dépiquage que la fermière faisait *roda lo gal** pour le repas de midi et maintenant il leur en fallait chaque jour !

Vers quatorze heures, ils buvaient le café — comme les femmes ! — et ils se décidaient enfin à retourner au travail. Ils étaient lancés et tournaient jusqu'à la nuit noire. Aux environs de dix-sept heures, ils goûtaient sur place. C'était devenu le seul et unique repas pris aux champs !

Quand au « souper », il avait lieu tellement tard que les vieux étaient couchés depuis belle lurette. Inutile de les

* Cuire un coq à la broche.

attendre ; avant de manger, les plus jeunes commençaient à gaspiller de l'eau pour se laver, alors qu'on en avait tout juste pour faire boire les bêtes. « Et que je te change de chemise et que je *t'alifo*. Au lieu de manger tranquillement, tout en discutant du travail, allez je te tourne le bouton de la TSF et en avant la musique ! Ils perdent les meilleurs heures de sommeil. On le leur dit bien ; mais ils ne veulent pas écouter. »

On était maintenant loin, très loin des pratiques séculaires du temps dormant, alors que tout cela demeurait présent dans les mémoires.

Tout le monde savait encore que le temps sec, avec un bon vent du nord, est plus favorable à la sortie du grain que le temps humide. A Rogues, où l'on recourait aux chevaux qui tournaient sur l'aire, on arrivait à dépiquer trois charretées de gerbes à la fois. A Blandas et à Navas, ou c'étaient des bœufs, on parvenait péniblement à en passer deux.

On arrêtait de temps en temps pour retourner la paille à la fourche en la secouant, puis on recommençait jusqu'à ce que tout le grain ait quitté l'épi. Alors, on l'entassait avec le râteau et les femmes balayaient l'aire méticuleusement, avec une brassée de rameaux d'amélanchier bien serrés. Entre les dalles, il ne devait pas rester le moindre grain. Un peu à l'écart, posé sur le jupon de sa mère, se trouvait souvent un bébé au maillot, qui attendait plus ou moins tranquillement une pause, durant laquelle il pourrait se pendre à la mamelle. Pendant ce temps, les hommes engrangeaient la paille dans le bâtiment contigu à l'aire.

Le *molon* restait sur l'aire pour être débarrassé des *polses*. C'était une opération longue et fastidieuse qui réclamait un peu de vent, mais pas trop. Le *ventadon*, s'enfonçait dans le tas et se soulevait. Le grain coulait entre les lames et retombait sur le sol, tandis qu'une partie des vannes s'en allait un peu plus loin, portées par le vent. Au *ventadon* succédait l'*airièr*. On l'attachait par une cordelette à la dent médiane d'une fourche en micocoulier dont l'extrémité du manche reposait sur le sol. Une fois chargé de grain, le tamis était secoué fortement en tenant le bord à deux mains, bien dans l'axe de la fourche. Les grains retombaient sur un drap de grosse toile tandis que les fétus de paille et les plus grosses impuretés demeuraient au centre du tamis. Une telle besogne ne pouvait s'achever en un jour et pour que la récolte soit à l'abri des voleurs, on montait la garde. Pendant que les parents prenaient le repas du soir, les enfants venaient s'asseoir à côté du tas. Le souper achevé, le père ou le domestique arrivait et, après s'être enroulé dans le drap, passait la nuit à la belle étoile.

Le grain pouvait alors prendre le chemin du grenier où, peu à peu, il subirait un ultime nettoyage. Suspendu à une poutre par trois fortes courroies de cuir réunis une curieuse pièce de fer forgé, le *mondaire* attendait de remplir son office. D'une seule main accrochée à la poignée on imprimait au crible un mouvement de rotation rapide et bref. Il ne restait plus alors, sur le fond, que le bon grain absolument net. Ce crible primitif avait fini par connaître l'abandon au profit d'un engin industriel baptisé cribleur. Seuls quelques besogneux s'en servaient encore, à l'abri des regards narquois.

Au retour d'une foire du Vigan, peu avant la Grande Guerre, un engin placé sur une charrette avait fait son apparition. C'était un tarare qui fut bientôt baptisé du nom de *molin*. A lui seul, il remplissait la même besogne que le *ventadon*, *l'airièr* et le *mondaire* réunis. Tourner la manivelle était certes pénible ; mais plus besoin d'attendre les caprices du vent, ni de passer les nuits dehors, en faction, pour protéger son bien, et puis, on pouvait toujours souffler quand on en éprouvait le besoin. Le *molin* fut adopté, seul l'*airièr* resta en service pour les légumes secs. Je me souviens l'avoir encore vu employé, afin de débarrasser des pois chiches de leur enveloppe, une année où la récolte était si maigre que le recours au tarare se révéla inutile.

Après tant d'efforts, on ne se lassait pas de contempler le grain, le « bled » comme disaient, dans les temps anciens, les arrière-grands-parents. Pour ces Caussenards, toute céréale était bled, aussi bien le froment que l'orge, le seigle, l'avoine et le millet. Les anciens que j'ai connus avaient surtout des regards caressants pour le blé, le vrai, le froment. Le contact du blé sur la peau était pour eux une sorte de communion avec la terre nourricière. Ils le soupesaient respectueusement au creux de leurs mains déformées puis le laissaient glisser lentement, comme à regret. Après le passage au *mondaire,* une bonne partie allait leur échapper, surtout s'ils n'étaient pas propriétaires de l'exploitation.

En vendre tout de suite était indispensable pour payer le montant du fermage et régler la note de tous les travaux exécutés au cours de l'année précédente par les artisans : maréchal-ferrant, forgeron, charron, menuisier, cordonnier, etc. Il fallait en porter au domicile du Monsieur, le *Monsur,* soit le propriétaire, une certaine quantité fixée par le bail, au titre des réserves en nature. Ce déplacement n'était, hélas, pas le seul. Les héritiers des anciens hobereaux n'avaient garde d'oublier le grain qui, chaque automne, leur arrivait du plateau au titre de rentes dont l'origine remonte à plusieurs siècles. Il convenait encore de porter quelques sacs au négociant du Vigan ou de la vallée de l'Arre qui, l'hiver d'avant, avait monté la provision de châtaignes et noté sur son carnet « payable à la récolte de blé ».

Quand la distribution était terminée, il restait encore à partager en deux. D'un côté, la semence qui allait retrourner à la terre demeurait sur le plancher. De l'autre, la provision familiale à protéger de la poussière, des charançons et surtout des rats trouvait place dans des *bondons.* En cas de dépense imprévue, la seule ressource était de puiser dans un *bondon.* Le pain devenait un peu moins blanc, un peu plus amer ; mais l'essentiel était d'en avoir pour tenir jusqu'à la récolte suivante.

Lorsque le gel ou la sécheresse avaient sévi, le fond du *bondon* apparaissait prématurément. Il ne restait plus qu'à demander le prêt de deux ou trois doubles décalitres à un voisin mieux loti ou au négociant habituel. Manger son blé en herbe n'avait rien d'exceptionnel et il fallait entendre les récits des anciens pour comprendre que pas un épi ne devait être oublié lors de la moisson. Le fait est qu'il n'en restait certainement pas beaucoup sur les *restols* à la fin de l'été car les femmes seules glanaient, jour après jour, afin de s'assurer leur pain quotidien.

Et voici que, tout d'un coup, une étrange machine, accouplée à une locomotive, était venue achever le chambardement... La moissonneuse-lieuse à peine sortie du champ, hommes et femmes se précipitaient sur les gerbes pour faire la *ressa* et, deux jours plus tard, les attelages emportaient la récolte sur l'aire. Et là, de nouveau à toute vitesse, on montait des *garbièras* d'une hauteur à vous donner le vertige et qui, parfois, penchaient du côté où elles avaient envie de tomber, suscitant des railleries.

Un peu à l'écart, deux ou trois charretées de gerbes demeuraient sur place. Surprise, j'avais demandé pourquoi elles ne se trouvaient pas avec les autres, au sommet des *garbièras.* Elles appartenaient à un voisin dont la récolte était trop mince pour que la batteuse allât chez lui... Un entrepreneur d'Alzon était propriétaire de la machine et comme Rogues est à la plus faible altitude, la récolte avait dix jours d'avance sur celle de Blandas et près de trois semaines sur celle d'Alzon et de Campestre. On avait donc décidé de commencer par Rogues. C'était logique. Une véritable frénésie secoua les producteurs de céréales et ce fut à qui aurait l'honneur de passer en premier, puis en second. Nul ne pouvait se résigner à occuper le dernier rang et pourtant il en fallait un !

Fini le temps où l'on s'assurait avant de moissonner que les grains étaient *calhòls*. Chacun voulait dépiquer et dépiquer avant les autres. La machine avait tué le bon sens... La rivalité allait s'étendre aux repas. Ce fut bientôt à qui aurait la réputation d'offrir la meilleure table aux « hommes de la batteuse », tout en restant dans les limites de la production locale augmentée de quelques légumes montés de Ganges ou du Vigan telles les aubergines et les tomates.

En un jour ou deux le monstre dévorait les gerbiers et restituait dans des sacs le grain d'un côté et les *grapies*, c'est-à-dire les criblures et les grains non décortiqués, de l'autre. La belle paille compressée en forme de paquets durs comme la pierre, tous pareils et qui s'empilaient, se retrouvait sagement jusqu'aux poutres, laissant un vide inhabituel. Vite et bien, ça n'a pas l'habitude d'aller de pair. Les vétérans cherchèrent le défaut de la cuirasse et le trouvèrent. Tantôt dans le sac réservé aux *grapies* coulait autant de bon grain propre que de déchets, tantôt la paille n'était pas vidée de tout son fruit. Parfois, trop gloutonne, la mécanique *s'engarafatava*. On l'arrêtait et on l'auscultait pour déterminer le remède. L'examen et la guérison demandaient d'une heure à une journée. Les femmes ronchonnaient à la perspective d'un ou plusieurs repas supplémentaires. Si le ciel boudait, les hommes partaient en quête de bâches, la machine refusant les gerbes mouillées. Dans la ferme qui attendait son tour, on affichait des mines renfrognées : le *recate* ne pourrait se conserver et puis on perdait du temps. En réalité, on n'aurait sans doute rien perdu ; mais l'occasion de maugréer était trop belle pour la laisser passer. Les récriminations remplaçaient les chants... Le temps dormant qui régnait depuis des millénaires n'existait plus. Comme à l'usine et au bureau, le temps réglementaire s'installait aux champs.

La campagne de battage achevée, les hommes qui s'étaient entraidés avaient fait connaissance avec une forme de fatigue jusqu'alors inconnue : la fatigue nerveuse. La mécanisation déterminait un nouveau rythme de vie et, par voie de conséquence, une mentalité différente se forgeait. L'asservissement à l'outil remplaçait la soumission aux lois de la nature. Fatalisme et sérénité n'avaient plus cours... A travers les bribes de souvenirs des anciens, j'arrivais à reconstituer le changement brutal succédant à des siècles d'un immobilisme qui, pour ces hommes, semblait venu du tréfonds des âges.

La grande période d'activité intensive aux champs était précédée ou suivie de la Fête. Cette fois, il ne s'agissait pas d'une affaire religieuse comme Noël ou les Rameaux. La *voto* c'était la réjouissance profane, encore qu'elle se trouvât, le plus souvent, accordée avec le patron de la paroisse et qu'elle dût observer une trêve le temps de la messe dominicale. La succession des *votas* au cours de l'année avait été fixée de temps immémorial avec une prédominance durant la belle saison, en dehors toutefois de la période des foins et de la moisson, Montdardier et Blandas « tenaient » en mai, Rogues et Alzon se réservaient le premier dimanche d'août, Vissec le troisième. L'organisation en incombait aux *cap de jovents* et aux autres jeunes gens de dix-huit à vingt-cinq ans, voire davantage lorsque les classes étaient creuses.

Le dimanche précédant la date rituelle, les hommes du village sortaient les quilles et les grosses boules en buis rangées au fond de quelque remise. Le mouton — attaché à proximité — donnait grande envie de le gagner. Si le vainqueur était de la localité, l'usage voulait qu'il l'abandonnât aux *cap de jovents*. Ceux-ci se chargeaient d'organiser un repas dont l'animal constituait le plat de résistance et qui réunissait généralement la majorité de la population.

A l'issue des vêpres, une partie s'organisait avec un dindon ou un agneau comme enjeu. Le plus souvent, elle se prolongeait jusqu'à la nuit noire, ponctuée d'exclamations visant la chance et l'adresse des protagonistes, arrosée de gros rouge dont les lampées assuraient vigueur et bagout. Il s'agissait d'un excellent entraînement, capable de redonner gestes et coup d'œil.

Chaque famille « avait fait savoir » par le facteur, ou par une personne de passage, aux proches et aux vrais amis — surtout aux jeunes — qu'ils étaient conviés à la *vota.* Les liens de parenté étaient tels que, dans un village, tout un groupe de personnes étaient invitées aux fêtes du voisinage. Elles se concertaient de manière à garnir une, deux ou trois jardinières. Selon les possibilités d'accueil à l'arrivée, elles partaient le samedi dans la soirée, ou le dimanche matin à l'aube.

Pour les filles, c'était l'occasion — attendue des mois à l'avance — de pouvoir échapper à la vigilance du curé. Hors de sa vue, elles danseraient sans encourir ses foudres, qui allaient de l'interdiction de communier pendant un certain temps à la récitation d'un nombre plus ou moins élevé de chapelets... A Rogues, celles de mon âge avaient décidé de secouer le joug. Un jour où les admonestations commençaient à pleuvoir du haut de la chaire, très dignes, avec ensemble, elles s'étaient levées et avaient gagné la porte. Il dut bien y avoir une explication orageuse au bercail pour avoir osé braver le représentant du Bon Dieu et avoir quitté l'église ; mais la liberté était acquise de danser en plein jour, devant les parents. En leur for intérieur, les mères devaient éprouver une certaine admiration et pas mal de regrets en songeant à toutes les Jeanne et les Gabrielle condamnées au supplice du chapelet.

La semaine écoulée, quand venait le samedi après-midi, les *cap de jovents,* revêtus des habits du dimanche, parés de cocardes, se préparaient à recevoir les musiciens, grands animateurs de la soirée et du lendemain. Ceux-ci montaient du Vigan à Montdardier à pied, par les raccourcis. Quand ils se rendaient à Alzon, ils prenaient le chemin de fer et arrivés à la gare, ils étaient accueillis par tous les gosses qui les escortaient pendant un bon kilomètre, la ligne ne passant pas à proximité de l'agglomération. A Rogues, on se contentait d'un accordéoniste grimpant, lui aussi, du fond de la vallée. Montdardier en avait un sur place qui avec un petit bossu tapant sur son tambour complétait l'orchestre. Les arrivants prenaient place à l'auberge et, le soir, accompagnés des jeunes, ils donnaient la sérénade aux demoiselles du village, dont les parents étaient obligés d'offrir la *gota* à toute la joyeuse bande.

A Rogues, au contraire, les portes demeurant closes, le cérémonial se trouvait abrégé. Les gars en profitaient pour se livrer à un tour complet des bergeries abritant des chèvres qu'ils trayaient. Le lait obtenu prenait le chemin de la maison d'un des *cap de jovents* où il était chauffé et transformé en soupe — par addition de tranches de pain et de sucre —, soupe dont chacun se servait à sa guise.

Après l'agitation nocturne, il était difficile de sortir du lit et le réveil en fanfare ne commençait guère avant neuf heures. A Montdardier, en raison de l'étendue de l'agglomération, *cap de jovents* et musiciens formaient trois groupes chargés chacun d'un quartier. Le calme revenait comme par enchantement lorsque la cloche annonçait la messe. Toutes les familles s'y rendaient, accompagnées des invités. Plus elles en avaient, plus grande était leur fierté. Elles les exhibaient, comme les robes neuves confectionnées par la couturière ou, comble d'aisance, achetées au Vigan. C'était là le privilège de quelques *verquièras*. A la sortie de l'office, de petits groupes se créaient, se transformaient par échanges d'éléments. On passait de l'un à l'autre avec des sourires, de petits gestes affables faussement détachés. Les maîtresses de maison s'excusaient de ne pouvoir rester : elles se devaient à leurs cocottes et à leurs poêlons.

Les femmes se hâtaient d'achever les derniers préparatifs. L'*ostal* et ses occupants devaient être astiqués pour recevoir les invités. Elles avaient, en conséquence, « tombé la poussière », récuré les cuivres, lessivé la vaisselle réservée aux grandes occasions, brossé les vêtements, coupé les cheveux des gamins. Deux semaines avant la *vota,* Clavière, d'Aurillac, trônait sur la place de Blandas en proie à toutes les ménagères qui voulaient absolument faire étamer les couverts et les « paniers » en fer-blanc, dans lesquels ils prenaient place, la vaisselle une fois terminée. L'*estamaire* se chargeait aussi de remettre en état les marmites, bassines et grands plats de terre victimes d'une maladresse. Quelques agrafes de métal et l'ustensile pouvait reprendre du service.

L'heure de l'apéritif arrivée, tous les hommes s'attablaient devant de hauts verres à pied accompagnés de cuillères à très long manche. Un morceau de sucre suffisait à en garnir le creux. On versait doucement dessus la ration d'absinthe et quand il fondait, on plongeait la cuillère dans le verre et on le remplissait d'eau fraîche presque à ras bord. Il ne restait plus qu'à remuer jusqu'à ce que le liquide ait pris l'aspect laiteux, caractéristique du breuvage de bonne qualité. En famille, la plupart des hommes ne dépassaient pas un ou deux verres de cet apéritif. Au café et à l'auberge, chacun y allait de sa tournée et les esprits ne tardaient guère à s'échauffer.

Cap de jovents et musiciens profitaient de ce moment pour entamer la promenade du gâteau festival. A chaque maison, quelques mesures de marche, de mazurka ou de polka annonçaient le porteur de la *fogassa* qui entrait et invitait le maître ou la maîtresse de maison à en couper un morceau. La tranche était purement symbolique, car elle correspondait tout juste à la ration d'une personne. De la poche, sortait — selon les moyens — la pièce ou le billet préparé à l'avance qui tombait dans une petite corbeille tenue par un autre jeune. Les *cap de jovents* parvenaient ainsi à couvrir les dépenses et à réaliser un bénéfice suffisant pour s'offrir un petit repas le dimanche suivant.

Le menu de la *vota* était copieux, riche en charcuterie familiale. La brandade de morue préparée à la maison ou la morue accompagnée d'herbes et de pommes de terre figurait sur toutes les tables, à moins que ce ne fût un plat de truites.

La jeunesse, pendant ce temps, dansait, mangeait de la *fogassa* ou des *cocas*, buvaient du sirop de grenadine ou de la limonade. Les *Cap de jovents* organisaient un jeu de boîtes qui permettait de gagner une bouteille de vin ou de mousseux dont la principale qualité résidait dans la capsule dorée et la grande étiquette.

Pierrot, de Pont-d'Hérault, ne manquait aucune *voto* de la région. Avec toutes ses cocardes, ses grimaces et ses mimiques, il amusait les gosses et les adultes. Ce bouffon des Temps modernes gagnait ainsi le boire et le manger durant deux jours. François-Edouard, le bossu, lui, venait d'Alzon. Après avoir longtemps charrié sa marchandise sur le dos, il avait fini par acheter un âne. Il quittait sa boutique de la Carrierasse, la grand-rue, vers quatre heures du matin et se trouvait ainsi à pied d'œuvre quand s'achevait le réveil en fanfare. Sur l'éventaire, plaqué au mur de la maison de Mlle Julienne, il disposait la roulette, dont la flèche s'arrêtait sur une assiette, un plat, une tasse ou un petit vase. De tels lots enchantaient les femmes qui s'empressaient de leur trouver une place sur l'étagère réservée à la jolie vaisselle. A côté de la roulette, François-Edouard disposait des sacs de bonbons de sa fabrication, les uns pour la vente, les autres pour alimenter une petite tombola.

Depuis qu'il avait un âne, il se déplaçait avec la grille à charbon de bois, le pot en terre plein de sirop, la jatte en cuivre, le crochet et tout le nécessaire destiné à fabriquer pastilles et berlingots devant la clientèle, notamment les *tabletas* à la menthe, vertes d'un côté et blanches de l'autre. Le sirop coulait sur une plaque métallique constellée de petits creux. Dès refroidissement, les bonbons emplissaient les sacs, sous les regards gourmands des gosses. La préparation des berlingots était plus spectaculaire. Le bossu jetait le serpent bicolore autour du crochet, l'étirait, le relançait, crachait dans les paumes de ses mains, tel un bûcheron prêt à saisir le manche de la cognée, et continuait inlassablement, heureux de se donner en spectacle. Quand il avait fini, il se frottait les mains au pan de sa blouse qui eût pu gaver un essaim, puis il saisissait le sac des pions. Les gens misaient, tandis que François-Edouard agitait le sac tout en chantonnant : « *Tabazi, tabaza ; cigari, cigara.* » La poignée de bonbons remportée par le vainqueur ne faisait pas long feu... Et il fallait recommencer tant et si bien qu'à la fin de la journée, le gagne-petit était satisfait de sa recette.

A côté de l'éventaire de François-Edouard, sur les marches mêmes de l'agence postale, Albine, la boulangère de Montdardier, installait ses corbeilles emplies de *cocas* cuites à point et fleurant bon l'eau de fleur d'oranger. Au fur et à mesure que les acheteurs se présentaient, d'un coup de pinceau, trempé dans un bol de café très sucré, elle avivait le doré de la croûte. Sur le soir, son mari revenait la chercher, chargeait les corbeilles vides sur la jardinière et pendant qu'elle glissait précautionneusement la bourse alourdie dans la poche de son jupon, lui s'en allait discuter un moment. Parfois, un parent les retenait tous deux pour le souper, après quoi Albine devait tenir les guides pour rentrer plus sûrement au bercail !

Quand les étoiles s'avivaient sur fond d'obscurité, le solide repas de midi n'était plus qu'un vague souvenir. Ce que l'on avait mangé et bu au cours de la soirée n'empêchait pas de se remettre à table et d'y rester au moins trois bonnes heures d'horloge. Rien ne pressait, une fois les bêtes soignées. Puisqu'on était tous réunis, on en profitait.

Le temps, la récolte, les changements de fermiers prévus lors de la Saint-Michel suivante, les achats et ventes de bœufs et de chevaux, le cours du blé, les histoires de famille, la politique locale, les procès en justice de paix, on avait de quoi parler jusqu'au petit matin. Après s'être assurées que la dame-jeanne, trônant au milieu des plats, tenait le coup, les femmes s'éclipsaient, laissant les hommes à leurs histoires. Selon leur âge, elles allaient danser ou regarder danser ou encore échanger, entre parentes ou amies d'enfance, leurs soucis familiaux, leurs préoccupations domestiques, leurs ennuis de santé, toutes choses qui ne regardaient ni le curé, ni les mâles, ni les aïeules, ni les jeunesses. Les garçons avaient quitté la table, en évitant d'attirer l'attention, laissant aux aînés le soin de débattre de questions qui ne les concernaient pas encore...

Quand venait le petit matin, les invités prenaient congé de leurs hôtes. Ceux-ci promettaient de venir à leur tour. Ainsi allait-on d'une *vota* à l'autre, conservant les bonnes relations, nouant aussi d'autres liens car fêtes et foires permettaient aux pères de planter des jalons concernant l'avenir de leurs enfants. Le lundi, on se retrouvait dans l'intimité communale pour clore la fête.

Enfants, jeunes et moins jeunes formaient une longue chaîne qui allait sautant allégrement par les rues en lançant à tue-tête un refrain qui traduisait, hélas, la fin des réjouissances avec le départ des musiciens :

Bon viatge, cap de jovents
Portas d'argent
Que la festa es tenguda
Bon viatge, cap de jovents
Portas d'argent
Que nous ananaren *.

Quant au *branle de bufets,* farandole des soufflets, elle réunissait les boute-en-train revêtus d'une ample chemise de femme en toile blanche, flottant par-dessus leur pantalon, coiffés d'un bonnet de coton et armés d'un soufflet. En file indienne, ils chantait à tue-tête :

* Bon voyage, conscrits, / Apportez de l'argent, / Que la fête s'achève, / Bon voyage, conscrits, / Apportez de l'argent, / Car nous allons partir.

Et bufo li (bis)
*Et bufo li ol cuol**

tout en mimant la scène. Dos rond, tête baissée vers le sol, chacun soufflait à la base des reins de celui qui le précédait. Après une série de pas à droite, les acteurs exécutaient un demi-tour et les souffleurs étaient alors soufflés. Durant le demi-tour, le soufflet était levé, pointe en l'air. Cette « marche à l'envers » ne durait qu'un instant, ce qui permettait à la file d'avancer. La danse continuait alternativement vers la gauche puis, à nouveau, vers la droite, sur le rythme de la polka.

A Rogues, ils grimpaient jusqu'au château et, parvenus là, ils dansaient de plus belle, en entonnant le couplet :

Es lo branle de bufets
Aïman lo cabaret
Et lo vespre los domaisèlas (bis)**

A Montdardier, le *branle de bufets* s'accompagnait de l'imposition des cornes de bélier au dernier marié de l'année. Prévenu quelques jours à l'avance, l'intéressé se présentait sur le pas de sa porte au moment du passage des danseurs. Il se prêtait de bonne grâce à la mise en place d'une magnifique paire de cornes, opération accompagnée de quolibets et de grivoiseries qui avaient le don de mettre toute l'assistance en joie.

Sur le soir, les musiciens s'en allaient. La fête était terminée et chacun songeait aux travaux du lendemain : fenaison ou moisson qui attendait... A Montdardier, cependant, on s'octroyait encore une journée de détente. Le lundi, après souper, les jeunes s'en allaient d'une maison à l'autre quêter du lait de chèvre. La tournée durait plusieurs

* Et souffle-lui (*bis*)/Et souffle-lui au cul.
** C'est la farandole des soufflets/Nous aimons les cabaret/Et, le soir, les demoiselles (*bis*).

heures, aucune ferme n'étant, cette fois, laissée de côté. Au retour, l'aubergiste se chargeait de l'employer pour confectionner une gargantuesque soupe que toute la population était conviée à venir déguster. Après quoi, histoire de se distraire, les jeunes se livraient à des farces parmi lesquelles les déplacements de pots de fleurs, d'outils agricoles, figuraient en bonne place sans compter les sérénades d'un goût plus ou moins douteux à certaines têtes de turc. Le mardi matin était consacré à la confection de gâteaux que cuisait le boulanger. Les musiciens partis, la joyeuse bande des jeunes allait manger les pâtisseries sur l'herbe, dans les environs de la grotte d'Anjau, un coin où ils étaient parfaitement tranquilles.

En 1938, la *vota* de Rogues avait cessé depuis longtemps déjà. La Grande Guerre avait marqué la fin de cette tradition. Mlle Julienne, sa mère et quelques autres évoquaient de temps en temps ces heures joyeuses, ces réjouissances toutes simples qu'elles semblaient certaines de ne plus revoir. L'aïeule affirmait que le monde avait trop changé et que les jeunes ne savaient plus s'amuser. Sur le premier point, elle avait raison. Comme tant d'autres, le village se mourait, en proie à l'exode rural amorcé dès la seconde moitié du XIXe siècle avec le développement industriel qui n'avait cessé de croître depuis cette époque. L'hécatombe des hommes en pleine force durant les quatre années de combats a été souvent considérée comme responsable de la désertification. Il s'agit, en fait, d'une apparence. La plupart de ceux qui étaient morts sur les champs de bataille ne seraient pas restés au pays, faute de pouvoir y trouver du travail. Avec les bouleversements sociaux et économiques, le Causse n'était plus à même de nourrir autant de bouches que par le passé. Les moins favorisés devaient être les premiers à partir vers les grandes villes et les usines qui réclamaient de la main-d'œuvre.

Quant à dire que les jeunes ne savaient plus s'amuser,

c'était une autre affaire. En réalité, ils manquaient seulement d'occasions. J'ai eu la chance de connaître durant l'été 1938 la dernière *vota* de Montdardier, un village qui avait encore une population suffisante pour maintenir la tradition. Je peux dire que l'ambiance était fort animée. Jeunes et vieux rivalisaient d'entrain, heureux de se divertir, et pourtant les nuages s'amoncelaient...

CHAPITRE VI

L'installation

La primièra annada de braç en braç,
La segonda de tras en tras,
La trebena veni quand voudras !

La première année : bras dessus bras dessous,
La seconde : l'un derrière l'autre,
La troisième : viens quand tu voudras !

La fin de l'année scolaire étant arrivée, j'avais refermé les deux vieux panneaux de bois qui abritaient la porte vitrée de la classe et remis la clé au maire.

Renonçant au train dont la lenteur m'exaspérait, j'avais pris le car au Vigan. Je débarquai ainsi en plein cœur de Nîmes et je retrouvais la maison tous volets clos, refusant les rayons du soleil. Malgré cette précaution, l'atmosphère était étouffante. Le ventilateur, brassant de l'air chaud, ne parvenait pas à tempérer l'impression de fournaise. La moindre activité réclamait un effort dont j'étais incapable.

Passé le 15 août, à deux pas de la maison, sur le boulevard Jean-Jaurès, les forains commençaient à s'installer, en prévision de la grande foire de la Saint-Michel. Chaque année, revenaient les habitués : marchands de chiques et de nougat, propriétaires de chevaux de bois, de balançoires et autres manèges tel le grand huit.

Le 29 septembre, alors que les flonflons de la fête éclataient, j'étais de retour à Rogues...

Je retrouvai le Causse rayonnant de lumière. Une verdure toute neuve d'une intensité presque agressive se mêlait au brun rougeâtre des terres fraîchement labourées. En juillet, tout grillait sous le soleil et les hommes s'affairaient à engranger les moissons. Le village semblait une ruche en proie à l'essaimage. A la veille de la rentrée, le calme était surprenant. Sans hâte, sans vaine précipitation, des couples de bœufs et de chevaux retournaient les derniers chaumes. Bêtes et gens savouraient en effet le bref été de Saint-Michel : l'*estivet de Sant-Michèu* ramène le beau temps après les perturbations plus ou moins violentes et durables de l'équinoxe.

Les anciens commençaient à s'inquiéter de ce que serait l'hiver. Les premiers présages leur semblaient peu encourageants. Lors de la récolte des oignons, à la vieille lune d'août, chacun avait pu constater qu'ils étaient habillés chaudement, pour résister au froid. Les multiples enveloppes extérieures se refusaient à partir lors du tressage et voici qu'elles bâillaient et tombaient peu à peu du plafond, déclenchant la mauvaise humeur des ménagères.

Confortant le pessimisme, les lilas du Canton s'offraient la fantaisie de quelques grappes mauves dépourvues d'odeur. Les *perussiers* craquaient sous la charge de leurs petites boules rondes, dont les femmes guignaient la chute afin d'en remplir les tabliers, à l'intention des porcs. Jusqu'aux ronciers qui se mettaient de la partie avec leur foisonnement de baies brillantes, gourmandises des moineaux, des volailles et des gosses. Restait à observer le manège des hirondelles et des passagers de toutes plumes, doués d'un instinct jamais en défaut. J'écoutais les augures d'une oreille plutôt distraite.

Pour l'heure, il me fallait organiser le cadre scolaire et discuter avec les autorités. Ma demande n'entraînait aucune dépense et je me jetai à l'eau. Le maire était sur la défensive quand je commençai à parler transformations. Pourquoi ne pas m'autoriser à enlever l'estrade ? Sans doute s'attendait-il à tout autre chose car il demeura un instant songeur. Je sortis les raisons pratiques : gagner de la place, faciliter l'entretien, éviter les petits accidents. J'allai jusqu'à évoquer le tas de bois d'allumage qu'on pourrait obtenir, de quoi couvrir les besoins pendant tout un hiver, au minimum. Je gardai pour moi le mobile psychologique, celui qui me poussait. Brûler l'estrade, c'était un peu — toutes proportions gardées — détruire la Bastille !... Ce que je taisais, mon interlocuteur l'avait fort bien compris. J'emportai son accord pour ôter le symbole, mais à la stricte condition de ne pas attenter à son intégrité. L'estrade se retrouva donc au piquet contre un des murs de la cave. La conserver intacte permettait de faire face à d'éventuelles pressions extérieures.

La pièce, une fois nivelée, sembla toute différente. Le garde avait passé un badigeon de chaux sur les murs et le plafond. Une agréable odeur de propreté flottait dans l'air ; c'était net, blanc comme les cuisines bien entretenues, un peu trop blanc à mon goût. Une poignée d'ocre et une pincée de rouge auraient suffi à réchauffer l'ambiance, et à pallier le manque de lumière.

Pour l'heure, avec une planche, deux tasseaux, quatre gros clous, je souhaitais confectionner un perchoir à l'usage des débutants. Trop petits, ils ne pouvaient atteindre sans peine le tableau noir. Le bois, je l'avais sous la main ; mais ni clous ni marteau adéquats. J'allai donc trouver Antonin dont l'œil se plissa d'aise en me voyant entrer dans son domaine. Comme je n'avais aucune envie de devoir revenir, je demandai carrément une poignée de clous. Quant au marteau, un élève le lui rapporterait en sortant de classe.

Hélas ! Le bonhomme avait tout son temps. Il estimait qu'un tel travail ne convenait pas à une *mestre d'escòla.* Clous dans une poche, marteau dans l'autre et tenailles à califourchon sur l'avant-bras, il m'accompagna jusqu'à l'école. La marche une fois placée le long du mur, sous le tableau, je le remerciai et lui demandai combien je devais, tout en le priant de me laisser deux ou trois clous, en cas de besoin. Le diable d'homme avait compris que je ne tenais pas du tout à utiliser ses bons offices. Sous le rebord du chapeau, l'œil brillait à en devenir phosphorescent. Il était bien décidé à planter les clous lui-même. Je m'inclinai de mauvaise grâce et lui désignai un point du mur. Horreur ! Le clou fut incrusté en moins de temps qu'il ne faut pour le dire, solide à y suspendre un bœuf ; mais sur la blancheur immaculée, des empreintes noires dessinaient leurs entrelacs. J'étais furieuse mais n'en laissai rien paraître. En haut, dans le logement, j'avais besoin d'un autre clou de taille et comme aucun pinceau n'était entré en action depuis des années, il pouvait officier sans danger. Là encore, le travail fut vite fait et bien fait. Au dernier coup de marteau, il me fixa, éclata d'un rire qui n'en finissait plus, traversa la pièce, prit une glace retournée contre la cloison et l'alla suspendre. Désirant assurer la stabilité, il planta deux pointes le long de la base et recommença à rire. J'attendai la suite. Elle ne tarda pas : « *Quante polit miralh ! la domaisela paura s'alifa. Li manca pas que lo bon amie* * ! » Je ne me fâchai pas et me contentai de lui répondre : « Pourquoi pas ? Je crois que vous avez raison. Vous devriez m'en chercher un. » Comme il refusait tout paiement, je lui glissai dans la main la valeur d'un paquet de tabac.

Je terminai la soirée en disposant quelques gravures susceptibles d'intéresser les enfants. Un vase en grès trapu attendait le premier bouquet de l'année scolaire 1938-1939. Le bureau, ripoliné en gris clair, avait perdu son aspect sinistre mais il demeurait fort incommode.

Le samedi 1er octobre, je retrouvai le même effectif : deux grands étaient partis, deux débutants assuraient la relève. Le déroulement de la classe ne poserait pas de problème.

J'avais renoué avec le village et ses habitants. Les visages m'étaient devenus familiers. Je bavardais avec les plus âgés qui se montraient heureux de trouver une oreille complaisante, dans laquelle déverser leurs souvenirs.

Mes interlocuteurs favoris étaient le papé du mas de Revel et Janus du Serre. Je ne restais jamais bien longtemps sans rencontrer l'un ou l'autre. Tous deux avaient manifesté un plaisir sincère en me retrouvant après les vacances. Janus,

* Quel beau miroir ! La demoiselle pourra se coiffer comme il faut. Il ne lui manque que le bon ami !

après m'avoir témoigné sa satisfaction, avait ajouté, mi-figue mi-raisin : « Quel dommage que vous n'ayez pas un petit cuisinier pour vous aider et vous tenir compagnie quand vous sortez de l'école ! » Comme je ne répondais pas, il crut bon d'insister : « Si vous en aviez un, vous resteriez ici. Vous semblez vous plaire à Rogues, ce serait dommage que vous nous quittiez. » Je préférai garder le silence. De lui-même il changea de sujet de conversation. Tout comme l'ancien maréchal-ferrant, il était au courant de ce qui se préparait et tenait à me le faire comprendre. Avec le papé du Mas, les allusions étaient plus enveloppées, plus diplomatiques et aussi plus précises, car lui savait au juste de quoi il retournait !

Coup de foudre penseront certains. Conséquence logique et inévitable de l'isolement de ces malheureuses débutantes ! Pour nous, il n'était question ni de coup de foudre, ni de solitude, ni d'intérêt. Nous étions tout simplement destinés l'un à l'autre. Notre seule richesse c'était une robuste jeunesse, un idéal de liberté, un infini besoin de nature. J'avais ulcéré les miens en choisissant la campagne et pas la Beauce ou la Picardie ! Lui avait déçu les siens en refusant de poursuivre ses études. Il me disait en riant : « Que veux-tu, mon grand-père souhaitait me voir devenir curé, mon père aspirait à faire de moi un instituteur laïque. Je n'ai voulu fâcher ni l'un ni l'autre. A quinze ans, j'avais décidé d'être paysan et j'ai tenu bon. » J'appris bien plus tard qu'un professeur avait tenté vainement de l'orienter vers une carrière de préparateur en pharmacie. Son extrême discrétion ne l'empêchait cependant pas de déclarer n'avoir ni l'âme d'un citadin, ni la mentalité d'un fonctionnaire. En réalité, la liberté à laquelle il aspirait ne pouvait être que limitée : impossible de ne pas compter avec la nature du sol, l'altitude, le climat, mais c'était tout différent.

Nous étions sans illusions quant à notre avenir matériel. La propriété de ses parents n'était pas très étendue. Mon traitement bien modeste. La vie serait dure. Fort heureusement, nous n'étions pas portés vers la facilité et, ensemble, nous nous sentions de taille à surmonter toutes les épreuves.

Le maire laissa à l'adjoint le soin d'unir son unique rejeton à l'institutrice, de sorte que, si le père ne maria pas le fils, l'oncle maria le neveu. Le curé, quant à lui, se montra ravi de la célébration au village.

Nous étions heureux, d'un bonheur incompréhensible pour les autres. Les commentaires acides fusaient dans notre dos. J'étais l'étrangère, qui portait la responsabilité du bouleversement des habitudes ancestrales, qui transgressait les tabous. Jamais, par exemple, une femme n'avait passé un dimanche à arpenter le Causse avec son mari. Jamais un homme n'aurait eu l'idée de se promener avec son épouse. Comme il eût été vain de discuter, la meilleure solution consistait à ne pas entendre. Bien faire et laisser dire...

Dans les derniers jours d'octobre, les femmes se rendirent au cimetière, surtout les plus jeunes. Portant serfouette et petit sac plein de sable, elles allaient arranger les tombes familiales envahies depuis un an par les mauvaises herbes. Le séjour des défunts était rustique : pas un seul tombeau, quelques pierres gravées, un certain nombre d'entourages en fer forgé exécutés par les artisans de Rogues ou des villages voisins. Quelques bottes de chrysanthèmes blancs et rouges, poussant à l'abri dans les jardins — où seules ces fleurs étaient admises ! —, prenaient place sur le sol. Durant une semaine, ils témoignaient du soin apporté à entretenir la tombe. Cette pratique, alors récente, n'avait pas l'approbation des vieilles femmes. Pour elles, la terre du cimetière ne devait jamais être touchée en dehors des inhumations. Les plantes sauvages — y compris les ronces — pouvaient croître à leur guise. Leurs mains ne les auraient pas touchées. Réminiscences des tragiques épidémies de peste ou crainte des puissances chtoniennes en ce lieu réservé aux défunts ? Les jeunes n'en avaient cure. Elles suivaient l'exemple des cités voisines où, au moins une fois l'an, les cimetières se donnaient des airs de jardins.

Les nemrods, quant à eux, devaient respecter la tradition selon laquelle le 1er novembre, il est défendu d'utiliser le fusil. « On ne va pas à la chasse le jour de Toussaint », répétaient inlassablement les anciens à l'adresse de tous les coureurs de lièvres et de sangliers. Après les bourrasques de pluie, les glands commençaient à s'échapper des cupules amollies. Poussées par l'instinct, museau flairant le vent, les bêtes sauvages arrivaient sur le Causse. On avait tué quelques cochons sauvages sur le pourtour, dans les châtaigneraies accrochées aux pentes des vallées vers Alzon, Arrigas et Aumessas. Les bergers apercevaient les hardes du côté d'Aurières, dans les bois de la Tessonne et vers Anjau. La tentation était forte de faire parler les chevrotines. Comment ne pas profiter d'un jour de repos ? L'interdit remontait du fond des mémoires : « On ne va pas à la chasse le jour de Toussaint. » D'abord les vieux étaient aux aguets et puis, après tout, on ne sait pas ce qui pourrait arriver... C'était défendu depuis si longtemps, alors on s'inclinait en lorgnant vers les fusils qui resteraient accrochés au manteau de la cheminée. Et puis, mieux valait ne pas courir le risque de voir surgir de la brume ce fameux lièvre ricanant, aux yeux de braise. Les anciens assuraient que c'était arrivé autrefois.

A l'*estivet de Sant-Michèu* avait succédé un temps instable, tantôt froid et venteux, tantôt presque doux et calme, ensoleillé le plus souvent. Avec la Toussaint on sentait les prémices de la mauvaise saison. La longue barre bleue des Cévennes avait soudain blanchi.

A l'approche de la Saint-Martin, le 11 novembre, une bonne tiédeur était revenue. Sans les rouilles et les ors des feuilles, on aurait pu croire au printemps. L'*estivet de Sant-Martin* était la seconde et l'ultime illusion que l'on vivait intensément, avant de s'installer pour tout de bon dans le froid.

Les hommes du village partaient le matin, dès qu'ils avaient fini de soigner les bêtes, et ils rentraient à la nuit tombante. Hache sur l'épaule et musette en bandoulière, ils grimpaient la colline et allaient abattre des chênes. Chaque soir, des chars revenaient avec un lourd voyage de troncs couronnés d'un monceau de fagots. Placidement, sous le joug, l'aiguillon dressé entre leurs têtes, les bœufs attendaient que s'achevât le déchargement pour regagner l'étable.

Dans le même temps, d'autres attelages ainsi que des animaux bâtés charriaient des buis et de la ramée de chêne vert. Les fagots de mûrier arrivaient des champs voisins à dos d'homme. Après avoir séché sur place, dressés tout autour des arbres, ils allaient s'entasser dans les greniers.

Quelques femmes, sac autour de la taille, *raméjaient* la feuille à la main. Juchées sur des bouts d'échelle, elles saisissaient les *juèrs* l'un après l'autre et, glissant de la base vers le sommet de la branche souple, elles se retrouvaient avec une poignée de feuilles qui disparaissaient dans le sac. Convenablement séchées, elles contribueraient à la nourriture des porcs durant la mauvaise saison.

Novembre s'achevait dans le calme. Le grain, confié à la terre dès les premiers jours d'octobre, verdissait. Les betteraves et les pommes de terre mises en cave ne risquaient plus les atteintes du gel. Nous étions parés comme on doit l'être quand approche Sainte-Catherine dont la fête annonce les frimas : *Per santa Catarina, lo temps se reversina* *.

C'est aussi le moment où « tout bois prend racine » et mon mari en avait profité pour mettre en terre quelques sauvageons destinés à être greffés au cours des années suivantes.

C'est encore — mais seulement sur les pentes de la vallée de la Vis — le temps de la cueillette des olives noires. *Per santa Catarina, amassa tas olivas. Se l'oli i es pas l'i esperes pas* **. Mon mari et mon beau-père partaient chaque matin

* Pour Sainte-Catherine, les grands froids commencent.

** Pour Sainte-Catherine cueille les olives, si elles ne sont pas riches en huile, n'attends pas car elles ne changeront point.

en jardinière. Le soir, ils apportaient leur récolte qui s'étalait dans un coin du grenier. Le jeudi, c'était mon tour. Malgré la grosse cape de loden, le bonnet, les moufles et les chaussettes de laine, je grelottais en arrivant à la vigne.

Le premier travail consistait à allumer un feu de sarments. Il commençait par dégager une abondante fumée, avant de se décider à flamber clair. D'autres volutes bleuâtres montaient tout au long de la pente, depuis la rivière qui disparaissait sous une couche d'ouate. Des voix se répondaient, assourdies par le bruit de l'eau.

Juste avant les premiers rayons du soleil, l'air devenait glacé et coupait la figure. Je dégringolais lourdement de l'arbre, posais le petit sac pendant à la taille, ranimais les braises et tendais mes doigts gourds juste au-dessus. Puis je vidais le contenu de la *saqueta* dans le grand sac. La cueillette n'avançait guère et je ramassais sur le sol les fruits que mes mains avaient laissé échapper. Je reprenais ma place à la fourche des branches, les reins calés contre l'écorce pour assurer mon équilibre.

Quand le soleil, montant au zénith, parvenait à dégourdir nos muscles et à rasséréner nos esprits, nous nous accordions un instant de répit pour casser la croûte. Un œuf dur, un rond de saucisson et un morceau de fromage composaient d'ordinaire le petit déjeuner.

En fin de matinée, j'abandonnais bonnet et veste. Les mouvements devenaient plus aisés, la cadence de ramassage s'accélérait et la gaieté réapparaissait.

La plupart des Madiérains possédaient une ou plusieurs vignes complantées d'oliviers, de pêchers, de cerisiers et de figuiers. Comme disaient, avec une pointe d'envie, ceux du Causse : « Tout ça les tient bien douillets. »

Rares étaient ceux « d'en haut » qui détenaient une petite portion d'adret * capable de leur assurer la provision de vin et d'huile. Mon mari avait cette chance et il soignait de son

* Exposition au soleil favorable à la vigne et à l'olivier.

mieux souches et arbres. Pour l'heure, le plus urgent était d'activer la récolte des olives belles et abondantes. Nous avions encore une dizaine de jours de cueillette avant d'arriver en bas au dernier arbre. Les gelées blanches devenant quotidiennes, nous redoutions la neige. Il importait donc d'achever ce travail au plus tôt.

Une fois la récolte des olives achevée, mon mari continuait le va-et-vient journalier. La jardinière était alors délaissée au profit de la bicyclette. Il soignait la vigne. Il commençait par *espodassé,* puis il taillait de manière à ne conserver que deux ou trois yeux à chaque sarment. Au 15 mars l'opération devait être achevée.

La fumure avait lieu tous les deux ou trois ans avec des buis ayant servi de litière dans les étables ou même tout simplement avec des buis verts. Au préalable, la souche était déchaussée. Ensuite venait la tâche la plus pénible. Comme aucun labour ne pouvait être pratiqué, la terre était retournée avec une pioche à deux longues pointes, le *bigot*. Puis, selon le temps, soufrage et sulfatage se succédaient à intervalles plus ou moins rapprochés. Remplacer les souches défuntes, tailler les oliviers, entretenir les murs, constituaient autant d'occupations qui venaient s'ajouter aux autres travaux. Paysan à la fois sur le Causse et dans la vallée, c'était une gageure à laquelle se refusaient la plupart des possesseurs de bêtes à laine. Notre voisin — grand amateur de jus de la treille — faisait exception. Il se reposait du soin des brebis sur le berger.

Après un trimestre bien rempli, les vacances de Noël allaient permettre aux enfants de se détendre en oubliant pour quelques jours livres et cahiers dont les couvertures — d'ordinaire bien propres — se ressentaient désagréablement de contacts graisseux, depuis la mi-décembre. C'est que le temps était arrivé de la plus grande réjouissance païenne de l'année : la fête du Porc. Dans les fermes importantes — les bories et les mas — où le sacrifice se répétait au moins deux fois, on n'avait pas attendu pour inaugurer le cycle de se trouver au cœur de l'hiver. Le premier abattage remontait à la mi-novembre alors que les premiers flocons de neige, les *moscas blancas* remplacent les noires, les vraies, qui sont les ennemies de la charcuterie.

Le sacrifice commençait en automne avec un animal ne dépassant pas 120 kilos, tout juste bon à fournir de la saucisse au moment où la provision s'épuisait, et prenait fin au printemps suivant. Entre-temps, un ou deux vrais pourvoyeurs de jambons et de lard, avec leurs 210 à 230 kilos, accommodés durant les grands froids, assuraient fermiers, domestiques et main-d'œuvre épisodique d'une nourriture carnée pendant un an et même davantage.

Elever un porc nécessitait une certaine quantité de grain ou de châtaignes indispensable à l'engraissement. Ceux qui ne possédaient pas la moindre parcelle de terre effectuaient des journées dans les fermes, à l'occasion de la moisson, des coupes de bois, du ramassage de châtaignes et percevaient une contrepartie en nature. D'autres procédaient à des essarts dans les communaux ou les grandes propriétés. Les saisonniers réservaient un peu de l'argent obtenu lors des vendanges en Bas-Languedoc, ou de l'écorçage des chênes yeuses, à l'achat de grains et de châtaignes sur place ou chez un négociant des alentours. Il était possible aussi d'utiliser de la repasse fournie par les meuniers et les boulangers. Quant aux domestiques et aux bergers loués à l'année, ils demandaient souvent que leurs gages fussent acquittés partiellement en céréales. Restait enfin la ressource de recueillir les glands ; mais il arrivait souvent que la récolte fût médiocre et la glandée n'était pas toujours vue d'un bon œil. Les plus défavorisés achetaient une fraction de cochon : soit un demi, soit un « pied ». Quand, l'hiver venu, le plafond ne s'ornait pas de deux ou trois plaques de lard et d'une *barrada* de saucisses et de saucissons, la pauvreté devenait misère. C'était la honte à laquelle il fallait, coûte que coûte, tenter d'échapper.

Quand la *sota* demeurait vide à longueur d'année, on

n'appartenait plus vraiment au monde paysan. On était de ces femmes de journaliers, de ces veuves indigentes qui se passaient de l'une à l'autre l'os du jambon pour assaisonner la soupe. Il ne s'agit pas d'une pratique perdue dans la nuit des temps. Elle avait encore cours à mon arrivée sur la Causse.

Pour le porc, comme pour les autres animaux domestiques un envoûtement était toujours possible. Malheur à qui eût osé demander le nombre de porcelets d'une portée ! Quand un visiteur arrivait, la politesse lui commandait de s'informer de la santé de chacun des membres de la famille, puis de celle du précieux animal. Sur quoi il convenait de remonter à l'*ostal*, de boire une *gota* à la santé générale, porc compris. Il eût été désastreux, en effet, que l'animal objet de tant de soins vînt à tomber malade.

Après des mois de peine, de vigilance, d'incertitude, quand les feuilles roussies commençaient à quitter les branches, un bruit courait dans la maison : la ménagère parlait de *sagna* — sous-entendu le cochon. La précision était parfaitement superflue, tout le monde ayant compris. Durant une semaine, l'idée mûrissait et, un jour, le chef de famille déclarait qu'il fallait « aviser ». « Aviser », c'était consulter l'exécuteur des hautes œuvres, *lo sagnare*.

La conversation préliminaire avec le « saigneur » permettait de prendre rang, en tenant compte de la phase lunaire. Dans toute la mesure du possible, l'abattage avait lieu en vieille lune, ce qui passe pour éviter à la fois le rancissement trop rapide et la fragilité des boyaux. Les aïeules prétendaient qu'en nouvelle lune, les boyaux ne résistaient pas à la pression de la chair à saucisse lors du remplissage. Dans le même temps, la maîtresse de maison contactait les parentes ou les amies qui l'aidaient habituellement. Chaque village comptait deux ou trois femmes d'âge mûr qui allaient où on les demandait, moyennant une petite rétribution en nature et la certitude de bien manger pendant deux jours. Une nouvelle conversation, deux ou trois semaines plus tard, permettait au « saigneur » d'inscrire une date définitive sur ses tablettes, en excluant certains jours : le vendredi et le dimanche ainsi que la période du carême.

La fièvre s'emparait alors de la maison. Les préparatifs débutaient et allaient se dérouler dans un ordre immuable.

Côté femmes, il fallait extraire du placard et vérifier une pile de tabliers et de torchons, le tout taillé dans de la toile de jute provenant de sacs trop endommagés pour continuer leur service. Les torchons les plus usagés étaient réservés à éponger le sang et à maintenir les boyaux en contact avec l'entonnoir. Ensuite, venait le récupérage et l'astiquage des récipients en cuivre : *lo bèl pairòl*, immense chaudron contenant au moins 80 litres destiné à fournir l'eau nécessaire à l'échaudage, *lo pairòl*, de 20 à 25 litres, permettant de cuire les boudins, et enfin *la marmita*, celle-là même qui servait à préparer la nourriture du porc et dans laquelle mijoteraient successivement la graisse, les fricandeaux, le cervelas.

Aux cuivres succédaient les récipients en terre. Ils bouillaient durant une demi-heure au moins dans une lessive de cendres de bois, après quoi ils étaient frottés avec une poignée d'orties ou de prêle et rincés. Parmi ces récipients figuraient des *topins*, des petites jarres, des saladiers et une grande bassine. S'y ajoutaient quelques pots en verre classiques.

Côté hommes, on nettoyait et rangeait les *banastas*. On aiguisait — c'était la seule et unique fois de l'année ! — les couteaux et le couperet, on refendait les grosses bûches de chêne qui prenaient place sous la remise à l'abri de la pluie.

Restait à sortir de leur retraite la grosse romaine et la barre indispensables à la pesée, à mettre en place la *pastièra* et l'*escala*. C'en était alors fini pour les hommes ; mais pas pour les femmes. A elles, incombait la préparation des épices d'abord séchées, puis passées au moulin à café ; du sel écrasé à la bouteille, parce que le gros sale mieux que le fin ; du fil spécial destiné à la ligature des tripes ; de grosses aiguilles à repriser capables de piquer ces mêmes tripes au fur et à mesure de l'ensachage. Il leur fallait encore nettoyer les *embuts* en fer-blanc indispensables à la confection des boudins, saucisses, etc., la barre, la baguette à retourner les tripes, la planche à hacher, etc.

Venait ensuite la cuisson, suivie d'un premier égouttage dans un torchon usagé noué aux quatre angles et suspendu le long d'un mur jusqu'à ce qu'aucune goutte ne se formât plus en dessous. A ce moment, par petites boules, les herbes s'engouffraient dans la machine à hacher, en alternance avec du pain trempé. Afin de parvenir à une réelle finesse, le mélange était repassé une seconde fois, puis tassé sur un plat renversé et posé à l'intérieur d'une cuvette en terre. Le lendemain, le mélange herbes-pain était prêt, débarrassé des dernières traces d'eau de cuisson.

Aux préparatifs concernant la charcuterie, s'ajoutaient ceux des repas. Ces derniers suffisaient à occuper toute la gent féminine de l'*ostal* durant une bonne journée. Gare à ceux qui se seraient permis de venir les déranger. Elles n'étaient pas d'humeur à rire et les enfants eux-mêmes avaient intérêt à les aider ou à s'esquiver.

Le déroulement de la grande journée était, lui aussi, immuable. A l'aube, un brasier illuminait l'obscurité de la remise, chauffant l'hectolitre d'eau qui devait atteindre l'ébullition. Dans la cuisine, chaque femme attendait le moment de jouer le rôle qui lui était dévolu.

Le « saigneur » se préparait et sortait de sa caissette un petit couteau effilé. A quelques pas, l'aïeule attendait, la grande bassine en terre appuyée sur la hanche.

Malgré ses secousses, l'animal se retrouvait soudain allongé sur le côté droit, la tête pendant le long de la pastière retournée. Arc-boutés de toutes leurs forces, les quatre hommes le contraignaient à l'immobilité. D'un geste lent et précis, l'exécuteur plongeait la lame dans le cou, tranchant net la carotide. Agenouillée, près de la bassine placée juste où il fallait, la femme guettait — manches retroussées — le premier flot rouge. Dès qu'il paraissait, elle plongeait la main dans le récipient et remuait le liquide chaud tout en tenant serré dans ses doigts un morceau de vieux lard qui devait agglutiner la fibrine. Par saccades, le sang continuait de couler. Tout allait bien ! Il ne retenait pas son sang. Des spasmes secouaient encore l'agonisant. Insensiblement, ils diminuaient d'intensité, n'agitant plus que la surface du corps. Le filet cessait enfin et, tandis qu'un dernier gargouillis s'exhalait de la plaie, la bassine presque pleine était emportée vers la cuisine.

Rapidement, les hommes culbutaient la *pastièra* et glissaient le cochon dedans. Le « saigneur » distribuait trois ou quatre racles* tandis que des seaux d'eau fumante s'abattaient sur le corps. Alors commençait l'élimination des soies avec les racles agissant à rebrousse-poil. Quand la couenne se trouvait nette, avant qu'une nouvelle fois la pastière fût retournée, les femmes et les gamines se précipitaient et plongeaient leurs mains et leurs poignets dans l'eau grasse et très chaude capable de leur éviter engelures et crevasses pendant tout l'hiver.

Maintenu sur la planche à plat dos, le corps subissait alors le découpage. Puis les hommes soufflaient un moment. Ils avaient droit à un café, parfois à une tranche de viande encore chaude, cuite sur la braise. La matinée était employée à la préparation des boudins. Vers midi et demi tout le monde se mettait à table.

Le menu immuable comportait toute une série de plats traditionnels. On commençait par une soupe de pommes de terre et de poireaux, dans laquelle avait cuit un gros morceau de *galha*. Cette soupe était considérée — à juste titre, je pense — comme étant la meilleure de l'année. Venait ensuite la *galha* que les hommes mangeaient avec des lamelles d'oignon cru. Puis apparaissait sur la table la

* Les racles étaient de simples morceaux de lame de faux hors d'usage apprêtés par le maréchal.

grande poêle à long manche pleine de pommes de terre à peine dorées.

Comme ce prélude ne pouvait pas avoir la prétention de rassasier les travailleurs, il était suivi d'un copieux plat de *merluça burrada*. Cette brandade de morue était préparée par la maîtresse de maison à partir d'une morue sèche, de purée de pommes de terre, d'huile d'olive et d'ail. Parfois, une truffe venait rehausser la saveur de ce met.

Venait ensuite le ragoût de céleris et de carottes avec olives et champignons, suivi du rôti apprêté à la broche : volaille ou gigot selon les possibilités.

Le repas s'achevait sur un morceau de vieux roquefort ou des « pélardons » sortis d'un seau de neige et une assiettée de biscuits secs. Le café et la *gota* aidaient à digérer et donnaient du courage pour découper la viande en menus morceaux, car il ne pouvait être question de la confier à la machine. Saucisses et saucissons n'auraient rien valu.

Inutile de protester. Mieux valait tenter de faire admettre l'idée d'un essai sur une petite quantité. Ce fut accepté pour la saucisse. Comme je m'y attendais, le résultat déclencha les critiques ; mais il était certain que l'on gagnait du temps. Peu à peu, au fil des années, la machine se substitua au couteau. Pour le pâté et le friandeau, en une heure, la viande, le gras et les abats, passant à travers la grille la plus fine, donnaient depuis longtemps déjà un mélange onctueux à souhait.

Après un café aux environs de dix-sept heures, la préparation de la chair à saucisse se poursuivait jusque vers vingt heures. A ce moment, arrivaient les invités au souper : parents, amis ou voisins qui, leur journée de travail achevée, se trouvaient libres en vue d'un repas prolongé. Le menu était identique à celui du dîner puisque les mêmes plats reparaissaient. Il s'y ajoutait une *padenada*, poêlée de boudins, afin de s'assurer de leur qualité !

En général, le souper terminé, les femmes procédaient à l'ensachage de la chair dans les tripes pendant que les hommes jouaient aux cartes ou chantaient un refrain de leur jeunesse. Leur aide était réclamée au moment de suspendre la lourde et fragile *barrada* au plafond. Avant de se séparer, on buvait un vin chaud aromatisé d'une écorce d'orange séchée ou une infusion.

Le lendemain et les jours suivants, les travaux s'effectuaient selon un ordre invariable. La ménagère commençait par préparer les *padenadas* destinées au saigneur, aux aides, à certains voisins ou proches, parfois même au curé et à l'instituteur. La *padenada* se composait : d'un tour de boudin, d'un morceau de viande à rôtir et d'un peu de collerette permettant d'apprêter le boudin. La quantité était proportionnée au nombre de personnes composant la famille qui recevait le présent. Elle dépendait aussi de la manière dont le destinataire rendait la politesse, son tour venu. Si l'on vous honorait du *lapin de pòrc*, vous étiez obligés d'offrir ce même morceau particulièrement recherché — le filet — et pourtant assez sec.

Le maître de maison et son épouse procédaient ensuite au salage du lard et des jambons dans la *pastiera* qui avait réintégré la cave. Fusion de la graisse, confection des grotillons*, des « saucisses des cousins** », du « glacé » (cervelas), du confit, salage des os et de la panne représentaient deux ou trois bonnes journées de travail.

Pour finir, il restait à tout remettre en ordre, à laver les linges sanglants et graisseux et à commencer la surveillance et le rangement de la « provision ». La maisonnée respirait.

* Les grotillons sont obtenus par un mélange de morceaux de viande maigre et de résidus de fusion de la graisse.

** Ces saucisses dites des cousins parce que considérées comme inférieurs résultent d'un mélange de viande maigre et de couennes bouillies passé à la machine, que l'on mettait à cuire dans la soupe.

CHAPITRE VII

Au rythme de la tradition

Que trepa lepa ;
Que se jai se seca.

Celui qui travaille mange,
Celui qui se couche se dessèche.

A l'époque, le recours au médecin n'avait lieu que dans des cas graves, je devrais même dire très graves. Pour les affections courantes, on se « débrouillait ». Un homme ayant fait une chute de cheval, l'existence de rebouteux vint à mes oreilles.

L'un habitait Rogues même et l'autre Le Vigan. Le premier, très âgé, n'exerçait plus guère. Au cours de sa longue existence, il avait soigné efficacement bien des gens des alentours et au moins autant d'accidentés que les familles lui amenaient, en jardinière, depuis les vallées environnantes, le Larzac et même de plus loin.

Ses soins étaient gratuits ; mais tous les patients lui manifestaient leur reconnaissance par un souvenir, un cadeau plus ou moins important. La gratitude prenait parfois des formes touchantes. Ainsi, une vieille femme, dont l'épaule déboîtée avait retrouvé son fonctionnement normal, lui porta-t-elle chaque année, tant qu'elle put, les premières cerises de son jardin. Pour cela, elle devait effectuer une dizaine de kilomètres en terrain escarpé, montant, descendant des pentes de *valats* tout en tenant le précieux panier en équilibre sur sa tête...

Le second homme de l'art était un fonctionnaire connu de toute la région pour son habileté. Retraité depuis bien des années, il exerce encore et je me dois de lui exprimer toute ma gratitude en raison des multiples « raccommodages » réalisés tant sur moi-même que sur mes proches.

En ce qui concernait les maladies, j'allais au fil des années me rendre compte que les plantes jouaient un rôle important. Commençait-on à tousser ? On n'avait que l'embarras du choix : violette, primevère, guimauve, molène, sureau, sans oublier la graine d'ortie.

Quand les yeux se mettaient à picoter, il suffisait de les humecter tout doucement avec une infusion de bleuet, de camomille ou mieux encore de leur donner à chacun une goutte, une seule, de sève de vigne recueillie lors de la taille des sarments.

Le plat de haricots secs, la tartine de pâté ou la soupe de châtaignes avaient-ils quelque peine à descendre, on pouvait toujours commencer par essayer une tisane de crapaudine, de citronnelle, d'herbe au vent, voire de tanaisie.

Quand le dernier-né était atteint d'une coqueluche, la mère confectionnait un cataplasme d'avoine bouillie dans du vin rouge, le lui appliquait assez chaud, après quoi elle préparait une décoction concentrée de navet, de betterave fourragère ou de serpolet qu'elle sucrait avec du miel. Autrefois, le sucre était un luxe et la production des abeilles le suppléait avantageusement. C'est la raison pour laquelle, jusqu'à la Grande Guerre, chaque ferme avait un rucher.

Les plantes n'étaient pas seules capables de guérir les gens et les bêtes. Certains animaux pouvaient aussi être efficaces et, en premier lieu, les vipères. Elles qui se chargeaient de juguler une fièvre typhoïde, un point de côté, une fluxion de poitrine et, de manière générale, toutes les affections pulmonaires graves — la phtisie exceptée —, étaient également souveraines contre l'érysipèle. Le premier travail consistait à les capturer et pas n'importe comment. Sous peine de les voir perdre leur pouvoir, il fallait procéder hors la présence d'une salamandre, cette maudite bête étant capable de les en priver. Ensuite, il fallait vite sectionner le corps au ras de la tête pour qu'elle ne risquât pas de se mordre en se débattant. Le venin aurait alors rendu la chair dangereuse.

Une fois tuée, la bête était préparée de diverses manières. Certains se contentaient de la fendre dans le sens de la longueur et de la suspendre après l'avoir roulée sur du gros sel. Une fois sec, le corps était coupé en morceaux de quatre à cinq centimètres de longueur qui trouvaient place dans une boîte en fer. D'autres commençaient par la peler pour ne conserver soit que « l'écorce », soit que la chair. Ensuite intervenaient, de la même manière, le salage et le séchage.

Convenait-il de soigner les poumons ou de se débarrasser d'une typhoïde ? On préparait une décoction avec un seul morceau soumis à une ébullition lente et prolongée. Trois tasses en vingt-quatre heures suffisaient à exsuder les microbes.

Fallait-il enrayer un érysipèle ? On absorbait pendant trois jours un petit verre d'eau-de-vie dans laquelle avaient macéré pendant plusieurs années une peau de vipère et une poignée de baies de genièvre. Contre la dysménorrhée, le procédé était très voisin. Le traitement durait neuf jours au lieu de trois, et les baies de genièvre ne figuraient pas dans la macération.

Les *boriaires* très huppés offraient il y a longtemps à leurs visiteurs en guise de *gota* une rasade d'eau-de-vie contenue dans une bouteille où une vipère se trouvait enfermée depuis des décennies. Symbole de bonnes intentions, de souhaits de santé.

Parmi les autres animaux bénéfiques, figurent les escargots avalés crus le matin à jeun jusqu'à cessation des toux bronchiques. A l'usage des jeunes enfants, on employait la bave qu'ils abandonnaient sur des morceaux de sucre. Ceux-ci étaient prélevés à la quille, enroulée dans du papier bleu et cachée sur l'armoire. Un escargot permettait aussi de faire disparaître les verrues. Après avoir frictionné les excroissances avec la malheureuse bestiole, celle-ci était embrochée à une épine de prunellier qui assurait le transfert du mal.

On pensait qu'une toile d'araignée étendue sur une plaie en assurait la cicatrisation. Un fragment placé dans la narine pouvait arrêter un saignement de nez.

D'autres remèdes sont beaucoup plus étranges. Aujourd'hui oubliés, ils étaient d'usage courant voici tout juste un quart de siècle. Pour échapper aux maux de dents, il suffisait de porter en permanence dans la poche une coothèque* de mante religieuse que l'on se procurait facilement en cherchant dans la pierraille. Placer deux brins de paille disposés en croix sur la jambe permettait d'entraîner très rapidement la cessation d'une crampe. Un plat rempli d'eau posé sous le lit d'un malade « tirait » la fièvre.

Au sein de la communauté, chaque individu disposait d'un minimum de connaissances lui permettant de faire face aux cas les plus courants. Quand celles-ci se révélaient inefficaces, on s'adressait au conjureur ou au guérisseur. Le conjureur était un homme ou une femme natif du pays qui « avait le don », autrement dit qui possédait un secret. Pour une même affection, les formules employées n'étaient pas toujours identiques. Le signe de base était, en revanche, invariablement le signe de croix. Les formules — qui constituent un support — demeuraient secrètes. Elles étaient habituellement consignées sur des feuilles volantes incluses dans des livres de piété ou transcrites sur des couvertures de livres de raison. Certaines remontent au XVIIe siècle. Dans certains cas, les guérisseurs recouraient à des adjuvants : sel, riz, suie, vinaigre, pièce de monnaie en argent, etc.

Ils n'avaient pas la possibilité d'utiliser leur don sur eux-mêmes. Devenus âgés ou malades ils devaient — sous peine d'une agonie longue et douloureuse ainsi que d'une éter-

* Coque plaquée sur un caillou et enfermant les œufs de cet insecte.

nelle torture — instruire un proche ou, à défaut, un étranger choisi d'avance pour ses aptitudes à poursuivre la mission.

Lorsque ni les remèdes familiaux, ni l'action des conjureurs et des guérisseurs ne produisaient le résultat escompté, les gens s'adressaient aux saints régionaux. Ils participaient alors au pèlerinage annuel. Quand la maladie réclamait un secours immédiat, un proche parent se rendait au sanctuaire. Le déplacement pouvait incomber à une tierce personne qui « avait l'habitude ». Presque chaque village comptait, en effet, une sorte d'intercesseur, vieux célibataire ou veuve, plutôt impécunieux, sans grande occupation, égrenant son chapelet au long du jour, priant à la demande.

S'agissait-il d'une menace de cécité ? Saint-Alban, de Nant (Aveyron), accueillait les malvoyants dans sa chapelle perchée tout en haut du piton dominant la bourgade. On y venait de loin, le lundi de Pâques. Les yeux baignés avec l'eau puisée à la source proche du sanctuaire devaient recouvrer leur éclat.

Le nourrisson atteint de gourme était transporté sur le Larzac, près de Saint-Michel-d'Alajou. Là, en rase campagne, se dresse une petite chapelle rurale dédiée à Saint Geniès. Les parents offraient une messe et laissaient le bonnet du bébé. Les réparations effectuées vers 1955 ont amené la découverte d'un grand nombre de ces petites coiffes entassées sous l'autel. Lors du pèlerinage annuel, le dernier dimanche d'août, le prêtre bénissait une énorme miche préparée au village qui était ensuite coupée en menus morceaux destinés aux participants.

L'enfant affligé d'un pied bot ou qui tardait simplement à marcher se voyait emmené à Campestre. Devant le tableau de saint Jean-Baptiste bénissant un petit malade, la mère agenouillée reproduisait sans s'en douter la scène peinte par un inconnu. Sa prière achevée, elle haussait l'enfant à bout de bras pour qu'il déposât un baiser sur la main de saint Jean, à défaut de l'antique statuette en bois disparue ou brisée...

Une année, on avait aussi eu recours au prêtre de la paroisse, en tant qu'exorciseur, quand les ravages exercés dans des champs de céréales par des mulots mettaient en danger la récolte. Son intervention avait été couronnée de succès.

Médecin des âmes, le curé — lorsqu'il était consulté — se chargeait de conseiller le recours au médecin des corps, s'il estimait son paroissien vraiment malade. « Faire monter » le docteur constituait un événement et la nouvelle se répandait comme une traînée de poudre. C'était le signe qu'un des membres de la communauté se trouvait en danger de mort.

Si le recours à l'homme de l'art était exceptionnel, c'est que, pour beaucoup de familles, la somme à débourser constituait un problème. Après son départ, il fallait aller à pied au Vigan chercher les remèdes, ou en cas d'urgence demander à un voisin possédant un attelage de s'y rendre. A la belle saison, le déplacement s'effectuait assez vite ; mais, en hiver, il arrivait que ce fût impossible. Dans de telles conditions, je comprenais que l'on tentât de se soigner avec ce dont on disposait sur place, quitte à endosser de terribles responsabilités.

La généralisation des traitements par injections hypodermiques ou intramusculaires nécessitait le recours à une personne connaissant la technique des piqûres. Le premier cas qui se présenta fut celui d'un enfant atteint d'une maladie peu répandue et grave : l'acrodinie. Les parents vinrent me trouver. Puisque l'institutrice se chargeait de nettoyer les plaies, d'arrêter une petite hémorragie, sans doute savait-elle aussi manipuler une seringue. J'acceptai d'aller chaque jour, à heure fixe, faire la piqûre.

A partir de ce moment, l'habitude fut prise. De lui-même, le médecin déclarait — tout en rédigeant l'ordonnance : « Prévenez l'institutrice, je marque des piqûres, elle s'en chargera. » Petit à petit, mes attributions s'étendaient. Il m'arrivait même d'être tentée de me récuser par crainte des

L'asphodèle.

Le vannage des pois chiches; l'opération est effectuée un jour de grand vent afin que les cosses soient emportées hors de la toile sur laquelle retombent les grains (1988).

Dépiquage avec les chevaux; le piétinement fait sortir les grains de l'épi (1942).

Quelques membres du Spéléo-Club montpelliérain se préparent à descendre dans un "trou" découvert par l'abbé Forestier (1969).

Le semeur en action dans une combe du Causse (1980).

La recherche des truffes; le chien est repoussé doucement après avoir indiqué où se trouve le précieux champignon que le maître va déterrer (1945).

Quand les vignes en amont du cirque de Navacelle étaient cultivées (vers 1955).

Claude Seignolle (à droite) découvre le cirque de Navacelle et écoute les explications d'Adrienne (1963).

Le troupeau empomponné et ensonnaillé monte vers les cimes cévenoles (1978).

conséquences éventuelles. Ce fut notamment le cas lorsqu'un homme du village vint frapper à la porte en pleine nuit : sa femme était sur le point d'accoucher et le docteur, averti par téléphone, n'arrivait pas. Que faire ? J'hésitai. Pourtant, je devais y aller. Je connaissais l'intérieur et je savais ne pouvoir y trouver grand-chose. J'attrapai à toute vitesse une paire de ciseaux, du fil solide, de l'alcool et je filai.

En arrivant, je trouvai les belles-sœurs qui s'agitaient dans la cuisine. Un chaudron était plein d'eau déjà très chaude et, sur la table, s'étalaient les quelques pièces d'une layette rudimentaire. Je les laissai à leurs lamentations et passai dans la chambre. Aucun doute n'était permis : la naissance s'annonçait imminente. Je me rassurai un peu à l'idée que je ne me trouvais pas en face d'une primipare. Je n'eus d'ailleurs pas à réfléchir longtemps. Un solide garçon braillant de toutes ses forces me contraignit à l'action.

Quand le médecin arriva, le bébé, dûment nettoyé et maillоté, reposait dans le berceau ancestral. Après vérification du pansement ombilical et instillation du collyre, j'eus droit à des compliments. Je respirai, soulagée d'un gros poids. L'aventure se reproduisit. Chaque fois, je songeais que cinq ans plus tard, le nouveau-né devenu bambin franchirait la porte de l'école...

D'après un dicton fort répandu : *Entre naisser e morir se cal totjorn assecorrir**. Je ne pouvais donc pas refuser d'assister un mourant, ni d'aider à mettre un défunt au suaire. Ce dernier rôle incombait à deux femmes du village : une veuve et une ancienne religieuse. Trop âgées l'une et l'autre, elles avaient renoncé à poursuivre leur action charitable et, tout naturellement, je devais assurer la relève. Je commençais à me sentir un peu de la communauté. Je fus donc amenée à voir passer de vie à trépas des êtres que je connaissais à peine. Il s'agissait surtout d'être présente et

* Pour la naissance, comme pour la mort, on doit porter secours.

d'adoucir d'un geste plus que d'un médicament les derniers instants d'un vieillard, de faciliter son détachement.

A la faveur de ces événements heureux ou pénibles, je comprenais la force des liens unissant hommes et femmes habitués à s'entraider, à ne compter que sur eux-mêmes. Ces liens n'excluaient nullement les divergences politiques, les brouilles, les mésententes, les haines résultant d'opposition d'intérêts ; mais ils soudaient le groupe, assuraient son unité face à toute action arrivant de l'extérieur.

Le village m'était vite devenu familier ; je m'y sentais bien. J'étais décidée à aller les bras ouverts en direction de ses habitants. S'ils se refusaient à la fraternité, je le regretterais certes, mais ce ne serait jamais un motif suffisant pour me conduire à quitter une terre qui, elle, m'avait adoptée. Au fond, ce que je regrettais, c'était l'absence d'autres jeunes couples dans le village.

Presque tous les camarades d'enfance et de jeunesse de mon mari avaient quitté le village nantis de petites situations. Ils habitaient Le Vigan ou les bourgades voisines connues pour leurs fabriques de bas de soie encore prospères. Ses aînés de quelques années étaient tous mariés et exploitaient d'importantes propriétés éparses sur le plateau. En revanche, la gent féminine comptait un certain nombre de célibataires qui, le dimanche après-midi, se retrouvaient arpentant la route par petits groupes, selon leur âge.

Vers dix-huit ou vingt ans, la Caussenarde se mariait. Le conjoint, lui, avait très rarement moins de vingt-cinq ans et souvent beaucoup plus. Si, ayant dépassé la trentaine, la fille avait fait mentir le proverbe : *Cada topin tròba sa cabucela* *, elle ne sortait plus avec le groupe, se bornant à des promenades avec les autres célibataires du même âge.

Marier les enfants constituait avant tout un problème de sauvegarde du bien. Jusqu'en 1914, le fils aîné succédait au père, en conservant l'intégralité de l'exploitation, grâce au

* Chaque pot trouve son couvercle.

sacrifice de ses frères et sœurs. Il pouvait rester deux célibataires qui l'aideraient sans jamais réclamer leur part. Les autres, garçons et filles, avaient la possibilité d'entrer en religion. Le curé de la paroisse ne manquait pas de saisir l'occasion, pour assurer la relève dans les séminaires et les couvents.

Quand les parents ne tenaient pas spécialement à voir toutes leurs filles coiffées de la cornette, il fallait trouver un parti pas trop exigeant sur la *verquièra*, la dot, en espèces sonnantes et trébuchantes ou en terres. Dans chaque village, le ou les *balandrans* se chargeaient d'arranger les unions au mieux des intérêts des deux familles.

Quand le garçon, trouvant la fille à son goût, passait sur le manque de dot, la nouvelle se répandait et les âmes charitables s'exclamaient : « *E ben aquel d'aqui es pas dificil la pren sens camisa* *. »

Parfois, malgré les efforts du *balandran*, le projet n'aboutissait pas. A Blandas, le jeune homme qui n'avait pas l'heur de plaire trouvait, en arrivant chez la jeune fille, les bûches dressées contre la plaque de la cheminée. Il était inutile d'insister.

En dehors de la dot, rien n'avait vraiment d'importance, excepté la religion. Les Caussenards catholiques n'auraient pas accepté une alliance avec un conjoint protestant. Si le remariage d'un veuf avec une jeune fille était toléré, celui d'une veuve avec un célibataire était considéré d'un mauvais œil, voire réprouvé.

Le choix du conjoint s'effectuait de préférence au sein du village ou, à défaut, dans les localités voisines de manière à avoir le maximum de renseignements. On risquait moins, pensait-on, de « s'engarcer ».

Quand le *balandran* songeait à un parti habitant hors du Causse, il s'arrangeait pour obtenir des renseignements à l'occasion d'une foire et l'affaire donnait lieu à des lettres du

* Eh bien ! celui-ci n'est pas difficile, il la prend sans chemise.

genre de celle-ci adressée à un Caussenard bien nanti et qui cherchait une compagne pour répondre au souhait paternel :

« 8 brumaire an 7 (29 octobre 1798) [...] deux jours plus tôt que j'eusse reçu la lettre que mon cousin vient de m'écrire nous aurions résonné différament que nous n'avons fait je ne croyais pas que ma cousine la mère de la demoiselle se décidat à la marier encore [...] dans le moment présent ils sont sollicités de plus fort par un très riche parti de Nant, nous voulons tous votre bien, moi plus que persone. Si vous laissés échaper ce parti vous en serès faché, il vaut celui de Cornus * en tout et partout, la famille aussi illustre, plus de fortune, le sujet aussi aimable, ce que je vous dis est a lettre je suis campé dans le pays et suis alié avec l'une et l'autre famille [...]. O. de Saint-Félix ** (Hérault). »

Il ne fallait pas laisser passer une telle occasion, aussi l'intéressé reçut-il une autre lettre :

« 8 frimaire (28 novembre) [...] au sujet de laffaire que O. te parla je crois que tu faira bien de ne point la manquer du reste cest a ne pouvoir point ce tromper cest compté comptant quand au sujet il te le faut voir je profite donc de l'exprès que O. tenvoye pour tengager à te rendre de suite icy afin dan raisonner de vive voix et dactiver laffaire... Beaucoup davantages le père très riche et un parfait honnete homme tenant a des parents opulents le sujet aimable bien bonne éducation 8 000 francs comptant 2 après le décès de la mère voila le provisoire quelle a mais O. massure que le père a au moins 60 000 francs en immubles sans compter son comerce qui est conséquend et rien que 4 enfants cette

* Localité du département de l'Aveyron à 14 km au nord-ouest du Caylar.

** Il s'agit de Saint-Félix de l'Héras, un village à 5 km au sud du Caylar.

affaire offre que des avantages [...]. M. de Saint-Félix (Hérault). »

Et l'affaire fut conclue ! Le 6 floréal (25 mai 1799), un parent de la fiancée annonçait au futur beau-père : « Sériès partira samedi pour aller prendre les males de la future. [...] vous pouvez compter sur 5 paires de pigeons. Rivière tu as avant hier un gros livre [lièvre] il travaille tous les jours avec ardeur pour bien vous pourvoir. »

Cent trente ans après, de telles lettres étaient encore rédigées par certains *balandrans*.

Dans les familles besogneuses, les unions étaient arrangées par les deux pères, sans même prendre l'avis des intéressés. Ainsi, la sœur de l'aïeule de mon mari, qui travaillait à la filature de Saint-Laurent-le-Minier, vit un jour arriver son père à l'improviste. Surprise par la visite inattendue, elle en demanda le motif. La réponse fut laconique : « Demande ton compte et va chercher tes affaires, parce que tu rentres à la maison, tu vas te marier. » Elle se contenta de demander : « Avec qui ? », puis se prépara à partir.

Quand les accordailles étaient réalisées, le jeune homme offrait — selon ses moyens — un bracelet, une broche ou un sautoir. Le mariage avait lieu dans un délai de deux à trois mois, en dehors de la période des grands travaux.

La couturière préparait la robe de mariée qui sonnerait le glas des vêtements de couleurs. En effet, dès le lendemain des noces, la Caussenarde s'habillait de noir pour le restant de ses jours. Ce n'est qu'à partir de 1925 que cette coutume commença à tomber en désuétude. Dix ans plus tard, certaines demeuraient encore fidèles à la tradition.

Le dernier dimanche précédant la noce, la publication des bancs à l'église s'accompagnait d'une salve de coups de fusil. Les jeunes gens « faisaient les honneurs ». Les feux de salve étaient d'une intensité et d'une durée en rapport avec le rang occupé par les futurs époux dans la société villageoise. Les tireurs recevaient une petite somme d'argent qui leur permettait de festoyer à l'auberge. La tradition interdisait aux fiancés d'assister à cette messe.

Le jour du mariage, la *novia* était revêtue de la toilette blanche — qui servait habituellement aux sœurs, parentes et amies — et coiffée de son voile de communiante agrémenté d'une couronne d'oranger. Interdiction lui était faite de se contempler dans la glace. D'après les aïeules, le seul miroir convenable devaient être les yeux de son mari. Quant à la robe, elle n'était montrée à personne avant la cérémonie sous peine qu'un *masc* se chargeât de lui dérober son bonheur.

Au moment où le prêtre tendait les alliances au mari, l'épousée devait recroqueviller l'annulaire de façon à opposer une certaine résistance, afin que son conjoint ne devînt pas le maître absolu dans le ménage. Quand la *novia* avait un petit bouquet, elle devait le déposer au pied de l'autel de la Vierge.

A Rogues et à Madières, au sortir de l'église, on brisait une assiette, après l'avoir utilisée pour offrir des dragées aux personnes présentes. Avant de gagner la maison, le couple accompagné des parents se rendait au cimetière et priait sur la tombe des défunts. Ainsi le nouveau membre de la communauté familiale était-il présenté aux ancêtres des ancêtres, à ceux qui constituaient la plus importante catégorie d'âge : celle des trépassés.

Dans les grandes fermes, les réjouissances duraient trois jours. A la fin du siècle dernier, on louait le *violonaire* qui restait pour jouer à la demande « trois jours et trois nuits ». Le musicien était choisi en fonction de ses talents. S'offrir le *violonaire* de Saint-Guilhem-le-Désert équivalait à afficher une aisance dont témoignait déjà le nombre des invités. A défaut, on se contentait de celui de l'Escoutet (commune de Gorniès) et même du *bricolaire* * de la Sanguinède, hameau de Montdardier.

Tard dans la soirée, les mariés tentaient de s'esquiver pour se rendre aux alentours, parfois à Lourdes. Leur fuite échappait rarement à l'attention des jeunes qui avaient déjà démonté les deux roues de la jardinière. Il leur restait la ressource de passer la nuit au village, chez des parents ou des amis. Le refuge découvert, il fallait alors que le *novi* allât leur ouvrir la porte tandis que l'épousée s'enfouissait sous les draps. Peine perdue ! L'*aiga bolhida,* fortement poivrée et présentée dans un vase de nuit orné d'un œil, devait être avalée de bonne grâce par le couple, que les jeunes gens laissaient enfin en paix. La tradition de l'*aiga bolhida* n'avait pas cours dans la « haute » classe paysanne, pas plus que le voyage de noces.

Depuis la généralisation du voyage de noces avec départ en auto, le sacrifice à la tradition était fixé au premier dimanche suivant le retour. Ce jour-là, les nouveaux époux conviaient à un repas les amis et les voisins qui n'avaient pas été invités à la noce.

Dès qu'elle avait « fait son entrée » dans la maison, la jeune femme connaissait les tâches qui l'attendaient. A elle allaient incomber les lessives, les nettoyages saisonniers de l'habitation. Elle participerait aux travaux de l'exploitation : traite des brebis, confection des fagots, fenaison, moisson, sarclage des pommes de terre, des betteraves, jardinage, etc. La doyenne se réservait la cuisine, la surveillance des enfants en bas âge, la conduite du petit élevage familial depuis le porc jusqu'aux lapins en passant par les chèvres et les volailles.

Les cordons de la bourse étaient tenus bien serrés par l'aïeule, dans l'intérêt de tous. On avait coutume de dire qu'une ferme « se perdait ou se gagnait par la femme ». Les choses commençaient à se gâter avec l'entrée d'une belle-fille. Celle-ci devait s'astreindre à demander un peu d'argent, pour s'acheter une blouse ou une paire de chaussures, quand passaient les marchands ambulants.

Du côté masculin, les rapports, bien que moins tendus,

n'étaient quand même pas faciles. Le fils, enclin à réaliser une certaine modernisation de l'équipement, se heurtait très souvent à l'immobilisme du père. A toute tentative visant l'introduction du progrès, il répondait invariablement : « *Mon paure paire m'a totjorn dich que son grand i disiá...* »*.

Le jeune couple se trouvait ainsi placé devant l'alternative : soumission ou départ. La soumission l'emportait le plus souvent, car elle était apprise dès la plus tendre enfance. Le départ, lui, équivalait à une baisse dans l'échelle sociale. Le fils de propriétaire se retrouvait ouvrier agricole au Bas-Pays ou manœuvre dans l'industrie, faute d'une qualification. De toute manière, le départ du Causse était définitif. Les quelques hectares abandonnés allaient, à la mort des vieux, grossir une exploitation voisine. Il s'agissait quand même là d'un cas assez rare.

La vie était simple. Chaque foyer produisait une partie de sa subsistance. A l'épicerie du village, les ménagères se procuraient les denrées venues de l'extérieur et dont elles ne pouvaient se passer.

A intervalles réguliers, l'épicier s'en allait avec sa carriole tirée par un âne ou un mulet jusqu'au Vigan. Là, il s'approvisionnait chez le grossiste. Parti de Rogues aux premières lueurs du jour, il rentrait à la tombée de la nuit. Les gosses guettaient le bruit de la voiture et se précipitaient pour aider à décharger la marchandise, sachant que leur zèle serait récompensé d'un bonbon puisé au bocal trônant sur le comptoir.

En plus des épiceries locales, les ménagères pouvaient effectuer leurs emplettes lors du passage des marchands ambulants qui venaient régulièrement chaque semaine. Parmi eux, *lo Gajol* (habitant de Ganges) montait avec une corbeille remplie de petits biscuits secs, les *biscotins.* Le

* Feu mon père m'a toujours dit que son grand-père lui disait...

Caïffa fouettant l'âne — qui tirait une sorte de coffre — était attendu par nombre de pratiques en raison de la qualité et du prix de certaines denrées, café et chocolat en particulier.

Deux boulangers se chargeaient de ravitailler les villageois qui « ne cuisaient pas ». L'un venait de Montdardier et l'autre de Madières, en jardinière. Dans le caisson, sous le siège, se trouvaient *las marcas*, barrettes de bois couplées portant les initiales des clients. Soufflant dans une corne, le boulanger alertait les femmes qui se groupaient à l'arrière de la voiture. A tour de rôle, chacune tendait la marque en sa possession. L'homme la prenait, cherchait la pareille, les serrait l'une contre l'autre et, avec son couteau de poche, traçait autant d'entailles que de pains demandés. Quand le mari touchait la paie, on réglait les comptes et on recommençait une nouvelle marque en isolant les encoches précédentes par un trait plus profond.

Un certain nombre de colporteurs passaient régulièrement. « Bonjour Madame » — dont les anciens se souviennent alors qu'il portait une énorme caisse retenue par des courroies de cuir — présentait de la mercerie et des lunettes. Nul ne savait quelle était sa véritable identité, ni son lieu d'origine. Le surnom sous lequel on le connaissait lui venait de sa politesse raffinée et de sa discrétion. Son petit commerce était assez florissant. Il avait fini par s'offrir une charrette et un âne, Batistou. Il ne manquait jamais de proposer un certain calendrier qui donnait les prévisions météorologiques assorties d'un flot de réclames.

Lo nas roge (le nez rouge), lui, arrivait du Cantal, vêtu d'une courte blouse bleue ornée de galons blancs. Il était spécialisé dans la laine à tricoter et les chaussettes. *Barba blanca* (Barbe blanche), le Lyonnais, en blouse longue, était toujours chargé d'un volumineux ballot composé de vêtements d'homme. Lassé d'une vie de misère, après une dernière tournée sur le Causse, il s'était pendu à une poutre dans un affenage du Vigan. Sa bourse contenait un peu de menue monnaie mais aucun papier d'identité...

Ces trois personnages couchaient dans le pailler des fermes dont ils étaient des habitués ; mais ils mangeaient d'ordinaire à l'auberge.

Certains de ces colporteurs seraient maintenant centenaires ; mais les deux derniers exerçaient encore vers 1950. L'un circulait à vélo, la caissette fixée sur le porte-bagages. Sexagénaire, vêtu de sombre, coiffé d'un béret basque, il tenait plus du voyageur de commerce que du colporteur. Il passait d'une maison à l'autre une fois l'an, proposant son choix de lunettes.

L'autre, c'était le brave *Guelfi,* un Italien venu très jeune en France. Assez grand, mince, un visage étroit éclairé de deux yeux très sombres, une fine moustache brune, il respirait la franchise, la bonté et la douceur. A force de porter sur le dos une lourde charge et ce, par des pistes de chèvre, l'homme s'était plié en deux et ne parvenait plus à se redresser. Il s'arrêtait aux portes des maisons, attendant que les abois coléreux des chiens fissent sortir quelqu'un. Il soulevait alors son couvre-chef et demandait, comme en s'excusant, si l'on avait besoin de quelque chose. Dans l'affirmative, il déballait sa marchandise sur l'escalier, n'entrant que si on l'y conviait. Etant donné qu'il passait plusieurs fois l'an, je m'efforçai toujours de lui réserver un petit achat dont j'étais remerciée d'un sourire.

En 1939, il avait acquis une vieille guimbarde, ce qui lui permit d'allonger ses tournées et d'emmener sa femme, habituée à demeurer au logis. Un jour, par Madières et Saint-Maurice, il résolut de descendre à Navacelle. Saisie de frayeur à la vue du précipice de 300 mètres de profondeur, la malheureuse hurla, s'enfouit la tête sous son fichu et arriva au village plus morte que vive. Elle fit jurer à son mari — sur la Madone — qu'il ne retournerait jamais plus dans cet enfer. Le pauvre homme n'eut aucune peine à respecter son serment. Victime de la confiance qu'il témoignait à un aigrefin, il dut repartir à zéro. Pendant plusieurs années, nous le revîmes avec la caisse, plus courbé que jamais, morne, silencieux, mais passant toujours avec la même régularité. Quand il eut manqué deux fois de suite, je compris que nous ne le reverrions plus. Il devait être mort comme il avait vécu, en s'excusant de déranger.

Parfois, le calme du village était troublé par l'installation du bazar à cinq sous, cinq sous pour deux objets. Les ménagères, malgré leur porte-monnaie peu garni, résistaient difficilement à la tentation d'acquérir quelques babioles.

Venaient aussi les *caraques,* montreurs d'ours, puis les vendeurs de tablettes légères couvertes d'un morceau de papier peint, de paniers, d'épingles, de rubans. Les épingles et les rubans étaient la spécialité des femmes qui se présentaient un gosse sur le bras, un autre dans le ventre et escortées d'une nuée morveuse, hirsute, pieds nus, loqueteuse, toujours prête à chaparder. Si la ménagère refusait d'acheter, la bohémienne demandait alors un morceau de lard, du pain ou un fromage. En général, l'aïeule s'avançait pour prévenir un refus de la fille ou de la bru et remettait ce qu'elle avait à portée de la main. Dès que l'étrangère avait tourné les talons, elle se signait et la regardait filer en la fixant du regard. Un mauvais sort est si vite lancé. Avec ces diablesses, on ne peut espérer rien de bon...

Une ou deux fois l'an, arrivait *Cirèt,* le mendiant-ramoneur, d'Arrigas. Le ramonage, il n'y tenait pas du tout. Il préférait une aumône arrosée d'un verre de vin. « Donnez-moi cinq sous et je vous chanterai la messe. A Arrigas, je la chante tout seul et le curé me les donne les cinq sous. » Cinq sous, ce n'était pas une plaisanterie et certains hésitaient. Seulement voilà, avec *Cirèt,* c'était comme avec les *caraques.* Il ne craignait d'ailleurs pas de le crier : « Si vous ne me les donnez pas, je vous *emmasquerai* [ensorcellerai]. » Avec un tel citoyen, mieux valait se méfier. Quand il proposait ses services, certains le prenaient au mot et *Cirèt* était bien obligé de grimper dans la cheminée et, armé d'une brassée de buis fixée à un manche à balai, il raclait la suie, sans trop forcer. Dame, pour cinq sous, il ne fallait pas être trop exigeant !

Parmi les marginaux attitrés, figuraient les vendeurs d'allumettes de contrebande. La fabrication avait lieu aux alentours du Causse, dans les vallées où croissent les osiers. Les hommes commençaient par frapper les rameaux pour enlever l'écorce, puis les coupaient à la longueur voulue et refendaient chacun de manière à obtenir des bâtonnets qu'ils laissaient sécher au soleil. Il ne leur restait plus qu'à tremper les bâtonnets par petits paquets dans une préparation à base de phosphore. L'opération terminée, les allumettes étaient enroulées dans du papier par cinquante environ à la fois. Quand le stock était jugé suffisant, ils s'en allaient écouler la marchandise, calant bien les paquets dans leurs poches, ces allumettes s'enflammant avec une aisance extraordinaire. Il suffisait de les frotter sur le pantalon de velours pour déclencher la combustion. Les contrebandiers se présentaient dans les villages à la tombée de la nuit. Celui qui ravitaillait Rogues frappait en disant simplement : « *Lo rossinhol.* » Les gens comprenaient et ouvraient au « Rossignol ». Vers 1910, trois ou quatre paquets coûtaient deux sous. Ce n'était pas donné, mais ça revenait tout de même moins cher que d'acheter les boîtes de la Régie.

A la veille de la Seconde Guerre, il ne subsistait plus que deux figures vraiment typiques : *Guelfi* et le *Caïffa.* Les autres besogneux avaient disparu, remplacés par de vrais marchands qui arrivaient au milieu du village en B 14 quand ce n'était pas en fourgon. Finies les longues courses pédestres, finis les déplacements au rythme du cheval. Le règne de la vitesse commençait, avec celui du bracelet-montre. La vie allait changer de rythme et les relations humaines commençaient à perdre de leur chaleur. C'était le premier grand coup porté à la communauté villageoise traditionnelle.

CHAPITRE VIII

Les temps difficiles

I a pas temps qu'om tòrna.

L'histoire est un éternel recommencement.

Quand les premières affiches annonçant la mobilisation furent placardées à Rogues, la consternation s'empara du village. Mon beau-père, d'habitude maître de ses réactions, laissa deviner son désespoir en voyant son unique enfant partir — son fils qui avait quinze mois en 1914 et qu'il n'avait pas vu durant quatre ans...

La séparation se fit au portail de la caserne à Nîmes. Tout comme mon mari, je grimaçai un sourire. Le lendemain, il était encore aux environs de la ville où se formaient les unités. J'allai le voir et je fus soulagée de le trouver en compagnie d'un copain de régiment fort sympathique. Ainsi, ils seraient deux face aux épreuves. Leur accoutrement était indescriptible. Les deux artilleurs semblaient prêts pour le tournage d'un film comique et non pour la tuerie. Le soir, en gare de Saint-Césaire, ils embarquèrent les chevaux dans des wagons, avant de s'y entasser à leur tour, vers une destination inconnue.

Je me retrouvai seule pour la première fois dans la chambre. J'allais avoir le loisir de pleurer sur mon oreiller en attendant les lettres, puis en les relisant. J'appris rapidement qu'il se trouvait quelque part sur la frontière italienne. J'en fus quelque peu rassérénée, sans parvenir à m'en expliquer la raison. Un autre Roguois était dans le même secteur. Il avait eu la chance de se voir accueillir par une vieille tante, dont il connaissait simplement le nom et l'adresse.

Une nouvelle vie commença. Il fallut assurer les semailles et les vieux encore valides reprirent les mancherons de la charrue et le sac de semence. Je participai aux vendanges et retrouvai avec amertume l'abri du rocher. L'arrachage des pommes de terre et des betteraves réclama l'aide dont j'étais capable. La cueillette des olives se déroula en silence.

La rentrée scolaire s'était effectuée sans joie. Les projets d'amélioration de la salle de classe se trouvaient reportés aux calendes. Les plus grands des garçons travaillaient d'arrache-pied pour suppléer les absents.

Le 8 mai, c'était l'armistice et, un peu plus tard, les soldats commencèrent à revenir. Le Causse eut un mort et quelques prisonniers dans un Roguois.

La moisson s'était déroulée dans des conditions normales avec le retour des soldats. La récolte se situait à un niveau moyen ; mais il fallait compter avec l'obligation d'en livrer une partie. Pour la première fois depuis bien longtemps, les Caussenards se trouvèrent démunis de pommes de terre.

On en revint au passé avec le gruau ; mais les meuniers, qui avaient perdu l'habitude, laissaient trop de son. Peu importait. Après une assiettée de gruau allongée d'un verre de lait de chèvre, il se trouvait toujours quelqu'un pour s'exclamer : « *E ben aquò tampa un tranc* * ! »

On essayait de se procurer des châtaignes en Cévennes, ces fruits ne se vendaient plus guère. Dans les milieux bourgeois, on avait banni les châtaignes au petit déjeuner du matin pour se mettre à la mode du bol de Phoscao ou de Banania. Les ouvriers avaient suivi l'exemple et, seuls, les paysans restaient encore fidèles à la tradition.

Avec les restrictions, les châtaignes constituaient au premier chef une excellente monnaie d'échange pour obte-

* Eh bien ! Ça garnit l'estomac !

nir les produits contingentés qui manquaient : de la paire de chaussures de travail au paquet de vrai café. Alors les Caussenards furent contraints de revenir au troc blé-châtaignes qu'avaient pratiqué leurs ancêtres lors des périodes noires et en particulier durant la Révolution.

Impossible d'aller au moulin. Il fallait donc transformer sur place le blé en farine. La solution fut vite trouvée. Selon les possibilités, on utilisa le moulin à café ou l'aplatisseur destiné normalement à broyer les grains pour le bétail. Restait à retirer une partie du son que le porc acceptait d'ailleurs volontiers. Les jambes de bas en nylon jouèrent le rôle de tamis !

Guidés par les anciens, les plus jeunes apprirent à brasser la pâte. Les quinquagénaires eurent vite retrouvé le tour de main. Le matériel existait encore. Il suffisait de le nettoyer. On lava les pétrins, dérouilla les raclettes, balaya les fours, rechercha les énormes pelles qui dormaient sur les greniers. Les pelles ? C'étaient des troncs de noyer débités de manière à obtenir, d'une seule pièce, une forte planche arrondie pourvue d'un interminable manche. Je restais perplexe devant ces instruments qui réclamaient une singulière musculature. Les *palhassons*, devenus sans objet, s'étaient détériorés et il devenait urgent de les remplacer. Le soir, à la veillée, quelques individus adroits en reprirent la fabrication. Les ronciers furent mis en coupe réglée, dès les premières gelées. Les refendoirs partagèrent les tiges en quatre et l'écorce bouillie ligatura les boudins de paille. Les demandes affluaient de tous les mas et les *palhassons* l'échangèrent contre une belle tourte, du grain et de la charcuterie. Il n'était jamais question de les faire payer...

Parallèlement, commença le nettoyage systématique des haies pour obtenir des charretées de buissons que les hommes tassaient à grands coups de *forcat*. Les vieux plaisantaient en voyant passer l'attelage. Ils criaient au conducteur : « Fais attention de ne pas te tromper, ne va pas porter le voyage à Madières, car si tu rencontrais Gargantua, tu le ferais tousser. »

Devant mon air surpris, les rires redoublaient. L'explication venait d'elle-même. Là, pas de réticences : « Gargantua avait joué aux boules aux alentours de Rogues et d'ailleurs il les y a laissées. Elles sont toujours à la même place : au Rocas, au Rocassou et à la Boriéto. Ça lui a donné soif, alors en trois enjambées, il est allé au Puech (ferme de la commune de Rogues) et il a posé un pied sur le Causse de Saint-Maurice. Bien campé, il s'est baissé pour boire à la Vis. A ce moment, passait un paysan de Madières qui conduisait ses bœufs tirant une charretée de buissons. Gargantua n'a pas fait attention. Il a tout avalé : les buissons, l'attelage et même le pauvre homme. Quand même, il s'est mis à tousser. Il avait une *borda* en travers du gosier ! » Comme je riais à mon tour de la mésaventure, ils se piquèrent au jeu et ce fut à qui me dirait des histoires du Géant. Ainsi, il était souvent sur le Causse et il avait non moins souvent soif d'où la réédition de la *borda*, toujours à la Vis, en amont de Vissec (quand il y a de l'eau, ce qui est exceptionnel) ou bien dans l'Arre planté un pied sur la Tessonne et l'autre sur Esparon. Sa force était sans limites. Un jour qu'il passait sur le Causse, il rencontra un groupe d'enfants occupés à jouer à la marelle. Il voulut leur montrer que lui aussi connaissait ce jeu ; mais où trouver des palets à sa mesure ? Il n'hésita guère. En quelques enjambées, il fut à La Foux où il prit les roues d'un des moulins et les ramena au creux de ses mains. Une autre fois, il demanda son chemin à un paysan qui labourait son champ. Le brave homme le renseigna en pointant son aiguillon dans la bonne direction. Gargantua s'écria : « Ce n'est pas ainsi qu'on indique la route aux voyageurs de mon espèce. C'est comme ceci qu'il faut s'y prendre » et, joignant le geste à la parole, il souleva l'araire et les bœufs et les orienta comme le laboureur avait fait avec l'aiguillon. Monté au sommet du Saint-Guiral, il jouait tout seul aux palets qu'il lançait sur le

Causse de Blandas où ils se fichèrent en terre. Ce sont les menhirs de la Trivalle (Rogues) et du Serre de Latune (Arre). Une autre fois, juché sur la Tude, au-dessus de Montdardier, il avait envoyé ceux des Mattes et du Bouquet.

J'aurais juré qu'ils y croyaient à leurs histoires, tant ils mettaient de chaleur et de conviction dans leur récit. Et puis tout d'un coup, ils s'arrêtaient, comme pris de remords. Le temps n'était pas à la joie. Les buissons, il en fallait pour avoir un morceau de bon pain, de vrai pain et non pas cette mixture gluante, amère, distribuée au compte-gouttes et qu'ils refusaient.

Le grand travail se répétait tous les quinze jours environ. Comme nous n'avions pas de four, nous utilisions celui de l'oncle de mon mari. N'ayant pratiquement aucun rôle à jouer, je me contentais d'observer les préparatifs, puis le déroulement des opérations.

La première — qui me semblait la plus simple — consistait à mettre dans le pétrin l'eau, la farine, le sel et le levain et une assiettée de pommes de terre crues finement râpées. La deuxième, infiniment plus longue et pénible, unissait les éléments jusqu'à obtenir une belle pâte élastique. Le pétrissage mettait à rude épreuve les bras et les reins. Lorsque, au toucher, la pâte apparaissait à point, débutait le troisième stade destiné à faire pénétrer dans la masse le maximum d'air. Le mouvement changeait de cadence. Les bras tiraient, roulaient la pâte et la cassaient sec jusqu'à une nouvelle appréciation tactile. Avec l'angle de la raclette une croix était esquissée sur la masse qui allait reposer et lever à l'abri d'une couverture.

Le moment du boulage arrivé, mon mari lançait : « Apporte les *palhassons.* » Je quittais alors mon poste d'observation, allais chercher les deux piles de récipients. J'étalais un linge au fond de chacun en veillant à ce que les côtés dépassassent régulièrement du bord. Un nuage de farine sur la cotonnade fleurant bon le propre et, une à une,-

les boules prenaient place, puis se voilaient des quatre pointes du torchon rabattues. Elles n'en sortaient que pour passer sur la fameuse pelle en noyer et s'aligner sur la sole du four chauffé à blanc. Afin d'éviter les déperditions de chaleur, quand la porte métallique était refermée, on entourait les bords avec de la bouse de bœuf. La première fois que j'assistai à ce singulier colmatage, je ne pus retenir une exclamation réprobatrice à laquelle il fut répondu : « Ah ! Madame fait la dégoûtée, tant mieux, elle ne mangera pas de ce pain et nous en aurons davantage pour nous ! » Eh bien non ! Ils n'eurent pas ma part. Devant les miches dorées à point, d'où montait une odeur alléchante, l'impatience me vint d'y mordre à pleines dents. La bouse était bel et bien oubliée...

Les tourtes devaient être conservées dans une ambiance ni trop sèche, ni trop humide afin d'éviter dessication et moisissure. Quand elles étaient refroidies, nous les rangions verticalement à l'intérieur du pétrin, dont nous rabattions soigneusement le couvercle pour parer à l'entrée des rats et des souris.

Ce travail rappelait aux plus âgés les heures noires de la Grande Guerre. Certaines aventures oubliées revenaient en mémoire. Ainsi celle de la fermière de Camasso qui pour pétrir en plein mois d'août, s'était mise à son aise, c'est-à-dire qu'elle avait tout quitté, sauf l'ample chemise de toile. La brave femme brassait la pâte en plongeant le buste dans le pétrin, quand le garde-champêtre avait fait irruption. Au comble de la confusion, elle s'était précipitée sur son cotillon. En voulant le saisir, elle avait buté contre un baquet plein d'eau dans lequel elle s'était retrouvée jambes en l'air. De retour à Rogues, le garde n'avait rien eu de plus pressé que de raconter l'histoire. Je voulais absolument savoir comment l'aventure s'était terminée. Hélas, les conteuses ne s'en souvenaient plus.

Le rôle de *fornièra* avait toujours été tenu par des femmes. Jusqu'en 1920, il existait un four dans le village où chacun portait le pain. La fournière se chargeait de la chauffe, en utilisant les buissons qu'elle coupait et transportait elle-même aux dents d'une fourche en fer.

L'hiver 1939-1940 fut sombre. Les hommes valides étaient au loin ; certains se trouvaient en danger. Tuer le porc avait — pour la première fois depuis plus de vingt ans — pris l'allure d'une nécessité et non d'une réjouissance. Noël n'avait apporté ni orange ni friandise d'aucune sorte dans les sabots.

La première année fut la seule vraiment difficile. Par la suite, tout le monde s'organisa, au prix d'un effort accru. Ce fut l'époque où j'appris à tirer parti de toutes les ressources offertes par la nature, sauf des fruits sauvages qu'il était impossible de transformer en confitures par suite du manque de sucre.

Le jeudi, nous nous retrouvions à trois ou quatre, dans les champs, aux abords immédiats du village. Munies d'un sac et d'un couteau usagé, nous cherchions les herbes comestibles. En automne et en hiver, les fourrages et les chaumes nous offraient tout une gamme de plantes qui, mélangées, donnaient après cuisson d'excellents plats d'herbes, les *borbolhadas.* Les *chicoreiàs* devaient dominer nettement l'ensemble car elles n'étaient pas amères. Selon les goûts, on leur adjoignait quelques poignées de *patas de galinas,* de *cardossets* fraîchement sortis à la suite des pluies automnales, de *blet,* de *rosèlo* et on complétait — le cas échéant — avec des feuilles de betteraves fourragères. Bien lavées, blanchies, hachées, on les cuisait à feu doux avec de l'huile, un peu d'oignon roussi, une botte de thym, un œuf battu dans un bol de lait. A l'époque, le plat mijotait entre deux épaisseurs de braises, une sous le trépied, à l'écart de la flamme trop ardente, et l'autre arrangée sur une *tortièra* qui remplaçait le couvercle.

Au printemps, la cueillette visait les plantes à consommer crues en guise de salade. A l'abri des murettes croissent les *reponchons* dont la racine, semblable à celle d'un radis blanc, croque sous la dent. Puis venaient, successivement, les *ampoletas* de toutes espèces, dissimulées parmi les luzernes et les sainfoins, le *térra grépia* sur les talus à l'abri du vent du nord, l'*ensalado a la bròca* qui jaillit de la terre au pied de la touffe desséchée depuis l'automne précédent.

Aux premiers jours de mai, sort l'incomparable *brèudi*, amoureux de la pierraille. Les initiés suivent sa lente progression, depuis l'adret des tas d'épierrement, jusqu'au creux des sillons, entre les touffes de céréales en passant par les *crès* des fourrages. Une salade de *brèudis* est un régal apprécié des plus fins gourmets. Quelques vieux restaient fidèles au *bortolaigo* dont les curieuses feuilles gonflées de sève se mêlent aux plantes cultivées.

Au nord du Causse, là où les noyers croissaient en abondance, un drôle de pressoir, imaginé par un forgeron ingénieux, permettait de fabriquer à la maison un peu d'huile au goût puissant qui s'harmonisait fort bien avec les pissenlits des prés d'Alzon.

Si la récolte systématique des comestibles sauvages apportait un complément appréciable de vivres, le problème des chaussures et des vêtements était, lui, beaucoup plus difficile à résoudre. Les sabots et les galoches, quelque peu abandonnés par les jeunes, reprirent du service. Les greniers, inventoriés de fond en comble, livrèrent des souliers en mauvais état qui, grâce aux cordonniers des alentours, retrouvèrent une certaine jeunesse. Les besoins en vêtements entraînèrent le pillage des armoires et la disparition de vieilles choses dont la découverte m'enchantait et me désolait à la fois. J'aurais voulu pouvoir les replier et les conserver en tant que précieux témoignages d'une époque révolue.

L'inventaire du contenu des armoires avait constitué pour moi une révélation. J'étais même arrivée à reconstituer la vêture traditionnelle tant féminine que masculine. Quelques personnes âgées en conservaient certains éléments.

Jeunes et vieilles portaient l'ample chemise de toile froncée à l'encolure, pourvue de petites manches et qui arrivait à mi-mollet. La garniture consistait en une dentelle étroite et solide exécutée au crochet par les filles occupées à surveiller le troupeau au pâturage. De peur qu'elle ne fût pas assez large, la chemise comportait une pointe de chaque côté.

Le dimanche, un corset court à busc et baleines se chargeait d'affiner la taille des jouvencelles. Les autres jours, il restait dans l'armoire, car les travaux habituels ne se seraient pas accommodés d'un tel carcan. La poitrine était sanglée dans une *mateloto,* sorte de cache-corset en molleton ou en piqué, selon la saison. Venaient ensuite les pantalons ou culottes fendues, appelées *bralhas a la fendiscla.*

Par-dessus cette lingerie, les jeunes filles ajustaient un corsage plutôt pincé de teinte claire, souvent uni, dont les manches s'arrêtaient au-dessous de la saignée et un *cotilhon* d'indienne à grands ramages. Cette jupe fort large, arrivant à la cheville, était froncée à la taille sous une ceinture plate. Chez les aïeules, le corsage faisait place à une sorte de camisole toute droite. En hiver, un volumineux jupon en molleton protégeait le bas du corps. Pour aller aux offices, la veste ajustée en gros drap et la jupe en cheviotte disparaissaient sous une cape ou un ample châle de cachemire.

La tenue de deuil comportait un châle en serge noire dont les dimensions étaient proportionnées aux ressources de la personne. Les femmes de condition modeste se contentaient d'un grand carré plié selon une diagonale alors que les plus opulents, de forme rectangulaire, étaient pliés en huit.

Selon une très ancienne tradition, quand la châtelaine du village mourait, les murs de la chapelle étaient tendus de noir. On utilisait pour cela d'immenses châles qui, après la cérémonie, étaient attribués d'abord aux fermières de la défunte, puis aux autres femmes afin qu'elle fussent en mesure de porter le deuil durant un an.

Sur la tête, les femmes mettaient une coiffe en fin tissu noir avec une passe à deux ou trois plis qu'elles recouvraient partiellement d'une pointe double retombant sur la nuque. Cette pointe représentait, en quelque sorte, une réduction du châle.

Sur le Causse, la notion de mode jouait un rôle fort limité. Seules quelques dames et demoiselles pouvaient se permettre de copier les élégantes du chef-lieu et, en les voyant, les vieilles ne manquaient pas de soupirer : « *Lo que fai la mòda es baug que rodà, lo que l'a fai pas es que pòt pas* *. » Eh bien ! Même ces personnes-là se seraient bien gardées de jeter ce qui n'était plus au goût du jour. Elles étaient même les premières à répéter : « *Cal pas res escampar de ço que pò servir* **. »

Non contents de disposer de pas mal de vieilleries, nous avions aussi les artisans capables d'en tirer parti. Chaque village possédait encore une *corduriéra.* Mlle Julienne avait bien de la peine à satisfaire toutes les demandes. Elle était sollicitée non seulement par les femmes du village, mais en plus par celles de Madières.

Les cordonniers avaient chacun une clientèle attitrée. Comme nul n'est prophète en son pays, il arrivait que, de Rogues, on préférât s'adresser au *pegòt* de Blandas ou de Vissec plutôt qu'à celui du village. Pour se justifier, les intéressés alléguaient la renommée, l'habileté, la qualité du cuir. Les liens de parenté jouaient aussi un rôle non négligeable. Celui de Vissec avait une sœur à Rogues ; mon mari était cousin de celui de Blandas. Presque tous les gros souliers que les hommes portaient à longueur de journée

* Celle qui suit la mode est si folle qu'elle tourne sur elle-même — par comparaison avec les ovins atteints du tournis —, celle qui ne la suit pas, c'est qu'elle ne peut pas.

** Il ne faut rien jeter de ce qui peut servir.

étaient confectionnés sur mesure. Ils s'y trouvaient plus à l'aise et les déclaraient plus solides que ceux achetés dans le commerce. Pour les femmes, c'était exactement le contraire ! Elles maudissaient le cuir trop dur et les dimensions trop généreuses. La jeune Claudie, par exemple, malgré son agilité, ne parvenait pas toujours à conserver l'équilibre...

Une fois par an ou même seulement tous les deux ans, je voyais arriver au village un curieux artisan : le jouattier. Sa venue courait de bouche en bouche : « Giniès va monter. » Giniès, c'était l'*aplechaire.* Il habitait l'Embrusquière, un hameau accroché au flanc du Causse, dans la vallée de l'Arre. Il n'y restait guère qu'au temps où les récoltes réclamaient sa présence. Tout le reste de l'année, il allait de ferme en ferme, à la demande. L'homme était assez grand. Sa tenue ressemblait fort à celle des charpentiers : ample pantalon de velours truffé de poches d'où sortaient des crayons plats, un mètre pliant dont les chiffres n'étaient plus lisibles que pour lui seul, des petits carnets et tout un bric-à-brac de menus objets dont un briquet. Il arrivait à pied, grimpant la Tessonne par les raccourcis, portant allégrement une caisse sur le dos, retenue au moyen d'une solide courroie de cuir. Elle contenait ses outils : de petites haches dont le tranchant valait celui d'un rasoir, un rabot, un marteau, une grosse vrille, des gouges et une aissette. Pour le reste, il se contentait de ce qu'il trouvait là où il était appelé à travailler.

D'un tronc d'arbre généralement repéré quelques années à l'avance et abattu en vieille lune, il avait tiré un joug à la mesure du couple de bœufs auquel il devait s'adapter, un abreuvoir pour les poules, une auge à cochon, une ruche, des gouttières, un manche d'araire, une pelle à enfourner le pain. Il était parfaitement capable de monter un travail, une brouette et même un char dont seul le bandage des roues incombait au charron. Avec des planches de mûrier, il confectionnait un meuble. Durant l'hiver, il s'installait à l'abri du mur, ouvrait sa caisse, prenait l'outil adéquat, marquait quelques points de repère sur le tronc qu'il avait débarrassé de l'écorce, réfléchissait, réalisait mentalement l'objet et alors seulement passait à l'action. L'œil et les mains ayant tout évalué, tout calculé, la hachette attaquait alors la masse brute. Les coups tombaient à cadence douce, dans le sens nécessaire. Les éclats se détachaient, informes. Insensiblement, le geste devenait plus incisif. Les concavités se multipliaient, désordonnées en apparence. Elles se recoupaient, se surcreusaient, se compliquaient de convexités au relief moins accentué et, peu à peu, sans qu'il y paraisse, elles s'ordonnaient symétriquement par rapport à un axe médian. Bientôt, se profilaient deux belles courbes destinées à épouser les nuques puissantes, sans les blesser, puis les méplats où s'appuieraient les courroies. La hachette était alors déposée droite le long du mur afin que le délicat tranchant ne fût pas en contact avec le sol caillouteux. L'ébauche achevée, il lui restait à aplanir les petites surfaces, éliminer les angles vifs, donner aux courbures leur plénitude. Une nouvelle fois, les yeux et les mains collaboraient pour parfaire l'œuvre. L'aissette remplaçait la hache. Avant d'en terminer, il procédait à un essayage sur le couple de bœufs. Les retouches étaient exceptionnelles et minimes.

Il avait appris seul à travailler le bois, copiant les modèles qu'il avait sous les yeux. Un Caussenard artisan du bois constituait une exception. En effet, si quelque paysan du calcaire était assez adroit pour effectuer de tels travaux à titre personnel, la plupart manquaient de coup d'œil et de dextérité, peut-être aussi de patience. C'est là ce qui les différencie des Cévenols, hommes du granit.

CHAPITRE IX

Et la vie suivait son cours…

Naisser per estre polit,
Se maridar per estre rich.
Morir per estre brave.

Il suffit de naître pour être qualifié de beau,
de se marier pour être traité de riche,
de mourir pour être considéré comme vertueux.

Un jour vint où je dus annoncer une nouvelle aux proches. Selon l'expression consacrée, un heureux événement était attendu pour l'été. Les visages semblaient dire : « Eh bien, ils y ont mis le temps. » Quant au futur grand-père, il s'empressa d'ajouter en riant : « Vous n'aurez pas besoin d'aller à Saint-Fulcran. »

Je demandai des éclaircissements sur ce saint dont beaucoup de Caussenards portaient le nom. Quand un couple semblait frappé de stérilité ou si les nouveau-nés successifs ne vivaient pas, il se rendait à la cathédrale de Lodève implorer la bénédiction de l'évêque qui, au Xe siècle, multipliait les miracles. Le prêtre leur remettait un cordon béni pour chacun. Mari et femme devaient le conserver autour de la taille jusqu'à la naissance de l'enfant. A ce moment, les cordons étaient jetés au feu. Rapidement tout le village et la parenté des environs surent que j'étais « embarrassée ».

Les mois passant, je décidai de m'occuper de la layette, ce qui posait de sérieux problèmes car les points attribués étaient dérisoires. Je me mis donc au travail et coupai des pièces de lingerie ancienne provenant de mes aïeules. Cela me valut une mise en garde : « Vous en avez assez pour commencer. N'en faites pas davantage. » Même refrain-

quand je parlai du berceau et de la voiture. « Ne les achetez pas encore ; ils pourraient rester vides. »

Tout le monde me regardait attentivement et les deux spécialistes en la matière : Jacques, le maréchal-ferrant, et Gérard, un petit bossu, berger de son état, s'étaient prononcés sans toutefois consentir à m'informer de leurs pronostics. Je ne devais pas savoir. Tous les avis concordaient grâce au masque accentué et à la forme arrondie de l'abdomen. Un soir d'août, « elle » fit une entrée laborieuse dans la famille. Les pronostiqueurs pouvaient chanter victoire.

Contrairement à l'habitude, un médecin était présent, mais la tradition était représentée par la femme du facteur, calme, silencieuse et efficace, beaucoup plus humaine que l'homme de l'art. Voyant passer l'auto du praticien, le terrible Blaise s'était exclamé d'une voix de stentor : « *Al Taparel, l'ostal s'engruna* !* », exclamation par laquelle il était d'usage d'annoncer un accouchement. Le lendemain aux aurores, il se renseigna, éclata de rire : « *Una filha ! Podiá pas far mens**...* » Ça aussi, c'était la coutume, l'expression du mépris pour la gent féminine.

Chez nous, le père était radieux. La petite, une fois bien empaquetée dans son maillot, et le médecin parti, malgré l'heure insolite, la grand-mère était allée chercher des œufs, avait secoué les bûches au fond de l'âtre, suspendu la poêle à la crémaillère. En un instant, une copieuse omelette fut consommée par les quatre convives qui l'accompagnèrent de vin rouge puis de café bien chaud. Le reste de la nuit se passa à surveiller le nouveau-né. Aux premiers grognements qu'elle fit entendre, elle fut tirée de son lit par des mains expertes. Un peu plus tard, elle retrouva sa place aux creux de la paillasse en balles d'avoine que j'avais confectionnée avec le produit de la récolte toute fraîche. Comme

* Au Taparel, la maison s'écroule.
** Une fille ! Elle ne pouvait pas faire moins...

elle restait parfaitement silencieuse, j'en déduisis qu'elle avait avalé une infusion.

Ce n'était pas tout à fait exact. Mon mari avait vu sortir du placard un tout petit pot en terre frais baigné à la lessive de cendres, celui-là même qui avait servi pour lui. De l'eau, une croûte de pain, une goutte d'huile d'olive. Après ébullition, il n'était resté que deux ou trois cuillerées de liquide qu'elle avait paru apprécier. Ainsi devait-elle évacuer rapidement et sans risques le méconium qui encombrait son tube digestif.

Dès le lendemain, le défilé des voisines commença. Certaines — surtout les moins jeunes — ne savaient trop quelle attitude adopter : convenait-il ou pas d'agir selon la coutume ? Elles étaient partagées entre la crainte de paraître ridicules à mes yeux et la peur de nuire à l'enfant, l'enfant qui, par son père, était de la communauté. Son intérêt primait tout. Les traditions devaient donc être respectées. Elles le furent.

Les femmes entraient dans la chambre, m'embrassaient ou me serraient la main. La grand-mère présentait sa petite fille : « Elle n'est pas bien grosse et puis elle est toute violette, parce qu'elle a trop attendu. » L'une après l'autre, elles répétaient les paroles de circonstance : « Ne vous inquiétez pas, maintenant elle a toute la place pour grossir et puis il vaut mieux qu'elle ne soit pas jolie, ce serait un mauvais signe » :

Polit en borrassa, lord en plaça
Lord en borrassa, polit en plaça *.

Ayant épuisé les sujets de conversation, la visiteuse s'approchait du bébé et glissait discrètement une pièce bien brillante dans le haut du lange en disant : « *Lo bon Dieu vos*

* Joli au maillot, laid en grandissant / Laid au maillot, beau en grandissant.

*lo conserva**. » Je devais remercier puis boire la *gota* à la santé de ma fille.

Comme je m'étonnais de ne pas voir certaines femmes avec lesquelles j'entretenais d'excellentes relations, il me fut répondu qu'elles ne pouvaient venir, n'étant plus en âge d'avoir des enfants. Quant à « la dame au long nez », qui se targuait de connaître les usages du monde pour avoir vécu quelques années hors du village, elle nous aurait bien honorées de sa visite, mais elle s'abstenait, l'enfant n'étant pas encore baptisée. Sous couleur d'une observance exacerbée des règlements de l'Eglise, j'avais l'impression que se cachait une véritable répulsion à l'égard du nouveau-né. Cette femme n'était pas seule à témoigner d'une attitude bizarre. Elle y mettait seulement plus d'ostentation. Je me demandais et je me demande encore s'il ne s'agissait point en réalité d'une réminiscence du catharisme assez répandu dans la région au XIIIe siècle.

Selon la coutume, le baptême devait avoir lieu dans les premiers jours de la vie. En attendant, le bébé était veillé toutes les nuits. Si à Montdardier et à Vissec, par exemple, il devait être porté à l'église par « celle qui prend les enfants » (la femme jouant le rôle d'accoucheuse), à Rogues et dans les autres villages du Causse, ce rôle incombait à la marraine. Le cortège se composait uniquement du père, des autres enfants s'il y en avait, des parrain et marraine. La mère n'était jamais présente à la cérémonie qui avait lieu le dimanche, de bonne heure. La tradition voulait que les parrain et marraine des deux premiers-nés fussent les grands-parents : grand-père paternel et grand-mère maternelle, puis les deux autres. Après, venaient les oncles et tantes et, dans les familles nombreuses, les frères et sœurs aînés. Mon mari et moi n'étions pas très enthousiasmés par cette coutume qui était d'ailleurs en contradiction avec le rôle que doivent jouer les parents spirituels vis-à-vis de

* Le Bon Dieu vous la garde.

l'enfant lorsque les parents naturels viennent à manquer. Selon l'ordre normal les grands-parents étant appelés à s'éteindre les premiers, l'orphelin se trouve ainsi privé d'un soutien. Il se révélait impossible cependant de rompre avec un ordre bien établi, d'autant plus que les grands-parents paternels allaient veiller constamment sur le bébé.

Un point sur lequel nous avions innové, c'était ma présence au baptême. A la vérité, il n'y eut point de réaction notable. J'avais déjà enfreint un interdit en allant faire quelques pas au soleil en guise de première sortie, au lieu de me rendre à l'office.

Pour porter bonheur à l'enfant, le père se devait d'offrir un morceau de pain à la première personne croisée par le cortège, après le départ de la maison. Depuis une vingtaine d'années, le morceau de pain avait été remplacé par une pièce de monnaie. Nous n'avions parcouru que quelques dizaines de mètres quand nous aperçûmes un cousin qui revenait de l'office. Mon mari s'approcha et lui mit un sou au creux de la main. Devant la mine éberluée du brave homme, ce fut un rire général. Il avait oublié l'usage !

Durant la cérémonie, notre fille se répandit en protestations aiguës. A la sortie, les assistants en conclurent qu'elle avait laissé toute sa méchanceté à l'église et qu'elle ne nous importunerait pas avec ses pleurs. Au retour, il convenait de *faïré los botels*, autrement dit mon mari devait offrir aux invités une collation composée de charcuterie et de gâteaux, le tout accompagné de vin vieux. Nous nous retrouvâmes tout simplement autour de la table avec un repas tiré des réserves familiales.

La tradition voulait que l'habillage eût lieu la première fois le jour de la Chandeleur ou, à défaut, un vendredi. Je trouvais surprenant de sortir un bébé de son maillot en plein hiver et dans une maison où ni les portes ni les fenêtres ne jointaient. On m'expliqua que l'habillage devait s'effectuer très progressivement, sous peine de fatigue et de pleurs. Il fallait commencer par une dizaine de minutes seulement. Je jugeai préférable d'attendre le printemps.

A six mois, l'apparition d'une première dent suscita des sourires accompagnés d'œillades entendues : « *Eh! Eh! Eh! que leu endènta, leu parenta* !* » Aucune réponse ne venait !

Pour les premiers pas, le père plantait un gros clou au mur de la porte en été, près de la cheminée en hiver. On y fixait les extrémités d'une grande bande de toile qui ceinturait le bébé. C'était aussi avec une serviette passée sous les aisselles que, solidement maintenu, il tentait d'attraper le chat ou le chien couché au soleil. Tant que la marche demeurait incertaine, il était coiffé d'une calotte en paille, destinée à amortir les chocs en cas de chute sur le crâne.

Pour moi, la vie familiale continuait avec ses joies et ses deuils. Notre fille n'avait guère plus de deux ans quand elle s'était trouvé face à face avec un frère. Elle avait manifesté d'abord une certaine curiosité qui, au fil des mois, s'était muée en intérêt. Les berceuses devaient désormais endormir le bébé, tandis que la demoiselle réclamait des distractions dignes d'elle.

Il y eut d'abord l'apprentissage des doigts. L'aïeul les prenait l'un après l'autre par le bout et les secouait tout en disant :

> Index *Leca plat* (Lèche-plat)
> pouce *Escracha pesolh* (Ecrase-poux)
> majeur *Grand gusàs* (Grand malin)
> annulaire *Pichòt gusàs* (Petit malin)
> auriculaire *Cura aurelha* (Cure-oreille).

Il terminait en chatouillant l'enfant sous le menton : « Quiriquiquin. » Bien entendu, il fallait recommencer au

* Le bébé qui a des dents de bonne heure est sûr de posséder rapidement frères et sœurs.

gré du tyran en herbe, lequel, vite lassé, réclamait le « petit lièvre » dans lequel ce sont encore les doigts qui interviennent :

Sus aquela planeta
Passèt une lebreta *

(à ce moment, on reprend les doigts comme précédemment) :

Aquel d'aqui la vejèt
Aquel i corriguèt
Aquel l'atrapèt
Aquel la tuet
Et aquel d'aqui diguèt
Riu piu piu i a pas res per ièu
Piu piu piu **.

Les jouets étaient rares. Ils constituaient un luxe. Parfois, le grand-père ou le berger taillait une poupée dans un morceau de bois. Un bout de chiffon avec deux coutures et trois trous servait de robe. Quant aux garçons, ils pouvaient recevoir un cheval à bascule qui demandait un travail assidu lors des veillées, ou un véhicule en réduction, charrette ou brouette. Il ne s'agissait que de cas exceptionnels et les bénéficiaires ne s'en amusaient pas véritablement, par crainte d'abîmer ces petites merveilles. Plus fréquent était le rat-cat, encore appelé rigo-rago, composé d'une fine tige de bois traversant une coquille de noix vidée et portant au sommet deux palettes en croix. Une ficelle, enroulée sur la tige et dont l'extrémité libre était nouée à un petit bâtonnet, permettait de faire tourner les palettes, en tirant d'un coup sec sur le bâtonnet. Un jouet analogue figure sur un tableau représentant la Vierge à l'Enfant.

* Sur cette petite plaine (la paume de la main) / Est passé un levraut.
** Celui-ci l'a vu / Celui-là l'a poursuivi / Celui-là l'a attrapé / Celui-là l'a tué / Celui-là l'a mangé / Il n'en reste plus pour moi / Piou, piou, piou.

Vers l'âge de six ans, aidés par les aînés, les bambins apprenaient à tirer parti des végétaux pour s'amuser : les *cabridelas* permettaient de fabriquer des colliers ; une simple feuille d'iris repliée constituait un excellent sifflet.

Au fur et à mesure que nos deux enfants grandissaient, les grands-parents fouillaient de plus en plus profondément dans leurs souvenirs pour retrouver les *sornetas*. La « petite-poule » fut une des premières que j'entendis :

Una galineta
Anavo a la montanheta
Manjar lo bladèt.
Quand seguèt en aut,
Trobèt la martra
Que li diguèt :
« *Ont vas, ma galineta ?*
Montes pas pus naut
Que te manjaria *. »

Puis l'histoire se compliqua :

Ma tanta la Cerièra,
Volia venir a la fièra.
A dich : « Qual me gardarà
mon ostal ? »
— *La galina amb de lo gal.*
— *Ont es lo gal ?*
— *Sota lo banc.*
— *Ont es lo banc ?* **
— *Lo fuoc l'a brutlat.*
— *Ont es lo fuoc ?*

* Une petite poule / Allait sur la colline / Pour manger du petit blé. / Quand elle arriva au sommet, / Elle trouva la martre / Qui lui dit : / « Où vas-tu, ma petite poule ? / Ne monte pas plus haut / Parce que je te mangerai. »

** Ma tante la Cerise, / Voulait aller à la foire. / Elle a demandé : « Qui me gardera la maison ? » / — La poule avec le coq. / — Où est le coq ? / — Sous le banc. / — Où est le banc ? / — Le feu l'a brûlé. / — Où est le feu ?

— *Laiga l'a amossat.*
— *Ont es l'aiga ?*
— *Lo buòu l'a beguda.*
— *Ont es lo buòu ?*
— *A la laurada.*
— *Ont es la laurada ?*
— *L'aùcel n'a fach una becada.*
— *Ont es L'aùcel ?*
— *Sus lo ramèl.*
— *Ont es lo ramèl ?*
— *La cabra n'a fach un morcèl.*
— *Ont es la cabra ?*
— *Lo lop l'a manjada.*
— *Ont es lo lop ?*
— *Trepa un pauc pertot,*
Aussa li la coeta e
bufa li dejós *.

Avec les sornettes, alternaient les chansons du genre de :

La Guilhaumela avia un cat
Qu'en volia faire un avocat
Avocat, avocatela
Fai dansa la Guilhaumela
Drin, dron e dran.
La Guilhaumela e son
enfant **.

* L'eau l'a éteint. / — Où est l'eau ? / — Le bœuf l'a bue. / — Où est le bœuf ? / — Il est au labour. / — Où est le labour ? / — L'oiseau en a fait une becquée. / — Où est l'oiseau ? / — Sur le rameau. / — Où est le rameau ? / — La chèvre en a fait une bouchée. / — Où est la chèvre ? / — Le loup l'a mangée. / — Où est le loup ? / — Il gambade un peu partout, / Hausse sa queue et souffle dessous.

** La Guillaumelle avait un chat / Dont elle voulait faire un avocat / Avocat, avocatelle / Fais danser la Guillaumelle / Drin, droun et dran / La Guillaumelle et son enfant.

Tous les animaux de la Guillaumelle y passaient. Du chien elle faisait un médecin et ainsi de suite.

Quand *lo manit* tombait de sommeil malgré des efforts désespérés pour garder les yeux ouverts, le conteur ralentissait insensiblement le débit, baissait la voix et concluait selon l'usage : « *Lo gal cantèt e la sorneta finiguèt**. »

Ainsi les jours passaient. Quelques enfants naissaient et beaucoup d' « anciens » disparaissaient. Les berceaux étaient loin de compenser les tombes. Le village se vidait sans autre bruit que le glas. En peu d'années, je voyais pas mal de portes se fermer définitivement. Quand je sortais, un certain nombre de silhouettes familières n'apparaissaient plus sur mon chemin. Je les avais accompagnées, de fait ou par la pensée, jusqu'au cimetière. Si je ne pouvais être présente aux obsèques, je me contentais de « faire visite » selon l'usage. J'avais dû tout apprendre sur les rites mortuaires et funéraires.

La mort ayant fait son œuvre, les horloges étaient arrêtées immédiatement. Jusqu'à ce que le défunt quitte la maison, le temps ne comptait plus pour les siens. Parents, amis ou voisins devaient les décharger de toute besogne matérielle afin qu'ils pussent se consacrer entièrement au « pauvre mort ». A l'avenir, on ne parlerait jamais de lui sans faire précéder son nom du qualificatif « pauvre » attestant son état de trépassé.

Après l'arrêt des pendules, il fallait vider les seaux contenant de l'eau ou tout au moins les sortir de la maison afin que l'âme, échappée du corps par la bouche, ne risquât pas de s'y noyer. Pour qu'elle ne pût se regarder, il fallait encore recouvrir d'un linge blanc les glaces et les chaudrons de cuivre. Ces derniers étaient quelquefois simplement retournés.

Ces précautions prises, on procédait à la toilette du

* Le coq a chanté et la sornette s'est achevée.

défunt. Une fois rasé et peigné, il était revêtu de ses plus beaux vêtements et, à Rogues, il devait aussi être chaussé de souliers neufs. Aux femmes, on retirait l'alliance — souvent réduite à un fil — et les boucles d'oreilles si elles en portaient. Un grand mouchoir noué sur le crâne serrait, pour quelques heures, le menton. Les doigts étaient entrelacés et retenaient le chapelet familier. Une tablette, recouverte d'un napperon, placée à côté de la tête du lit, supportait un crucifix, un chandelier garni d'un cierge de la Chandeleur et une assiette blanche avec de l'eau bénite et un rameau. Après aspersion d'eau bénite, le lit était recouvert d'un voile de crêpe. Housses de traversin, taies d'oreiller et draps de dessus, ornés de dentelles et de broderies témoignant du degré d'aisance, étaient spécialement réservés à cet usage. L'ensemble constituait *lo susari.* Chaque maîtresse de maison mettait son point d'honneur à acquérir la toile nécessaire et à faire exécuter les trois pièces dans un couvent des alentours. Parfois elle en chargeait une brodeuse professionnelle. Le tout était alors soigneusement enroulé dans un linge blanc et déposé au fond de l'armoire, en attendant le moment de servir.

Lorsqu'elle avançait en âge ou se sentait gravement malade, la maîtresse de maison rassemblait les effets (y compris les bas) dont elle entendait être revêtue après sa mort. Les femmes d'âge respectable assistaient au trépas, récitant sans arrêt les prières des agonisants, accélérant le débit à l'approche de la fin. Elles n'épargnaient ni leurs soupirs ni leurs larmes. Dans leurs vêtements de deuil, elles évoquaient singulièrement les pleureuses de l'Antiquité. Si cet usage a pris fin sur le Causse aux environs de la Libération, il subsistait encore en hautes Cévennes vers 1958.

Les corps n'étaient pas conservés plus de deux jours. D'ailleurs le proverbe affirme : « Quand nous sommes morts nous n'avons plus besoin que de la terre. » Les membres de la famille se relayaient auprès du défunt nuit et jour. Pour la veillée, à la lueur des cierges, voisins ou amis se joignaient aux parents. Les pleureuses récitaient des prières ou s'entretenaient avec les autres personnes présentes du « pauvre mort ».

Dans la journée, tous les gens du village et des environs « faisaient visite ». Même si l'on venait de loin et que la température était glaciale ou brûlante, il n'était rien offert dans la maison en deuil. Il appartenait aux gens habitant à proximité d'offrir une boisson chaude ou un rafraîchissement.

Quand plusieurs femmes se trouvaient réunies dans la chambre mortuaire, elles disaient un chapelet. Chaque personne « donnait » l'eau bénite. Trop brève, l'agonie était un coup pour la famille et une sorte de frustration pour l'intéressé. L'intéressé n'avait pas eu le temps de s'y préparer spirituellement, n'avait pas reçu l'extrême-onction, bref il n'était pas mort selon les règles et on lui en aurait presque voulu. Le pire était de mourir en pleine nature. Décéder hors de l'*ostal* était suspect. Une telle manière de quitter le monde des vivants avait certainement des causes étranges. La famille se devait alors de marquer le lieu d'une croix devant laquelle les passants se signaient en récitant une brève prière. A Rogues, cette croix recevait — comme celles du cimetière — un rameau béni.

« Faire une belle mort » supposait s'aliter, traîner quelques jours, se mettre en règle avec le Bon Dieu, s'entretenir avec le notaire, si cette indispensable précaution avait été omise, et quitter du mieux possible le monde et la famille. « Faire son purgatoire sur terre » et « donner peine », c'était s'éterniser sur sa paillasse sans vergogne durant des semaines, voire des mois. Il n'était pas question de finir à l'hôpital et ce qu'enduraient les grabataires tenait de la torture.

Pendant que la famille recevait les visiteurs, les voisins et les parents de l'endroit s'occupaient des animaux domestiques. Si le défunt était « l'ancien » de la maison, les bœufs étaient privés de leurs cloches durant une année. Ainsi portaient-ils le deuil de leur maître.

Deux femmes s'occupaient à préparer le repas suivant les obsèques, repas qui devait être copieux, mais ne comportait pas de viande grillée. Celle-ci était rigoureusement proscrite comme symbolisant la joie, la fête.

C'était aussi à un voisin possesseur d'un attelage qu'incombait le soin d'aller chercher la bière chez l'artisan qui l'avait confectionnée et, le moment venu, de transporter le défunt à l'église, si toutefois ces déplacements pouvaient avoir lieu avec une jardinière. En cas de décès dans un village, il n'existait alors aucun problème. Pour les trépassés des hameaux et des fermes d'accès difficile, dont certaines se trouvent à bonne distance du cimetière communal, certains rites étaient observés. Je ne les ai pas rencontrés en dehors du Causse.

Le défunt d'un écart était amené à l'église par un chemin spécial, une sorte de draille, *lo camin dels mòrts*. S'il n'en existait pas, le cortège empruntait le « sentier de la messe » utilisé pour se rendre aux offices. Ceux réservés aux morts étaient jalonnés de larges dalles sur lesquelles les porteurs posaient un moment la bière. Ces dalles étaient appelées *pausas dels mòrts* . De Navis à Montdardier, j'ai retrouvé cinq de ces pauses des morts, plus ou moins dissimulées dans les buis. La première existe encore à la sortie du hameau. Elle est surplombée d'une antique croix en fer forgé portant, au centre, les instruments de la Passion : marteau et tenailles. A chaque pause, les gens formant le cortège récitaient un *De Profundis.* Le nombre des pauses était fonction de la distance à parcourir. Du hameau du Barral, en passant par Assas, il en existait trois seulement pour atteindre Blandas.

Il arrivait qu'un sentier de messe traversât un champ cultivé. Dans ce cas, le propriétaire de la parcelle ne pouvait interdire le passage d'un corps qui devait obligatoirement atteindre l'église par ce sentier, alors même que le tracé n'était plus visible. Tel était le cas du champ dit « Les Gravas », situé entre le vieux chemin des Mas (Elze, Jurade, Mas Roux, Roudoulouze, Oustalou, Puech) et l'église de Rogues.

En revanche, sauf cas de force majeure (enneigement par exemple), le corps ne devait pas passer par un chemin privé, car, dans ce cas, il « le gagnait » à l'usage des vivants, autrement dit de privé il devenait accessible à tout un chacun.

Selon une autre tradition, le cortège venant d'un lieu éloigné devait s'arrêter un instant à chaque croisée de chemins, soit trois fois entre Le Landre et Blandas. De plus, toutes les croix rencontrées, et en particulier celles des Rogations, constituaient également des arrêts obligatoires accompagnés de la récitation d'un *De Profundis*.

Curieux est le refus de passer d'une rive à l'autre de la Vis, dans le cas de villages composés de deux blocs d'habitations situés de part et d'autre de l'eau, blocs appartenant à des communes différentes. A Navacelle et à Madières, le cimetière est établi dans l'Hérault en rive droite. Plutôt que de franchir l'eau, les habitants de Madières (Gard) étaient encore, il y a quelques décennies, enterrés dans le cimetière de Rogues, sur le plateau. Quant à ceux de Rochebelle (partie de Navacelle, Gard), ils reposent à Blandas. J'aurais volontiers cru à une rivalité entre paroisses ou communes si les morts de la Sauvie (enclave de la commune de Rogues dans l'Hérault, au-dessus de Madières), eux, n'avaient été inhumés dans le cimetière de Madières ! On pourra toujours m'objecter qu'après avoir quitté leur nid d'aigle, en plein cœur du massif de la Séranne, roulés dans un sac et emportés à dos d'homme ou sur une échelle fixée à bât de mulet, il eût été difficile de leur infliger la grimpée sur le Causse ! C'est possible, mais je ne le pense pas. Toujours est-il que, encore pour eux, la dernière pause s'effectuait au bas de la pente où se dresse une croix dont le socle en pierre présente un creux servant de bénitier.

Le défunt était mis en bière pour pénétrer décemment dans l'église proche, véritable petit chef-d'œuvre de l'art roman, avec des fresques sur fond d'azur. Depuis des décennies, aucun mort n'est plus descendu de la Sauvie dont les ruines n'abritent que des chouettes et des chauves-souris. Quant à la petite église, la *gleizette*, sa voûte s'effondre et la pluie a lavé les précieuses peintures. Seul son clocheton béant domine encore le cimetière.

Du hameau du Tour, accroché en haut de la falaise dominant la vallée de l'Arre, les trépassés mis dans un cercueil pourvu de brancards devaient être descendus par un sentier vertigineux jusqu'au fond de la vallée. Eux passaient la rivière, puis remontaient jusqu'à Arrigas, en Cévennes.

Dans tous les villages du Causse, le prêtre accompagné des enfants de chœur attendait le cortège funèbre à la croix des Rogations correspondant à la direction d'où arrivait le défunt. Selon l'usage, la veuve n'assistait jamais aux obsèques de son conjoint. S'il s'agissait d'un enfant, la bière était portée par des enfants. Dans le cas d'une jeune fille, le couvercle n'était placé qu'au moment de la mise en terre. A Rogues, cette tradition ne prit fin qu'à la suite d'un choc nerveux provoqué, chez une des porteuses, par le spectacle de sa camarade morte. J'ai encore vu à Montdardier le cercueil d'une femme porté, de l'église au cimetière contigu, par quatre femmes qui se chargèrent de le faire glisser dans la fosse.

La famille devait offrir du pain que le prêtre bénissait et dont chacun prenait un morceau. A l'issue de la cérémonie, le repas dont j'ai déjà parlé réunissait les parents et les intimes, dans la maison mortuaire. Le seuil franchi, les femmes s'assemblaient pour dire un *De Profundis*. Il en allait de même au moment de repartir.

Pendant quelques mois, les « affligés » assistaient à la première messe dominicale au lieu de la grand-messe et restaient agenouillés à l'Evangile. Le grand deuil était porté au moins pendant deux ans et le petit deuil pendant un an

Certaines femmes n'hésitaient pas à prolonger ce qu'elles considéraient comme la marque de leur attachement au défunt.

Dès le lendemain des obsèques, il fallait fixer un petit morceau de crêpe au toit de chacune des ruches afin d'éviter le départ ou la mort des colonies. Durant un an, on ne mettait pas de poules à couver dans la maison endeuillée. Ce soin incombait à une voisine qui apportait les poussins un jour ou deux après l'éclosion.

Le plus souvent l'ancien, sentant ses forces décliner, rédigeait son testament afin de sauvegarder l'*ostal* et d'éviter des contestations entre les héritiers. La coutume voulait qu'il ne se dessaisisse pas de son bien avant de décéder. Les volontés étaient exprimées au notaire en présence de témoins. Pour commencer, l'homme de loi écrivait que son client avait fait le signe de croix, puis recommandé son âme à Dieu, laissant les soucis de la sépulture, des messes de neuvaine et de bout de l'an à la discrétion de son légataire universel.

Venaient ensuite les dons. Certains visaient les confréries qui existaient pratiquement dans toutes les paroisses. Le montant variait selon les ressources de l'intéressé. D'autres concernaient les pauvres. Sur le Causse, où la population était, en quasi-totalité, catholique, le don visait les nécessiteux de la religion catholique, apostolique et romaine exclusivement.

Le chef de famille disparu, l'autorité passait à l'épouse survivante et, dans le cas d'un enfant unique, celui-ci demeurait sous la tutelle maternelle et ne recevait pas sa part. La veuve portait quotidiennement le chapeau du pater familias, sans lui faire subir aucune transformation. Elle utilisait le pantalon pour confectionner une *matelota*. Il s'agissait bien là d'une façon de marquer le transfert d'autorité. Le maître de l'*ostal*, c'était désormais elle.

J'ai encore vu des veuves coiffées du vieux feutre verdi. J'ai vu aussi le pantalon, la veste et le chapeau rester accrochés à un clou dans la chambre conjugale pour témoigner de la présence du maître, par-delà la mort.

Celui qui ne manque pas d'offrir régulièrement des messes à ses défunts est respecté par toute la communauté et l'on dit de lui : « *Aquel d'aqui li fan son drech, vendrà pas los tirar per los peses**. » En effet, les *Trèvas*, constitués par la cohorte de tous les vieillards malmenés, des défunts n'ayant pas bénéficié de « leur droit », se vengent en troublant le sommeil des ingrats, les jetant à bas du lit ou même leur serrant si fortement les reins qu'il en reste une empreinte indélébile.

Traditionnellement, presque chaque village avait un individu entretenant commerce avec les *Trèvas*. Lorsque le sommeil était perturbé sans raison apparente, il suffisait d'aller le consulter pour connaître les désirs du défunt en colère. Si les messes habituelles ne le calmaient pas, il restait toujours la ressource de s'abonner aux œuvres de Notre-Dame-du-Suc ou de Saint-Fulcran-de-Lodève.

Dieu était intimement mêlé à la vie quotidienne. Chaque fois que l'on parlait d'accomplir une action, on ne manquait pas de terminer la phrase par « *Se Dieu-z-o-vol*** ». L'action terminée, on disait alors : « *A la garda de Dieu****. »

Le signe de croix était également esquissé par les femmes âgées au moment où la cloche sonnait l'angélus, lorqu'elles montaient en jardinière ou en auto, quand elles entreprenaient un travail de longue haleine : lessive, blanchiment, préparation du pain, avant de se mettre à table ou d'entamer un pain, en passant devant un cimetière ou devant une croix. Pendant toute la journée, elles profitaient du moindre répit pour égrener le chapelet qu'elles portaient en permanence au fond d'une poche. La prière en commun était de règle, de même que le *Benedicite*, le vrai. Quelques esprits forts

* Celui-ci les vénère ; ils ne viendront pas le tirer par les pieds.
** Si Dieu le veut.
*** A la garde de Dieu.

agacés par ce qu'ils qualifiaient de *comedia* lui substituaient celui de Saint-Guilhem *, réminiscence du temps où les moines de l'abbaye — largement possessionnés sur le Causse — venaient quérir le montant de leur fermage.

Il n'était pas un seuil qui ne fût surmonté d'une croix réalisée au pinceau à partir de l'invariable badigeon blanc. Quand j'ai demandé à quoi correspondait cette pratique, il m'a toujours été répondu que la famille montrait ainsi son appartenance au catholicisme. Il semble que cette tradition remonte aux luttes religieuses qui ensanglantèrent la région. Les maisons présentant la croix blanche devaient être épargnées par les dragons de Villars.

Du paganisme millénaire, les Caussenards étaient passés très tôt au christianisme propagé sans doute par saint Martin et ses disciples à la faveur des voies de communication que les Romains avaient aménagées. Les premières églises se trouvaient en bordure même de la voie joignant Le Vigan à Lodève : Saint-Martin-de-Montdardier, Saint-Félix et Saint-André-de-Rogues, Saint-Sauveur-de-Madières. Saint-André, dont demeurent les substructions, figurait dès 807 au Cartulaire de Gellone. Saint-Félix était mentionné en 889 au Cartulaire de Notre-Dame-de-Nîmes. Du premier sanctuaire de Montdardier, il reste un magnifique tympan avec svastikas, poisson, etc. Quant à Saint-Sauveur-de-Madières précédemment évoqué, c'était une minuscule construction réalisée en blocs de tufs. L'adaptation dut s'effectuer sans trop de peine car le vieux fond païen fut incorporé et adapté. Les mégalithes reçurent des croix incisées, malhabiles mais suffisantes pour attester la christianisation.

Le sanctuaire qui se trouve à proximité des bâtiments

* « *Aici, çai avem los monges de Sant-Guilhem / Sem pron per manjar ço qu'avem / Se çai volon venir / Que se copàn la camba per camin.* »
« Ici, nous avons les moines de Saint-Guilhem / Nous sommes assez pour manger ce que nous avons / S'ils veulent venir / Qu'ils se cassent une jambe en chemin. »

d'exploitation, Saint-André, était entouré d'habitations à pierre sèche dont certaines représentent l'ancien mansus de Consiliano — aujourd'hui *Cosselié* — allait donner naissance à la paroisse, cellule sociale. Il appartenait à la fois aux saints, dont l'un avait été choisi comme patron après dépôt d'une relique corporelle dans la pierre d'autel, aux défunts qui reposaient auprès de ses murailles et, enfin, aux vivants. Là se trouvaient les registres où s'inscrivaient les grands moments de la vie : baptême, mariage, décès ; là s'assemblaient les laïcs chargés de l'administration de la communauté. Sur le parvis ou dans le cimetière étaient rédigés les actes et réglés les différends.

Toute la vie se déroulait au rythme traditionnel de l'église, depuis l'angélus jusqu'aux grandes fêtes en passant par les offices quotidiens et dominicaux, les processions, etc. Beaucoup de Caussenards n'auraient pas osé enfreindre l'interdit frappant l'entrée au café pendant la célébration des offices, ni oublié le jeûne hebdomadaire. Vie religieuse et vie matérielle étaient régies par la tradition. Tout était affaire de coutume.

CHAPITRE X

Le bout du tunnel

Lo que vol lo bel temps,
Cal que l'espère.

Celui qui désire le beau temps
doit avoir la patience de l'attendre.

Les bombardements de plus en plus rapprochés, la destruction d'ouvrages d'art aux alentours, tels le tunnel routier d'Alzon, le pont de Gorniès, les coupures de routes, les accrochages sanglants des maquisards avec les Allemands, nous laissaient présager des événements décisifs.

Le 29 août 1944, ce fut la libération du Vigan. Peu à peu, la vie reprit un rythme normal. Le Causse retrouvait un à un ses prisonniers, cependant un soldat tué manquait à l'appel. A partir de 1949, les difficultés matérielles disparurent tout à fait. Aucun dommage à réparer sur le plateau qui, de par sa situation, était demeuré à l'écart des destructions.

Les séquelles de la tourmente furent d'ordre infiniment plus profond et plus douloureux. Ceux qui avaient pu continuer à travailler dans des conditions à peu près normales et pratiquer le troc avaient traversé les années noires sans trop de peine. Ils mirent alors toute leur énergie à moderniser les exploitations. Pour eux, ce fut la rupture totale avec le passé, aussi bien sur le plan des techniques que du mode de vie.

Alors que les mas et les *bòrias* prenaient leur essor, la structure de la société villageoise se modifiait. La classe des journaliers n'existait plus. Les petites gens, qui vivotaient tant bien que mal, constituaient un groupe anachronique condamné à disparaître.

Chaque dimanche, mon mari et moi nous passions la journée en quête de vestiges millénaires. Suivant le temps dont je disposais, il m'arrivait d'y consacrer également quelques heures le jeudi.

L'aventure merveilleuse commençait avec l'arrivée d'hommes remontant sans doute le cours de l'Hérault et bifurquant vers la Vis voilà quelques dizaines de milliers d'années, soit assez tardivement. Ils n'avaient pas eu besoin de parcourir une longue distance pour découvrir des refuges en plein cœur d'un territoire propice à la pêche, à la chasse, et à la cueillette, ces trois activités qui leur permettaient d'obtenir nourriture, vêtements, outils et armes.

Après les paléolithiques de la Vis, c'est le vide durant une très longue période. En effet, la sédentarisation — accompagnée de la pratique de l'élevage et de la culture du sol — apparaît seulement bien plus tard, vers le troisième millénaire avant notre ère.

Les témoignages de cette évolution se comptent aisément : pas plus de cinq enfouis dans l'aven-grotte de la Figueirolle, au cœur du plateau. Combien sont émouvants ces ustensiles vaguement sphériques, avec un col droit et, sur la panse, des bourrelets perforés de part en part. On les imagine transportés précautionneusement avec des lacets passés dans les trous. Trois d'entre eux s'offrent le luxe d'un décor. Ainsi, déjà l'artisan éprouvait-il le besoin d'agrémenter le récipient utilitaire de dessins géométriques finement incisés dans la pâte crue. Il s'agit tantôt de simples traits obliques et parallèles, tantôt de motifs plus complexes allant jusqu'à des triangles hachurés.

Parallèlement, outils, armes et objets de parure se multipliaient. Avec les os longs d'ovins et de caprins, les Caussenards sédentaires d'alors fabriquaient des poinçons et des aiguilles à chas très proches de celles qu'utilisent toujours les grand-mères pour repriser leurs bas de laine.

Selon le rôle qui leur avait été assigné, le matériau utilisé présentait une plus ou moins grande dureté. Pour les uns, le schiste tendre avait suffi, pour les autres, il avait fallu recourir au silex, à des roches vert sombre — que les géologues ont affublées du nom barbare de rio-dacytes — et même aux galets de fer épars sur le plateau.

Nous possédions aussi des couteaux, des racloirs, des grattoirs et même une minuscule faucille à laquelle le frottement de la paille avait conféré un lustré caractéristique et bien curieux sur du silex. Parmi les lames tranchantes, une petite — car elle était brisée —, recueillie sur un vieux déblai, m'avait permis de montrer aux enfants la supériorité du silex sur l'acier inoxydable pour certains travaux. Elle tranchait une corde en chanvre du premier coup, épluchait pommes de terre et carottes vite et finement. Quand des écoliers du voisinage étaient annoncés, corde et légumes se trouvaient comme par enchantement sur mon bureau et les visiteurs avaient droit à la démonstration qui entraînait parfois une profonde coupure du pouce ou de l'index. Au rayon des armes, nous avions des pointes de flèche et de javelot, également en silex. Certaines constituaient de véritables œuvres d'art.

Comme objets de parure, nous avions découvert surtout des éléments de colliers ou « perles ». Quelques formes répondaient non à un simple désir de parure, mais bien à des préoccupations rituelles avec les triangles et les paires de boules qualifiées d' « ailettes ». Pudibonderie ou poésie ? L'auteur de la dénomination pourrait seul répondre ! Rituelles aussi étaient les canines de loup et d'ours perforées à la racine pour pouvoir être suspendues au cou des chasseurs. Celles d'ours devaient être particulièrement précieuses, car l'une d'elles, brisée au niveau du premier trou, avait été percée une seconde fois. D'un type rarissime c'était une pendeloque en os, en forme de crochet muni de deux trous, qui pourrait bien représenter un profil schématisé d'animal. Toutes ces reliques — sauvées de justesse — constituent de précieux témoignages du mode de vie caussenard à l'aube de la métallurgie.

De cette période, subsistent aussi sur le terrain des monuments : les mégalithes. On pense tout de suite à la Bretagne, car ces blocs sont toujours associés à la lande armoricaine. Leur densité est sensiblement identique sur le Causse ; mais leur taille — hélas — est toujours très inférieure. Les Caussenards étaient-ils moins courageux et moins forts que les Bretons ? Certainement pas. Le matériau seul est en cause. Le calcaire dont ils disposaient ne permettait point d'obtenir des blocs de très grandes dimensions suffisamment résistants.

Pour quels motifs les uns et les autres avaient-ils été érigés ? En ce qui concerne les dolmens, ils ont servi de tombeaux collectifs ainsi que l'atteste la présence d'ossements humains accompagnés d'objets divers : tessons de poterie, pointes de flèches, lames, perles et même — exceptionnellement — des palettes à fard semblables à celles contenues dans des sépultures égyptiennes.

Les menhirs, eux, ont joué plusieurs rôles. On les trouve, en effet, soit à des croisées d'antiques chemins qui correspondent sans aucun doute à des pistes néolithiques, mais aussi en des points occupés par l'homme, sortes de stations de plein air, très rudimentaires. Ainsi les beaux menhirs de la Jurade (Rogues), de Régos (Blandas) évoquent-ils les totems africains. On les rencontre encore jalonnant les corniches de la Vis depuis le Tibelet — à la verticale de Vissec — jusqu'à Ressès, à l'aplomb de Gorniès.

En ce qui concerne les cromlechs, il n'existe que des hypothèses. Sur le sol, quelques éclats de silex informes ont été recueillis comme partout ailleurs sur le plateau. En profondeur, aucune trouvaille. Une seule certitude a trait à leur situation sur des endroits stériles — dénommés d'ailleurs Lacam — qui n'ont pu constituer que des aires de parcours à usage des troupeaux d'ovins et de caprins.

Comme toutes les régions pauvres, le Causse de Blandas conserva l'outillage lithique alors que des zones plus favorisées employaient déjà le cuivre et le bronze. C'est seulement vers la seconde moitié du deuxième millénaire avant notre ère qu'apparaissent quelques objets de parure métalliques : perles, anneaux de cheveux ainsi que des haches à rebords. Ces objets — de très belle facture — correspondent peut-être à des courants commerciaux motivés par l'existence, à la périphérie du plateau, d'importants gisements de cuivre et de plomb argentifère. Quoi qu'il en soit, l'introduction de pièces métalliques ne bouleversa nullement le mode de vie local. Il demeura fondé sur l'élevage et l'agriculture, en particulier la production de céréales. Des grains grillés sont parvenus jusqu'à nous, abrités à l'intérieur de certaines grottes comme celle du Claux (moyenne vallée de la Vis). Le broyage était réalisé à l'aide de meules concaves et de gros galets.

Ces pasteurs-agriculteurs du Causse (auxquels un préhistorien a donné le nom de « Pasteurs des Plateaux ») se trouvaient confrontés au grave problème de l'eau. Ce qu'ils ne rencontraient pas en surface, ils étaient capables d'aller le chercher sous terre et même de l'y conserver. Certaines grottes contiennent, en effet, des réserves hydriques non négligeables.

Vers la fin du Néolithique, les Caussenards eurent l'idée de confectionner d'énormes jarres à fond rond, légèrement amincies au col et dont la surface est hérissée à intervalles irréguliers de gros boudins en relief parallèles. Ces boudins étaient obtenus à partir de la même pâte que celle employée à la confection du récipient. Ils jouaient un rôle utilitaire en diminuant l'épaisseur générale, tout en lui assurant un surcroît de résistance. Ces tonneaux primitifs permettaient de recueillir l'eau stillant de la voûte des galeries. L'un d'eux, qui se trouvait calcifié dans la grotte des Mounios, près de Vissec, recevait fréquemment — voilà moins d'un demi-siècle — la visite des bergers désireux de se désaltérer. Cette eau était si précieuse que des offrandes de monnaies et d'objets métalliques ont été retrouvées à proximité du récipient. L'eau était puisée avec un gobelet ou un cruchon.

Parfois une vasque était aménagée de manière à contenir l'eau et la forme de certaines concrétions qui entourent ces bassins évoque la possibilité d'un culte.

Les temps préhistoriques achevés, le Causse allait connaître la métallurgie du fer, vers 600 avant notre ère. Une certaine évolution se produisit alors.

Aux inhumations multiples dans les dolmens succédèrent les sépultures individuelles en tumulus (simples amas circulaires de terre et de caillasse qui se rencontrent éparpillés sur les pâturages). Cette innovation n'entraîna pas pour autant l'abandon complet des dolmens et des grottes. Peut-être correspondait-elle à une hiérarchisation de la société avec l'arrivée de nouveaux occupants car deux rites, l'inhumation — le défunt repose sur le sol en position fœtale, couché sur le côté. Il porte certains objets de parure : bracelets, fibules, accompagnés parfois d'un dépôt funéraire : vase, arme, etc. — et l'incinération, ont été utilisés synchroniquement.

Sans doute contemporain du début des temps historiques, apparaît l'oppidum de Rogues, connu des préhistoriens du début du siècle qui l'ont appelé « le Fort ». Il occupe le faîte du « Serre », dominant Rogues d'une centaine de mètres. Le sommet est entouré par une puissante muraille de près de trois mètres d'épaisseur, en forme d'ellipse. On distingue encore les deux entrées ménagées l'une au nord et l'autre au sud. La première, d'accès relativement aisé, devait être défendue par un système de blocs disposés en chicane. La seconde, débouchant sur un col en contrebas, était seulement protégée au moyen d'une tourelle à pierre sèche dont subsiste la base. A l'intérieur du mur, un chemin de ronde, large de quatre mètres, faisait le tour du camp. Les fouilles pratiquées à la partie centrale comportant un tumulus et une construction en ruine ne m'ont donné que des scories résultant de la métallurgie du fer.

Devant l'importance de ce camp, j'étais intriguée par l'absence d'un habitat à proximité immédiate. Les publications anciennes ne contenaient aucune allusion à ce problème. Je décidai donc de passer au peigne fin toute la pente au-dessus du village, pente occupée à la partie inférieure par des jardins. Bien entendu, les enfants étaient associés à la prospection. Pour ma part, je recueillis un fragment de meule à grain sans âge déterminé, quelques morceaux de poterie grossière attribuable aux Gaulois, bref ni plus ni moins que ce que l'on trouve partout sur le Causse. J'en vins à penser que les cabanes se trouvaient peut-être sous les maisons actuelles. Dans ce cas, seuls des travaux importants à l'emplacement de la rue ou aux abords pouvaient permettre d'examiner le sous-sol. Hélas, Rogues paraissait plongé dans une torpeur définitive et l'on pouvait difficilement envisager une telle éventualité...

La première lueur vint à la suite de deux trouvailles effectuées par ma petite voisine, Janette, dans un traversier encore cultivé à l'époque. Ce fut d'abord un disque en poterie ou fusaïole, petite pièce dans le trou de laquelle s'engageait l'extrémité d'un fuseau pour en faciliter le mouvement de rotation. Ensuite vint un poids de tisserand, également en terre cuite. Aucun doute n'était plus permis : l'habitat actuel se superposait à l'ancien.

Les mois passèrent et le temps des labours arriva. Selon l'habitude, le travail de la terre était précédé du nettoyage des bords du champ souvent envahis par des ronces et des prunelliers. C'était précisément le cas d'une parcelle en contrebas. Armé d'une fourche métallique et d'une serpe, mon mari avait entrepris de récupérer une bande de terrain enfouie sous la broussaille. Les tiges, tranchées au ras du sol, étaient amoncelées en attendant de se dessécher et de finir en cendres enflammées à l'aide d'une torche de paille. De la route, j'assistais au spectacle, car j'ai toujours admiré l'adresse et le tour de main des Caussenards aux prises avec cette masse hérissée de piquants, apparemment inabordable et dont ils se jouent en moins de temps qu'il ne faut pour le dire.

Le mur de soutènement de la chaussée, complètement

dissimulé jusque-là, apparut dans toute son inégalité de vieux blocs chancelants, prêts à crouler sous la trépidation et le poids des véhicules motorisés.

Quand cette route avait été édifiée, en remplacement de la voie secondaire romaine puis médiévale, les constructeurs ne pouvaient prévoir qu'un jour des camions chargés de fumier rouleraient sur la chaussée destinée aux lourdes mais lentes charrettes. Un jour prochain, le mur s'éventrerait et les grosses pierres débouleraient dans le champ, comme cela arrivait d'un bout à l'autre du village. J'en étais là de mes réflexions quand d'autres pierres du même gris sombre mais moins frustes attirèrent mon attention. Elles dépassaient du sol, dessinant à partir du mur une sorte de rectangle irrégulier. Je sautai à l'emplacement des broussailles. Je ne rêvais pas : un des blocs portait une entaille en arrondi destinée à permettre un écoulement vers l'extérieur. Je ne pus retenir un cri triomphal.

Abandonnant l'énorme boule crochetée aux dents de la fourche, mon mari s'était approché et cherchait la cause de mon exaltation. La minuscule rigole au creux de la pierre semblait peu digne de déclencher un tel enthousiasme.

Comme l'habitation supposée se trouvait à deux pas, rien ne s'opposait à ce que, la classe terminée, nous allâmes y travailler un moment. Si les broussailles avaient disparu de la surface, les racines demeuraient intactes en profondeur, compliquant singulièrement la tâche. Dans le labour à proximité, un de mes élèves, Jérôme, avait recueilli plusieurs morceaux de tuile à rebord. Avec la pente, les restes du toit avaient sans doute glissé. Quant aux éléments des murs, qui n'avaient pu manquer de tenter les maçons, ils devaient se trouver réemployés aux environs immédiats.

Le lacis des racines tranché, je me trouvai en face d'une terre nettement différente de celle que le soc venait de retourner. Elle était exempte de cailloux, fine et noirâtre. Très vite apparurent des morceaux de tuiles tombés à la verticale et, en dessous, je découvris une foule de menus tessons très variés, des gros clous de charpente, des fragments de fines verreries, des débris de meules en basalte et deux objets très beaux : une fibule intacte et la moitié d'une monnaie avec le crocodile enchaîné au tronc d'un palmier, symbole de la colonie nîmoise (COL-NEM). La monnaie avait été sectionnée volontairement par le milieu, ce qui prouvait son usage à une fin judiciaire.

A quatre-vingt-cinq centimètres de profondeur, la roche en place fut atteinte. La murette n'avait pas résisté à l'affouillement de sa base et, un beau matin, je trouvai les blocs répandus sur le chantier... Je recueillis fébrilement tout ce qui s'offrait à moi. La terre continuait à crouler. Au fur et à mesure, les pièces passaient à Julien aidé par Jérôme, qui se chargeait de les déposer dans les corbeilles et boîtes correspondantes.

La fouille achevée, il fallut nettoyer les pièces avec précaution pour ne pas risquer de les endommager, les classer, assembler éventuellement les morceaux et ensuite se plonger dans les ouvrages spécialisés.

L'habitat gallo-romain de Rogues fut le point de départ d'une série de découvertes. Certaines incombèrent aux adultes sensibilisés par les récits des enfants. Ce fut d'abord le grand-père de Julien et Jérôme dont la charrue mit au jour des morceaux de tuiles plates, puis un voisin, un parent habitant un autre village ou une ferme éloignée.

A quelque temps de là, je me trouvai un dimanche près du village de Blandas, attendant au bord de la route l'arrivée de mon mari. Excédée par le passage incessant des voitures, j'abandonnai mon vélo contre un arbre, franchis la haie de buis dans l'intention d'aller revoir un menhir qui gît d'ailleurs encore sous un tas d'épierrement. En arrière de la haie, je remarquai la présence plutôt insolite de nombreux fragments de tuiles plates, abîmés par le piétinement des troupeaux. Surmontant ma hantise des vipères, je fonçai dans les arbustes après avoir manifesté ma présence à coups de « pchut, pchut » et de pierres. Je fus récompensée : des blocs jointifs réguliers s'alignaient sur plusieurs mètres. Une seule rangée, c'était suffisant pour témoigner du travail de l'homme.

Avant de tenter un sondage, il fallait déblayer toutes les pierres accumulées en surface. Malgré la dispersion d'une bonne partie de la couche archéologique par suite de la pente, les résultats furent intéressants et complétèrent ceux obtenus à Rogues. Des reliefs de cuisine permirent de savoir que les gens consommaient alors du mouton, du porc et du bœuf. Deux plombs de pêche montrèrent qu'ils devaient capturer les truites de Navacelle au filet. Quant au bois utilisé, il consistait en chêne, érable et buis. Une poterie avec des perforations et des cannelures rappelait étrangement les faisselles employées pour préparer les fromages.

Au cours des années suivantes, je découvris d'autres habitats importants au Travers des Noyers sur le territoire de la commune de Blandas, au hameau du Cros. Pratiquement, tous les lieux occupés de nos jours l'étaient déjà au début des temps historiques.

Prise par d'autres occupations, j'arrêtai les fouilles. Ce que j'avais trouvé éclairait suffisamment cette période où le Causse avait connu la domination romaine. La poterie attestait les relations commerciales avec des contrées plus ou moins lointaines : le Rouergue (pièces provenant des ateliers de la Graufesenque), la Lozère (Banassac), la Rhénanie (estampille S.E.C.V.), l'Italie (nombreux tessons de vases typiques). Elle attestait aussi une production indigène importante tant pour les récipients à usages domestiques que pour les tuiles et les briques.

L'influence des conquérants était avérée par l'utilisation de la tuile, le recours à la citerne en vue de l'accumulation des eaux de pluie, l'emploi de l'araire en bois. Elle ne fut certainement ni profonde ni durable. Les contacts entre occupants et indigènes ne pouvaient effacer l'empreinte de techniques vieilles de plusieurs millénaires et forgées en fonction des conditions locales tant physiques que biologiques. Ainsi, la tuile fut-elle vite remplacée par le calcaire sublithographique facile à extraire et à travailler, peu coûteux et durable.

Peut-être les « villa » de Rogues et de Blandas étaient-elles des exceptions, des résidences de gros propriétaires placés à la tête des municipes. Leur occupation s'est prolongée durant plusieurs siècles puisqu'elles renfermaient — tout comme l'habitat du Travers des Noyers — des pièces datées de l'époque wisigothique, en particulier un fond de verre sur les parois duquel se trouvait encore un dépôt de vin desséché.

En classe, un matin, une de mes élèves était arrivée rayonnante. Elle apportait une hache polie trouvée la veille dans la terre fraîchement remuée du jardin familial. Il s'agissait d'une pièce exceptionnelle par la nature de la roche claire avec des veinules rouges, le poli et la beauté des proportions. J'eus le gros tort de ne pas l'enfermer tout de suite dans le bureau-vitrine. Elle se trouvait donc bien en vue, devant moi, quand l'inspecteur fit son entrée... Quelques minutes plus tard, la petite hache disparaissait au fond de sa poche « pour être montrée aux collègues ». Dans les environs du Vigan, aucun instituteur ne l'a jamais vue et j'ai appris que pareil fait s'était déjà produit. Plus heureuses, les collègues avaient fini par récupérer l'outil qu'un lointain ancêtre devait avoir perdu là où il se trouvait des millénaires après. Quant à la hache de Rogues, elle dut partir dans les bagages de l'inspecteur qui ne tarda pas à quitter le Gard et ne donna plus jamais signe de vie...

Les gens s'habituèrent à me voir déambuler parmi les buis et les arbustes épineux, comme un chien de chasse. Ma quête était toujours couronnée de succès. J'en ressortais porteuse de choses dont l'intérêt ne leur paraissait pas évident. Seules, les salades sauvages dénichées à l'abri des *clapassès* au tout début du printemps me valaient quelque considération.

Les « cailloux », eux, traduisaient une douce manie.

Quant aux morceaux de poteries vieilles d'un nombre variable de siècles, ils suscitaient deux sortes de réactions. La première visait l'étrangeté de mes goûts. Ça, c'était la réaction de la plupart des hommes. Je me rendais bien compte qu'ils ne s'en émouvaient pas outre mesure. Combien de fois me suis-je retrouvée avec un vieil outil ou un récipient rafistolé qu'un Caussenard extrayait d'une cave, d'un grenier pour m'être agréable. Tout différent était généralement le réflexe des femmes : « Si elle ramasse ces *ropilhas* [vieilleries], c'est qu'elles ont de la valeur. Mieux vaut donc les garder. Méfions-nous de cette " particulière ". » Cette méfiance, je la sentais, mais n'en laissais jamais rien paraître. Je poussais même l'amabilité — le cas échéant — jusqu'à déclarer fort bon le breuvage baptisé café que l'on me conviait à déguster lorsque je pénétrais à mon tour dans l'*ostal,* les hommes ayant alors fini de parler affaires.

J'aurais été parfois tentée de décliner l'invitation, craignant de paraître importune ; mais je me suis toujours abstenue d'agir ainsi, car l'hospitalité des montagnards est une chose sacrée. Refuser d'entrer à l'*ostal* constituait une offense. Venant d'une maîtresse d'école, décidée à vivre parmi eux, l'importance de l'affront s'en serait trouvée singulièrement aggravée. Je respectais donc toujours la coutume. Elle me donnait l'occasion de glaner quelques proverbes qui ne figuraient pas encore sur mes tablettes, de relever des détails touchant la ferme, le hameau, ou simplement de lier connaissance. Bien des fois, j'ai remarqué un coup d'œil insistant sur ma tenue, mes grosses chaussures et surtout mes mains qui traduisaient d'autres travaux que la tenue du porte-plume ! La petite sacoche, dont je ne me séparais jamais, intriguait visiblement. Je ne me cachais pas pour photographier les vieux instruments à l'abandon, les détails d'architecture, les formes de relief ; mais j'évitais de fixer sur la pellicule les animaux domestiques et, à plus forte raison, les personnes, ce qui m'aurait fermé les sources d'information. En agissant ainsi, j'avais conscience de laisser échapper des scènes que je ne retrouverais plus ; mais je devais choisir et j'avais opté pour la tradition orale dont l'image n'aurait reflété qu'une infime partie.

En occitan, les mots ont une puissance évocatrice inégalée. La néophyte que j'étais en ressentait le choc. Restait à en pénétrer la signification exacte.

J'étais intriguée par un mot qui revenait très souvent : *la cessa, la cessa* qu'il fallait payer, *la cessa* dont tel ou tel avait pu se libérer. Je sentais qu'il était toujours prononcé avec une sorte d'angoisse rétrospective. Je l'avais souvent entendu à l'époque de la moisson, à propos des céréales. Je le retrouvais lié à la possession de la terre.

La tèrra et l'*ostal*, je sentais que c'était là toute la raison de vivre de mon entourage. Cela remontait sans aucun doute très, très loin dans le temps ; mais au juste quand et comment s'était effectuée l'appropriation *de la tèrra*, comment avait-elle évolué ? Tenter d'éclaircir cette question constituait une entreprise de taille pour une personne aux connaissances bien minces.

Je sentais que, si je parvenais à en établir simplement les grandes lignes, je comprendrais mieux les comportements individuels et les relations sociales qui me déconcertaient bien souvent. J'hésitais à me lancer dans cette aventure pour laquelle je n'étais pas préparée.

Je commençai par choisir deux propriétés qui me semblèrent caractéristiques. L'une était possédée depuis un bon siècle par des exploitants qui se succédaient de père en fils. L'autre se trouvait encore aux mains d'un rentier du sol, bourgeois désargenté qui en tirait tout juste de quoi couvrir les impositions et procéder au minimum d'entretien concernant les toitures des principaux bâtiments.

Après le choix, vint la question des documents. Je n'en avais aucun. Impossible de m'adresser aux intéressés qui se seraient mépris sur le motif réel de ma démarche. Je savais qu'elle n'aurait pas manqué de produire une fâcheuse impression et se serait soldée par un échec. Restaient les plans cadastraux.

Je décidai de parler de ce projet à mon beau-père. Lui qui passait des soirées entières dans deux ou trois vieux volumes enfumés pouvait me conseiller utilement. Il n'hésita pas : « Commence par travailler sur la matrice cadastrale actuelle, puis tu remonteras progressivement jusqu'à la première, celle de 1835. Ensuite, tu passeras au compois. Tu arriveras ainsi au début du XVIIe siècle et tu verras de quelle façon les paysans de Rogues ont accédé à la propriété. »

Le plan cadastral et les registres ne m'étaient pas totalement inconnus. L'utilisation fut très vite saisie ; mais les difficultés commencèrent avec les noms des propriétés et plus encore des lieux-dits qui ne correspondaient pas toujours avec ceux que je connaissais. J'allais de découverte en découverte. J'étais prise au jeu. A la place des parcelles apparaissaient tantôt un laboureur avec un couple de bœufs escorté d'une bande de bergeronnettes, tantôt une masse de roches ruiniformes, ou encore une marée d'asphodèles, une étendue de lapiaz, une pente de « serre ». Peu à peu, ce fut tout un territoire familier qui s'anima et s'ordonna, sortant comme par magie des feuilles couvertes d'une écriture régulière.

Au lieu de deux propriétés auxquelles j'avais souhaité consacrer une recherche approfondie, je me trouvais face à une trame de l'ensemble de la commune. Je me mis alors à remonter le cours du temps.

Avec le XIXe siècle, commencèrent les révélations. Deux minces colonnes, intitulées respectivement « entrée » et « sortie », devinrent le fil d'Ariane. Avec elles, je réalisai comment naissent et meurent les propriétés. La première me donna la clé des apports patiemment réalisés tout au long d'une vie, au fur et à mesure des occasions et en fonction de l'importance des économies.

J'imaginais sans peine ce que l'achat d'un champ, ni très

fertile ni très étendu, avait représenté de peines, de privations, de calculs aussi, car plus d'une fois il avait bien fallu trouver un complément pour atteindre la somme à débourser.

Les achats ne correspondaient pas toujours à un besoin réel de l'exploitation. S'il était logique de convoiter une parcelle contiguë qui permettait un agrandissement, ou un bois, ou encore une vigne à flanc de vallée quand on n'en avait pas, il n'existait parfois aucune raison d'acheter une terre éloignée de l'ensemble. Il faut bien admettre qu'en pareil cas, jouait le seul désir de posséder, ou de jouer un mauvais tour, de prendre une revanche, voire de procéder ultérieurement à un échange.

La colonne des « sorties », elle, fleurait le drame. Les soustractions pouvaient résulter tout simplement du partage entre les enfants, après le décès du père. Dans ce cas, on arrivait à un morcellement qui explique l'actuelle exiguïté des coins de jardin. Certains ne dépassent pas vingt mètres carrés et d'invraisemblables imbrications, étaient sources de mésententes et de procès.

Bien des fois le transfert s'effectuait au profit d'un tiers et principalement d'un « personnage » habitant aux environs du Vigan. La liste de ses acquisitions s'allongeait année après année, de curieuse manière. Il s'agissait, le plus souvent, de terres labourables disséminées aux quatre points cardinaux du territoire de Rogues. Quand je passai à l'étude des cadastres des autres communes du plateau, je retrouvai toujours le bonhomme.

J'avais découvert l'usurier du secteur. Il jouait de son or comme l'araignée de sa toile. Englué au piège, le Caussenard ne parvenait jamais à rembourser la somme avancée et augmentée des intérêts prohibitifs. Pour se libérer, le malheureux n'avait qu'une solution : abandonner une parcelle, puis souvent une deuxième, une troisième, toujours les meilleures. La victime se trouvait condamnée à la misère et devait encore subir la réprobation, car la communauté ne pardonnait pas à celui qui se révélait incapable de conserver son bien, sa part de terroir. Qu'importaient les raisons : malchance, manque de cœur à l'ouvrage, excès de bouches à nourrir, maladie ou incapacité. Seul le résultat comptait. Un étranger — un huguenot de surcroît — avait pu mordre dans le patrimoine et mettre un pied là où il n'aurait jamais dû pénétrer.

Il semble, en effet, que la réaction à l'égard du bailleur de fonds ait été plus nuancée quand il s'agissait d'un laboureur du lieu qui, discrètement, avait avancé quelques *rosselos*, en sachant fort bien où il allait. Ceux qui n'hésitaient pas à jouer ce rôle peu reluisant n'étaient certes pas très nombreux ; mais ils existaient bel et bien et se situaient dans la haute classe.

Épiés, méprisés et redoutés tout à la fois, ils menaient la même existence que leurs congénères. Tout au plus, pouvait-on constater que leurs épouses et surtout leurs filles étaient un peu plus élégantes et mieux pourvues en « dorures ». Il aurait fallu pouvoir pénétrer dans leur intimité pour s'apercevoir qu'ils possédaient un trébuchet dont ils ne risquaient pas de se servir pour peser les cochons ou les grains !

Leur mobile devait différer de celui de l'usurier professionnel. Si ce dernier était mû par le désir d'accroître sa fortune, le prêteur occasionnel visait, lui, à agrandir son domaine. La passion du premier, c'était l'or, celle du second, *la tèrra.*

Du cadastre initial, je plongeai dans le compois. Le passage ne s'effectua pas sans peine, car je dus me familiariser avec des écritures, des abréviations et des termes nouveaux pour moi. Malgré ces difficultés, les compois, par leur odeur de vieux cuir et le grain merveilleux du papier, exercèrent bien vite une sorte de fascination. Après la froideur du cadastre, je retrouvai avec plaisir les noms familiers : la *Paro,* la « pièce de Ganges », la *jasse* de Saint-Guilhem et le *jas* du même saint. Eh oui ! Ces pages écrites par Valat, notaire royal du cru qui maîtrisait le français sans avoir oublié sa langue maternelle, avait restitué les différences profondes de deux termes très proches.

Les confronts m'enchantaient. Foin des quatre points cardinaux et de leurs combinaisons. Il n'était question que du levant, du couchant, de la bise et du marin, à moins que ce fût le chemin de la fontaine, la rue publique, la draille, le valat, etc. Pas de première, deuxième et troisième catégories selon la fertilité du sol, mais des patus, des terres boissières ou *clapasses*, des angladettes, des cambières, des blacasses *.

Je constatai que les principales exploitations appartenaient à des nobles résidant hors du Causse. Venaient ensuite des ordres religieux, puis des bourgeois, des notaires, enfin quelques marchands. Quant aux ménagers de Rogues, ils devaient se contenter de traversiers et de terres sur lesquelles ils pouvaient obtenir des récoltes épisodiques par essartage.

En élargissant mes investigations à l'ensemble du Causse, je découvris le problème des biens sectionnaux appelés communaux, dont la jouissance avait donné lieu à d'innombrables contestations. Ces hectares possédés en indivis par les habitants de villages tels que Blandas ou Campestre et par ceux des *masages* de Belfort ou de Régagnas n'avaient pas tellement retenu mon attention. Il faut dire que Rogues étant dépourvu de communaux, peu de gens en parlaient. Je devais me rendre compte que, de nos jours, leur rôle économique avait perdu son importance séculaire. Ils étaient même devenus une charge pour les municipalités. En 1929, ceux de Vissec et de Campestre rapportaient 2 600 francs et entraînaient une imposition de 3 300 francs !

Il fallut donc les compois et les registres des délibérations

* *Patus* ou *patis* : pâturage de mauvaise qualité ; *terres boissières* : espaces couverts de buis ; *clapasses* : étendues rocheuses sans végétation ; *angladettes* : petites anglades, c'est-à-dire coin tellement exigu qu'il est impossible de le cultiver ; *cambières ou canebières* : chenevières (terres d'excellente qualité) ; *blacasses* : jeune chênaie vigoureuse.

des conseils locaux pour que j'arrive à comprendre, enfin, comment des centaines de personnes avaient pu subsister. C'était grâce aux communaux. Ainsi à Campestre, en 1808, quatre-vingt-quatorze chefs de famille reçurent pour quatre ans vingt ares à Lacam. Dans son rapport, le sous-préfet déclarait que « par sa position en plaine, ce terrain peut être défriché sans aucun inconvénient » et que « cet usage immémorial offrait le double avantage d'alimenter les habitants et de bonifier les terres qui, délivrées par la culture des ronces qui y croissent, donnent ainsi d'excellents pâturages après l'expiration des quatre années ». Je comprenais que ces terres avaient constitué une véritable manne : un peu de blé pour le pain, un peu d'orge ou d'avoine pour les bêtes, des légumes secs, du bois d'œuvre et de chauffage, des aires de parcours à l'usage des brebis et des chèvres et même — comme à Blandas — dans les pentes de la Vis, de la vigne et des arbres fruitiers. Non seulement elles avaient permis aux Caussenards pauvres de vivre, mais elles leur avaient assuré une certaine indépendance à l'égard des possédants et des gros fermiers et, du même coup, préservé leur dignité.

Les incidents que je découvrais à propos des communaux me permettaient d'imaginer la vie du petit monde des humbles. Il me semblait assister aux empiétements réciproques des *masages.* Tantôt ceux de Belfort s'en allaient conduire leurs troupeaux à Fontaret et ceux de Blandas, furieux, menaient leurs bêtes au Mas del Fesc. Tantôt les incursions avaient pour but des coupes de bois abusives. Curieusement, c'était le seigneur qui mettait fin aux différends. Lorsque les choses se gâtaient, le sénéchal de Nîmes prescrivait un bornage des limites. Las ! Les bornes disparaissaient les unes après les autres et les criailleries reprenaient de plus belle. Les défrichements pratiqués malgré l'interdiction, la présence de chèvres où elles n'avaient pas droit de cité, les coupes massives de buis, l'abattage de chênes, les tentatives d'appropriation obligeaient les autorités à sévir. Les coupables se tenaient tranquilles pendant quelque temps et puis, un beau jour, ils récidivaient et leur exemple ne laissait pas d'être contagieux.

Chemin faisant, j'avais constaté que la Révolution n'avait apporté aucun avantage matériel aux paysans. La vente des biens nationaux n'avait pas profité aux travailleurs. L'administration eut, en la matière, sa part de responsabilités. En effet, elle facilita au maximum les acquisitions par blocs importants qui n'étaient pas à la portée des laboureurs. Il faut reconnaître que si le morcellement avait été poussé plus loin, nombre de Caussenards auraient hésité à se mettre sur les rangs car le rachat de ces biens — en particulier de ceux appartenant à l'Eglise — suscitait la réprobation. Les prêtres réfractaires, cachés sur place, se chargeaient de réprimer les envies en menaçant des foudres célestes ceux qui se seraient laissé tenter.

Cent cinquante ans plus tard, je remarquai que les femmes âgées parlaient encore avec une certaine gêne des maigres acquisitions osées par le *rèire grand.* Les hommes, eux, se contentaient de regretter que l'ancêtre n'ait pu faire mieux et soupiraient : « *De que voletz, las peiras van totjorn al clapàs*.* »

Agissant par personnes interposées, les émigrés rachetèrent leurs biens. Souvent fictive, la transaction ne rapporta pas un centime à l'Etat ! Après les restitutions opérées par le Consulat et l'Empire, c'est 76 % des biens confisqués qui retournèrent à leurs anciens possesseurs, tandis que 20 % passaient à des rentiers du sol et 4 % seulement à des paysans. Cette récupération ne devait pas durer éternellement. Le règne des féodaux de tout crin n'en avait plus pour très longtemps. Quand survint la Grande Guerre, beaucoup de vieilles familles étaient tombées en quenouille ou s'étaient éteintes. Parfois le dernier rejeton avait « mangé »

* Que voulez-vous, les pierres vont toujours grossir le tas.

le patrimoine ancestral et s'en était allé finir « aux Amériques ». Les laboureurs, à l'affût, saisissaient l'occasion pour se libérer de la *cessa*. Oh ! Il fallait y mettre le prix car ils étaient coriaces les vieux *Monsurs* ruinés et ils ne lâchaient pas facilement leurs derniers revenus. Grâce au rachat des *cessas* et aussi de terres appartenant à des Caussenards qui avaient quitté définitivement le pays, de petites exploitations se constituèrent là où l'existence de communaux fournissait un complément indispensable.

La plongée aux origines de la propriété particulière, l'étude approfondie de ses fluctuations m'avaient beaucoup apporté quant à la compréhension de la mentalité et du comportement social des gens qui m'entouraient. Je m'expliquais mieux leur attitude à mon égard. Je n'étais pas des leurs. Mon mari, lui, y appartenait par sa famille. Il avait prouvé qu'il restait délibérément fidèle au pays et à la charrue, même si le bien paternel n'était pas assez vaste pour lui permettre d'envisager un avenir opulent, préoccupation qui ne l'avait d'ailleurs jamais effleuré. C'était précisément cette absence de passion à vouloir posséder toujours plus de terre qui le rendait suspect. Avoir été durant des années « aux écoles », revenir un beau jour vivre modestement — il ne disposait pas même d'assez de landes pour tenir un troupeau — et épouser une maîtresse d'école plutôt qu'une fille bien nantie en hectares ne pouvait recueillir l'approbation.

Personnellement, je n'avais apporté — en dehors de mon mince traitement — que de la bonne volonté, une certaine adresse manuelle, beaucoup de facilité d'adaptation et un véritable amour pour les plantes et les animaux. Evidemment, après en avoir terminé avec le chapitre de la propriété, je me rendais bien compte que le total de ces dons ne pouvait compenser mon terrible handicap. Je dois avouer que je n'en éprouvais pas le moindre sentiment d'infériorité.

Mon mari et moi avions opté pour un mode de vie

différent, qui était conforme à notre tempérament et à nos aspirations. Tant pis s'il nous plaçait en marge de la communauté. Restait à savoir si nos enfants ne risquaient pas d'en souffrir. Nous étions persuadés du contraire.

CHAPITRE XI

De nouveaux horizons

Lo que demòra jos so cobèrt
se ren non ganha ren non pèrd.

Celui qui reste au bercail
ne s'enrichit peut-être pas,
mais au moins il conserve ce qu'il a.

Etudier les vieux papiers s'était révélé doublement bénéfique. Absorbant la totalité de mes heures de veille, ce travail m'avait rassérénée, ce qui était vital pour moi. Ensuite, devant le résultat obtenu, je souhaitais poursuivre afin de parvenir à un véritable panorama de la civilisation traditionnelle caussenarde.

A cette époque il m'arrivait assez souvent de recevoir des questionnaires qui portaient sur des thèmes très divers, mais se limitaient, d'ordinaire, à des périodes ou à des points précis. Un jour, je reçus un de ces questionnaires sur un sujet qui me tenait à cœur : l'école d'autrefois.

L'école d'autrefois ! J'avais d'abord bien ri en pensant qu'il me suffisait d'indiquer certains hameaux de ma connaissance au chercheur et de lui conseiller de s'y rendre. Le malheureux n'aurait eu aucune peine à s'imaginer dans une classe du XVIIe siècle...

Seulement voilà, il s'agissait de l'école sur le Causse et non en hautes Cévennes. Or, sur le Causse, à part Rogues, communes et écarts pouvaient s'enorgueillir de leurs constructions du style Jules Ferry. Je n'avais donc pas le choix : j'allais évoquer l'école de mon village et montrer pour quelle raison nous étions si mal lotis.

Où se trouvait la classe au XVIIIe siècle ? A l'ombre de l'église, dans le presbytère. Au fameux curé Pascal devenu instituteur de la première République, avait succédé un certain François Majesté. Celui-ci exerçait encore au même endroit. Par la suite, l'école devait déménager au moins quatre fois en trois quarts de siècle. Du presbytère, elle vint dans le village même, pas loin du Taparel, où elle occupa successivement une pièce de deux maisons différentes situées presque en vis-à-vis. La première — où j'ai connu la laiterie — avait subi trop de modifications pour que l'on pût juger de ce qu'avait été la classe. La seconde, demeurée intacte, était une vaste salle au premier étage, avec une élégante cheminée et deux fenêtres ouvrant sur l'immensité du Causse. On y accédait par un escalier fort étroit ; mais cela avait peu d'importance.

Pourquoi les enfants avaient-ils dû abandonner ce local agréable ? Mystère. Toujours est-il que, sous le second Empire, ils s'étaient retrouvés au rez-de-chaussée de la *Borieta,* une construction isolée, en vis-à-vis de l'église. La *Borieta* constituait une annexe du domaine du marquis Roger de Ginestous. Elle était sur ses terres, à portée de son regard, de même qu'une autre masure, encore plus proche du « castel » et pompeusement baptisée *Communa.* Celle-ci ne comportait guère que le plan cadastral et le registre des délibérations du Conseil. Les archives étaient restées dans la *communa* d'avant la Révolution, à la ferme de la Trivalle, proche de l'église.

Cette école devait ressembler plutôt à une étable ou à une écurie. Le sous-préfet la considérait comme « exiguë, humide et mal aérée ». Une quarantaine de gosses s'y entassaient. Les autorités finirent par s'émouvoir de l'insalubrité de la bâtisse et prièrent la municipalité d'envisager la construction d'un bâtiment neuf. Les conseillers et le maire en tête acceptèrent. Celui-ci — en place de longue date — était « un Blanc », assez instruit, possesseur d'un couple de bœufs et d'une paire de chevaux. Sans consentir à frayer avec la basse classe, il admettait que tous les gosses pussent aller à l'école, tout au moins durant la mauvaise saison, comme c'était l'habitude.

Sans doute étaient-ils très fiers à la pensée de se trouver dans une vraie mairie et d'échapper du même coup à la tutelle du marquis, le plus fort imposé de la commune, qui ne daignait jamais assister aux réunions du conseil, mais pesait d'un poids très lourd sur les décisions. Il avait ses entrées au palais des Tuileries et le prouvait, le cas échéant.

Un architecte nîmois fut chargé d'établir le plan de la future mairie-école et prié de tenir compte de l'extrême modicité des finances communales. Ce qu'il ne fit point. Le projet fut donc abandonné. Restait à essayer de trouver un bâtiment dans le village et à l'aménager. Un seul pouvait convenir. Il appartenait à l'usurier du secteur. Celui-ci consentit à le céder. Rogues eut — enfin — en 1880 sa mairie-école.

Après l'histoire d'un bâtiment — celui-là même où j'enseignais trois quarts de siècle plus tard —, il me restait encore à tenter de savoir ce qu'avait été la vie des maîtres du temps passé.

Combien de petits Caussenards allaient en classe ? Rien ne permet de répondre avec certitude. Une Ordonnance royale de 1698 avait rendu la fréquentation obligatoire pour tous les enfants jusqu'à quatorze ans. En réalité, cette Ordonnance n'était ni appliquée ni applicable.

En 1719, le Conseil de la communauté de Montdardier constatait : « Le régent n'a presque pas d'élèves en raison de la pauvreté des familles. Les uns travaillent, les autres mendient. »

Durant la première moitié du XIXe siècle, la situation demeura inchangée. Sur les états des versements effectués mensuellement par les familles, j'ai souvent rencontré des mentions telles que « l'enfant ne fréquente point l'école car il garde un troupeau de porcs » et encore « ne peut venir en classe, étant occupé à la surveillance de ses frères et sœurs en l'absence de la mère qui travaille aux champs ».

D'après un certain nombre de témoignages, il apparaît que les familles protestantes vivant à la périphérie du Causse se souciaient beaucoup plus de l'instruction de leurs enfants que les catholiques du plateau.

Sur le Causse, il est arrivé que les gosses intelligents mais trop pauvres pour aller en classe soient accueillis par quelques paysans autodidactes ayant atteint une réelle culture. En hiver, ceux-ci profitaient des veillées pour leur inculquer un minimum de connaissances qu'ils estimaient indispensables à tout être humain normal. Certains de ces gosses étaient devenus capables de lire correctement et même de rédiger une lettre. Parfois, c'était le curé de la paroisse qui se chargeait de cette tâche.

Au siècle dernier, le grand problème des petites écoles — en milieu catholique surtout — était la stricte séparation des deux sexes. Mais il était admis qu'en l'absence d'institutrice brevetée, un instituteur « régulièrement établi » pouvait recevoir dans sa classe à la fois les garçons et les filles.

Dans le même temps, l'Eglise, tenant à former les filles en fonction de l'influence qu'elles auraient à exercer dans leur double rôle d'épouses et de mères, multiplia les ouvertures d'écoles dites libres afin de les accueillir. La première fonctionna à Blandas à partir de 1858. En 1893, elle comptait deux classes qui recevaient la totalité des filles de la commune. Le temps des rivalités, des brouilles, voire des haines, commençait. Invectives, jets de pierre, échanges d'horions devenaient monnaie courante. Cette situation continua après 1920, avec moins d'amplitude, mais les effectifs diminuant de plus en plus, les écoles congréganistes furent contraintes de fermer et tous les gosses des deux sexes se retrouvèrent sur les mêmes bancs.

Cette situation nouvelle ne sonna pas pour autant le glas des divergences. Elles se transposèrent seulement au niveau de l'enseignement primaire supérieur. Les enfants de paysans aisés, aussi bien fermiers qu'exploitants-propriétaires, furent orientés vers les établissements catholiques de Saint-

Affrique (Aveyron) ou de Nîmes, tandis que les autres s'en allaient dans les cours complémentaires.

En ce qui concerne l'école de village, la laïcisation de l'enseignement n'avait apporté aucun changement profond. Ainsi, jusqu'aux environs de 1905, les instituteurs furent souvent d'anciens frères sécularisés. Au manteau de la cheminée, était accroché un crucifix. Matin et soir, avant de commencer, les élèves récitaient un « Notre Père » et un « Je vous salue ». Le seul incident notable eut lieu vers 1890 lors de la nomination d'une institutrice protestante. Les filles prirent alors immédiatement le chemin de l'école congréganiste de Montdardier. Il s'agit là d'un cas exceptionnel, les instituteurs de l'époque étant d'ordinaire observants réguliers ou, tout au moins, conformistes saisonniers. Sur ces premiers instituteurs de la IIIe République, les souvenirs abondent.

Un seul maître de l'école de Jules Ferry a profondément marqué ses élèves. Il s'agit d'Isidore Fesquet, qui exerça à Rogues durant plus de vingt-cinq ans. Marié et père de famille, « *Mossu* Fesquet » ne quittait pas le village où il était non seulement le maître d'école, mais encore le secrétaire de la mairie. Grand, de belle prestance, portant grosses moustaches et barbiche à la manière de Napoléon III, il était peu communicatif avec les adultes et d'une sévérité proche de la cruauté avec les enfants qui le redoutaient au point de trembler devant lui. Ses propres filles ne bénéficiaient d'aucun traitement de faveur et connaissaient, comme leurs camarades, la dureté de la longue baguette de noisetier et de la règle, les claques sonores et tous autres moyens propres à obtenir obéissance, attention et surtout à éclaircir l'entendement ! Il faut reconnaître que les résultats étaient remarquables.

En instituteur imbu de sa mission, il pratiquait la chasse au patois, farouchement déterminé à le bannir de la bouche des enfants, non seulement en classe, mais aussi au-dehors. La fin justifiant les moyens, il n'hésitait pas, pour parvenir au but qu'il s'était assigné, à user d'un procédé singulier. Parmi la menue monnaie en usage à l'époque, il avait choisi une grosse pièce de deux sous, la *sòna,* qu'il remettait au premier gosse pris en flagrant délit. La possession du « signal » étant considérée comme infamante, il convenait de s'en débarrasser dans le plus bref délai. Il suffisait d'épier les camarades. Un seul mot d'occitan et la pièce changeait de main et de poche. La détenir constituait une telle honte que l'usage du dialecte local avait vite fini par s'arrêter à l'angle du mur de la ruelle représentant le début du domaine scolaire. A partir de là, on était à portée d'oreille du maître…

Certains enfants, contraints à user du langage maudit avec des grands-parents qui n'en connaissaient pas d'autre, voyaient le « signal » s'éterniser au fond de leur poche. Ceux-là se résignaient à trimbaler la pièce que personne d'ailleurs ne pouvait apercevoir.

Fanatisés, les dégourdis, les forts en *franchiman* finirent par trouver une astuce pour rendre visible la possession de la *sòna.* Ils prirent l'habitude de chauffer le disque de cuivre et de l'appliquer sur la main du détenteur et ce malgré les cris et les pleurs que la brûlure ne manquait pas de déclencher, surtout chez les filles.

Malgré les années, il subsistait une trace nacrée dont la forme ne laissait aucun doute… J'ai connu une octogénaire qui portait encore le sceau d'infamie et je puis affirmer que la marque n'était pas seulement physique.

Quant à certains abonnés du « signal » dont la famille possédait des *rosselas* et eux-mêmes le sens des affaires, combien en ai-je connu qui étaient tout juste capables de signer, mais avaient le négoce dans le sang ! Ils se moquaient éperdument d'ignorer le langage officiel ou de l'assaisonner à la sauce occitane : « *Mas lo patès m'escapa**. » L'essentiel pour eux était de se retrouver, chaque jour que le Bon

* Mais le patois m'est plus familier.

Dieu a fait, avec un portefeuille un peu plus bourré que la veille. Se bornant à diriger l'exploitation de la propriété ancestrale, ils se muaient en maquignons, en « négociants » jouant le rôle d'intermédiaires locaux, en boutiquiers du village ou de la bourgade proche.

Bien entendu, tous n'atteignaient pas ce stade. Beaucoup prenaient la relève du père à la tête d'une propriété minuscule, encroûtés dans la routine, vivotant et finissant par échouer au niveau de ceux qui avaient quitté trop tôt l'école sans aucun profit et s'étaient retrouvés frustrés de leur seul trésor : un dialecte rocailleux et chantant. En classe, ils n'avaient rien assimilé. Troublés, moqués, ils avaient tout mélangé et s'étaient finalement coupés de leur entourage et réfugiés dans le silence. Malheureusement, ces derniers ont disparu de la société villageoise, chassés par l'indispensable concentration des terres qui les a transformés en ouvriers. Quelques-uns ont même endossé un uniforme.

A part mes recherches sur l'école d'autrefois, je travaillais aussi le problème de la propriété ; il m'arrivait souvent de buter sur des termes de droit usités durant le Moyen Age. Pour en comprendre le sens exact, je ne pouvais compter sur les volumes du Larousse. Mon beau-père, assez féru en la matière, m'avait initiée à ces arcanes. Parfois, il s'avouait incompétent et c'est sur ses conseils que j'étais entrée en relation avec un juriste du Vigan.

Les institutions médiévales occitanes n'avaient aucun secret pour lui. Dans sa jeunesse, il s'était passionné pour l'étude de l'administration municipale cévenole. Sa thèse avait d'ailleurs porté sur ce sujet. Après la mort de mon beau-père survenue en 1946, je continuai à voir cet érudit ou à lui écrire, lui seul pouvant me conseiller utilement.

Une des dernières fois où je le vis, il m'avait retenue au moment où j'allais prendre congé. Il avait fureté dans les tiroirs de son bureau et en avait extirpé une mince liasse de feuillets rugueux et jaunâtres : « Emportez ce questionnaire, vous en tirerez certainement quelque chose... Très sympathique le personnage... Il se déplace en vélo... Il était de passage... Mériterait qu'on lui réponde... Seulement, ce n'est pas de ma compétence... Et puis que voulez-vous !... Moi... » Un haussement d'épaules désabusé, vaincu.

J'avais enfoui les papiers dans la poche de mon manteau. De retour à la maison, une fois débarrassée des tâches quotidiennes, j'allai chercher les papiers. La première chose qui accrocha mon regard fut la phrase finale : « Retourner à Claude Seignolle. » Suivait une adresse : « Rue des Saints-Pères. » Aucun titre universitaire, pas davantage d'indication de faculté, ni de musée. Voilà qui sortait de l'ordinaire. Je dépliai les feuilles et commençai au début. Chemin faisant, quelques mots accrochèrent mon attention, puis stimulèrent ma curiosité.

Je retrouvai tout au long du schéma proposé les thèmes sur lesquels je travaillais moi-même depuis dix ans déjà : les catégories d'âge avec leurs rites propres, la magie, la médecine populaire, etc. Chaque tête de chapitre était accompagnée d'un canevas simple et précis permettant à l'informateur de ne rien oublier.

Pourquoi ne pas entrer en relation avec ce certain Claude Seignolle dont je ne savais rien sauf qu'il habitait la capitale et courait les routes de France sur une bicyclette ? J'écrivis donc. Des semaines passèrent avant que n'arrivât une réponse courtoise : « Faites-moi confiance quant au soin que j'en prendrai [il s'agissait bien entendu de mes notes]. Leur propriété vous restera... » J'envoyai donc tout ce dont je disposais. Par retour du courrier, je fus remerciée simplement et très franchement. Certaines notes devaient être utilisées pour compléter une monographie consacrée au folklore du Languedoc.

Pour aussi volumineux qu'il fût, mon envoi n'avait pas couvert intégralement toutes les rubriques. Il subsistait des lacunes que je m'efforçais de combler aussi vite que possible. Je replongeais avec une sorte de rage désespérée dans le passé tout proche, celui d'hier, qui achevait d'agoniser sous mes yeux. J'avais l'impression d'être au chevet d'un mourant qui me dictait par bribes un testament d'une exceptionnelle valeur.

Persuadée que la moisson n'aurait pas été réalisée en vain, je redoublais d'ardeur, noircissant des cahiers, des carnets, bourrant les pages de gribouillis hâtifs réalisés sur des dos d'enveloppes, des bandes de journaux, des papiers d'emballage, en un mot sur ce que je trouvais à portée de ma main au bon moment. Cela allait des lambeaux de chansons aux contes, en passant par les remarques météorologiques.

Les expressions cocasses, quasi intraduisibles, avaient le don de me mettre en joie. Hélas, j'avais de moins en moins l'occasion d'en entendre avec cette terrible obstination à mépriser le patois.

Quand, en hiver, à l'heure du coucher, le thermomètre dégringolait très bas et que, de surcroît, le vent du nord soufflait, il se trouvait toujours quelqu'un à l'*ostal* pour affirmer le plus sérieusement du monde : « *E ben aquesta nuèch faria pas bon èstre a la cima del serre amb un embut al cuol et lo pendolh banhat* *. » Evidemment, on se représentait très bien le tableau !

D'un coupeur de cheveux en quatre, on disait : « *Aquel és un refrescaire de gojas* **. » La vue d'un vieillard marchant cassé en deux amenait invariablement la remarque : « *Aquel d'aqui farà lèu un poton entre las cambas del lop* ***. »

Se débrouiller grâce à son bagou, s'exprimait de manière plus poétique sur le Causse. Que l'on en juge : « *Que lenga a, a Roma va* ****. »

* Eh bien, cette nuit, il ne ferait pas bon se trouver à la cime du Serre avec un entonnoir au derrière et le pan de chemise mouillé.

** C'est un rafraîchisseur de courges.

*** Celui-ci fera bientôt un baiser entre les pattes du loup.

**** Avec une langue on peut aller à Rome.

Le chapitre de la météorologie populaire, malgré tout ce que j'avais déjà recueilli, continuait à s'enrichir. Le temps conditionnant l'activité du laboureur et celle du berger, déterminant le degré de remplissage du grenier et du pailler, explique l'extraordinaire foisonnement des remarques, parfois contradictoires. Quel paysan se serait couché ou levé sans scruter le ciel, humer le vent, les odeurs, écouter les bruits ? Quel ancien aurait omis d'annoncer à la cantonade que ses articulations douloureuses signifiaient la montée du « marin » porteur de pluie ? Des présages de pluie, en voulait-on, il suffisait d'observer la suie dégringolant de la cheminée jusqu'à se répandre sur le sol aux alentours du foyer ; les petites étincelles craquant au derrière de la poêle suspendue à la crémaillère. D'autres signes étaient non moins certains. Les uns découlaient de réactions d'animaux tels : le chat qui se passe la patte derrière l'oreille, le coq qui chante le soir au poulailler, les brebis qui secouent leurs cloches dans la bergerie, les poules qui se roulent dans la terre ou se perchent sur les branches, le crapaud qui se montre et chante, la chouette qui hulule le soir au coucher du soleil, les perdreaux qui se font entendre à la couchée sont très précis. Ils annoncent la montée du « marin » pour le lendemain et la pluie pour le surlendemain. Les couleuvres sortant de leur abri pour emprunter les chemins « devinent » la pluie. Si c'est en avril, on peut être assuré d'une longue période humide. La présence des pluviers et des vanneaux annonce la tempête en Méditerranée et celle des mouettes est signe qu'elle se prolongera.

D'autres indices viennent de l'examen des nuages, de l'atmosphère, des vents :

Quand Tuda carga son capèl
Pastre pren ton mantel *.

* Quand le sommet de la Tude disparaît dans les nuages / Pâtre, prends ta houppelande.

La Tude est le dernier escarpement du Causse dominant Montdardier.

Le halo lunaire ou *pargue* renseigne avec certitude :

Pargue luènh plueja pròcha
Pargue pròcha plueja luènh *.

Quand l'arbre de Macchabée se forme, il pleut abondamment dans les quarante-huit heures, surtout s'il a le pied dans l'eau (lavagne ou cours de la Vis). On appelle arbre de Macchabée une série de nimbus dessinant vaguement une opulente frondaison qui apparaît brusquement le matin, au lever du soleil, en plein été, dans un ciel très limpide. Cette formation concorde avec des baisses brutales et importantes de la pression barométrique.

A Madières, quand *la bronca* (barre gris sombre apparaissant souvent à l'horizon de l'ouest au nord) passe par-dessus Saint-Peyle, la pluie arrive. A Rogues, l'*aguiel* qui vient du nord-est est réputé — selon la saison — pour sa charge d'eau ou de neige. « *Quand l'aguiel ris, pòdes dire que traïs* **. » Le « Narbonnais », arrivant du sud-ouest, a la même réputation :

Quand bufa del Narbonés
Se voletz dé plueja, aqui n'avetz ***.

Lorsque la chaîne cévenole paraît toute proche, au point d'avoir l'air posée sur le Causse, la pluie survient le lendemain. Il en va de même lorsque la Baume de la Juferte fume. Cette cavité située au flanc de la Tude laisse échapper une longue traînée blanche qui peut gagner la vallée de la Glèppe. Cette buée ne sort qu'aux changements de pression atmosphérique et de température notables.

* Grand halo est signe de pluie/Petit halo annonce le beau temps.
** Quand l'aïal souffle dans un ciel clair, il cache son jeu.
*** Quand le Narbonnais souffle/Vous aurez de la pluie en veux-tu en voilà.

Le vent du nord qui cesse de souffler tout d'un coup est remplacé par le vent de la Méditerranée amenant sur le Causse de gros nuages : c'est le Narbonnais.

Ces observations qui correspondent à des déplacements des zones de haute pression s'expliquent très bien. Il n'en va pas de même pour d'autres qui paraissent relever de la fantaisie.

Je citerai par exemple celles relatives à l'arc-en-ciel, phénomène appelé à Rogues « jarretière du Bon Dieu » et à Montdardier, « couronne de saint Bernard ». A Blandas, on assurait que s'il a un pied dans la lavagne du village, le vent d'ouest (le « Rouergue ») se lève et amène des averses très abondantes. En revanche, s'il a les deux pieds dans l'eau, le vent du nord surgit. Pour les Roguois, sa présence était signe qu'il ne ferait ni grand soleil ni forte pluie.

A Vissec, on était persuadé que si le soleil se couche dans les nuages le jeudi, il pleut avant le dimanche. Plus curieuse encore, la croyance fort répandue de la pluie à bref délai quand le curé lit l'évangile deux jours successifs sans changer le missel de côté par rapport au tabernacle. Le vendredi, réputé maléfique, est venteux ou pluvieux à tort et à travers ·

Lo divendre preferis se crebar
Que los autres jorns semblar *.

Quant au samedi, il ne s'achève jamais sans avoir gratifié la terre d'un rayon de soleil : « *Passa pas dissabte, sans far veiré lo sorelh al pastre.* » Il semblerait que cette croyance, tout à fait générale dans la région, soit fondée sur une tradition qui veut que, ce jour-là, la Vierge ait fait sécher les langes de l'Enfant Jésus. La même idée se retrouve dans un autre dicton suivant lequel à un vendredi pluvieux succède toujours un samedi ensoleillé.

* Le vendredi ferait l'impossible / Pour ne pas ressembler aux autres jours.

Après la pluie, le beau temps finit toujours par arriver : « *Lo que vòl lo bel temps, cal que l'espèra**. » A quoi reconnaît-on qu'il sera bientôt de retour ? Le chant nocturne des passereaux, le coassement des grenouilles à la tombée du jour, la présence des abeilles loin de la ruche, la montée de la buée au-dessus de la rivière après la pluie, le pétillement du bois brûlant dans la cheminée, la flamme droite et claire, les sauts des brebis au pâturage, leur impatience, leurs vagabondages sont autant de signes du retour du vent du nord et du soleil. Attention toutefois aux changements nocturnes qui sont de courte durée :

Virada de nuèch
*despassa pas lo puèch***.

Le dossier folklore avait pris des proportions impressionnantes ; mais je sentais qu'il ne s'accroîtrait plus guère. J'allais donc pouvoir m'occuper ailleurs. Quelques publications archéologiques avaient reçu un accueil favorable. Rien ne s'opposait à ce que je continue dans cette voie car je disposais d'une quantité importante de notes inédites. Elles pouvaient donner lieu à des articles.

Pourtant, j'hésitais. La perspective d'éparpiller des études dans des revues réservées à des spécialistes ne me souriait guère. Le passé du Causse, c'était l'affaire de tous ceux qu'il pouvait intéresser et, au premier chef, des gens du cru. C'était leur patrimoine ancestral et j'estimais de mon devoir de le leur restituer. Je ne me reconnaissais pas le droit de les en frustrer.

J'étais ainsi très perplexe sur la conduite à tenir quand, un jour, P. Marcelin manifesta l'intention de venir examiner les massifs de tuf de la vallée de la Vis. Mon mari et moi allions lui servir de guides. Les deux journées passèrent vite. Ne pouvant tout voir, il nous demanda de prélever un certain

* Celui qui veut le beau temps est obligé de l'attendre.
** Quand le temps change en cours de nuit, / Cela ne dépasse pas le petit sommet du Causse.

nombre d'échantillons et de pointer les lieux sur une carte d'état-major.

Cette conversation se déroulait tout en prenant le repas à la table familiale. Ma belle-mère, selon son habitude, écoutait attentivement et sans mot dire. Comme j'acquiesçai pour le pointage, elle fixa notre invité et lâcha tout à trac : « Ça n'en fera pas moins ! Elle passe déjà la nuit à remplir des pages, parce qu'elle n'a pas le temps dans la journée. Des papiers, il y en a partout. Elle finira par y laisser sa santé et sa cervelle. »

Je ne pus m'empêcher de rire, tandis qu'elle pointait un index accusateur vers une pile hétéroclite. Questionnée d'une voix neutre dont je connaissais la portée, je décrivis mes activités. Le repas achevé, je dus étaler sur la table les divers dossiers. En silence, ils furent examinés, évalués. J'étais dans mes petits souliers, me demandant quel allait être le verdict. Il tomba, enfin, après une attente qui me parut interminable : « Vous avez là la matière d'une thèse qui illustrera la théorie de Varagnac sur la civilisation traditionnelle. Vous allez vous y préparer. A la rentrée, vous vous inscrirez à la Faculté, pour suivre les cours du Pr Marres. Nous en reparlerons. » Abasourdie, je jetai un coup d'œil à mon mari. Il ne cillait pas. Je n'insistai pas davantage. J'avais d'ailleurs plusieurs mois pour réfléchir.

Nos enfants avaient grandi et quitté la maison, où ils revenaient seulement à l'occasion des congés scolaires. Trop éloignés, ils passaient le dimanche chez des amis. Je n'avais donc aucun empêchement familial important. La seule difficulté matérielle résultait de l'absence de moyens de communication pour me rendre à Montpellier.

Quand approcha le moment de prendre une décision, je songeai qu'il me serait difficile de suivre le rythme des étudiants, car j'avais depuis belle lurette oublié les connaissances livresques encore toutes fraîches pour la majorité d'entre eux.

J'allai donc m'inscrire. D'un pas qui se voulait résolu, je

franchis l'entrée d'un bâtiment au cœur de Montpellier. Je frappai à la porte du bureau qui m'avait été indiqué. Une voix flûtée répondit. J'entrai et me trouvai en présence de trois personnes. Parmi elles, le Pr Marres qui devait décider de la suite à donner au projet de soutenance de thèse.

Rapidement, le Maître en arriva à la question des diplômes. Il faut dire que j'appartenais à une génération d'instituteurs auxquels le brevet élémentaire ou le diplôme de fin d'études secondaires avait suffi pour exercer. Je dois ajouter que beaucoup d'entre eux étaient d'excellents maîtres. Très sûre de moi, je déclarai posséder le brevet supérieur, mais je ne tardai pas à déchanter. Pour entrer en Faculté, c'était le baccalauréat qu'il fallait et lui seul. Mon parchemin ne pouvait le remplacer... Je demeurai muette d'étonnement.

La personne qui m'observait en silence depuis le début de l'entretien sourit et, ironique, déclara d'un ton péremptoire : « Je me suis trouvée dans la même situation que vous. Je n'ai pas hésité à passer le baccalauréat. Suivez des cours de préparation par correspondance. C'est très simple. »

Malgré la révolte qui m'agitait, je sentis un mouvement se produire dans l'aréopage. Celui qui n'avait pas encore pris la parole s'était tourné vers le Pr Marres, l'interrogeant du regard. La réponse vint. Compte tenu de mon âge et surtout des travaux et des publications réalisés depuis de longues années, une dérogation pouvait être demandée au ministère. Il me restait à effectuer cette démarche qui serait transmise avec avis favorable. Quand je montai dans le car, j'avais retrouvé mon optimisme.

En un temps record, j'établis une liste des notes et études publiées dans des revues. Je réunis des attestations relatives à mes activités au sein de sociétés régionales et nationales. J'envoyai le dossier et attendis, passant de la confiance au doute. Je n'avais heureusement pas le loisir de méditer sur mes états d'âme. Il me fallait, sans attendre, mettre en forme le plan que le Pr Marres m'avait demandé de lui envoyer.

Après retouches, il avait été accepté. La dispense arriva peu après.

La porte était ainsi déverrouillée. Je n'avais plus qu'à montrer ce dont une primaire était capable, or le sujet dont j'étais gratifiée : « Un milieu de civilisation traditionnelle : le Causse de Blandas », était énorme et touchait à une foule de disciplines. Il comportait trois parties : d'abord les milieux physiques et biologiques, puis les origines de la civilisation traditionnelle et enfin l'épanouissement et le déclin de cette civilisation.

Je me retrouvai chaque soir avec pages blanches, ouvrages sur le karst de Yougoslavie, de Java ou d'ailleurs, revues arides, en particulier celles de géomorphologie dynamique ou autres. Les heures de sommeil se comptèrent alors sur les doigts d'une main et, parallèlement, le nombre de tasses de café augmenta.

Ce qui me permettait de maintenir ce rythme était sans nul doute le bain de nature auquel je recourais à n'importe quel moment. De jour, lorsque j'étais saturée de travail intellectuel, il me suffisait de prendre sac et serpette et d'aller chercher la provision d'herbe destinée aux lapins ou de remplir un sac de feuilles de betterave et je revenais l'esprit clair. Cette alternance d'activités faisait merveille. De nuit, je m'imposais souvent un parcours accéléré dans les chemins proches de la maison. Par beau temps, je me contentais de m'asseoir sur la terrasse et d'écouter le duo des hulottes ou le concert des grenouilles.

Peu à peu, le canevas se remplit et un jour arriva où le mot « fin » trouva place. Le manuscrit était énorme, bourré de planches, de diagrammes, de courbes et agrémenté de nombreuses photos.

En avril 1959, devant un jury composé d'un préhistorien, d'un ethnologue et d'un géographe — le Pr Marres qui présidait —, en présence d'une poignée de parents et d'amis, des spéléos qui avaient pu se libérer, de P. Marcelin figé au premier rang, je présentai le Causse. Prise par le sujet, je surmontai mon appréhension, répondant sans hésiter aux questions, défendant mon point de vue avec chaleur. Le temps passait et je ne m'en rendais pas compte. L'amphithéâtre avait disparu. Je me trouvais là-haut, galopant sur la pierraille escortée de ma petite troupe, flairant le vent, scrutant les touffes de buis. L'enjeu de la plaidoirie n'était pas la possession d'un titre universitaire, mais bien la glorification d'une étendue de cailloux dédaignée, n'étant ni plaine opulente ni montagne grandiose.

Je m'arrêtai tout à coup, frappée par le silence qui m'entourait. J'éprouvais une sorte d'étourdissement après lequel il me sembla reprendre peu à peu contact avec la réalité. J'étais comme étourdie, hébétée, et pourtant c'était vrai : le Causse venait de gagner et moi avec lui. Le titre, assorti d'une mention, allait me conférer plus d'autorité pour parler de la terre qui m'avait accueillie et la défendre le cas échéant. C'était un atout important.

L'année scolaire s'acheva ; l'été passa et le temps de la rentrée arriva. J'étais toujours fidèle au poste. C'était à ne rien y comprendre. Certains en vinrent à murmurer — d'un air entendu — que « ça me rapportait », qu'avec ce diplôme, « ce que j'écrivais était payé gros ». D'ailleurs les deux vélos n'avaient-ils pas été remplacés par un 125 cm^3 qui condescendait à nous transporter même en côte ! A part ce luxe, la vie continuait sur le rythme habituel. Une chose était certaine : je devenais de plus en plus énigmatique et, par conséquent, de plus en plus suspecte.

Le pôle d'attraction n'allait pas tarder à se déplacer quelque peu. De la maîtresse, on passa à l'école. Le bruit courut que Jacques, le maréchal, avait vendu son champ à la *communa* pour y bâtir une école neuve.

Depuis un certain temps, le vent était aux constructions scolaires. Déjà, plusieurs villages de la Cévenne avaient inauguré de vastes édifices pas toujours en harmonie avec le site et qui surgissaient au moment où la baisse des effectifs pouvait laisser craindre une fermeture assez proche.

C'était précisément le cas à Rogues et pourtant la nouvelle, qui allait crescendo, correspondait à la réalité. Exactement à l'endroit où elle aurait dû s'élever un siècle plus tôt, elle ne tarderait pas à prendre place. Seuls, le plan et l'architecture avaient bien changé. Il ne s'agissait plus que d'un simple rez-de-chaussée comportant en enfilade une vaste salle de classe, un vestibule assorti d'un débarras et un préau avec équipement sanitaire. La façade, orientée au sud, était entièrement vitrée. La seule vue du plan suffisait à faire rêver. Après le taudis, le palais ! Quelques esprits chagrins élevaient une objection, qui paraissait justifiée : « On a oublié le logement. » La réponse fusait : « Pas besoin, la *mestra* a son *ostal**. » Je ne pouvais m'empêcher d'esquisser un sourire qui était, en réalité, une grimace.

J'aurais dû être flattée puisque l'on m'identifiait à l'école. Certes, j'avais une résidence ; je n'étais pratiquement jamais en congé, donc le problème de l'hébergement d'une remplaçante ne se posait pas ; la retraite, elle, semblait encore bien lointaine ; quant à l'éventualité de mon départ, tout le monde avait, enfin, compris.

En moi-même, je ressentais l'absence de logement comme un signe. J'avais beau tenter de jouer les autruches, je savais que je serais la dernière institutrice du village où le vieillissement de la population apparaissait de plus en plus nettement.

A la rentrée de l'année scolaire 1962-1963, les enfants et moi prîmes possession des lieux, après avoir déménagé simplement les fournitures et quelques accessoires dont l'ancien bureau transformé en vitrine. En effet, nous n'avions qu'à entrer et nous installer. Un mobilier neuf nous attendait dans un décor lumineux.

Le champ, lui aussi, était vaste et une partie constituait le

* Pas besoin, l'institutrice a sa maison.

terrain de sport avec un magnifique portique équipé des principaux agrès. A part cet endroit réservé, tout le reste était bosselé à souhait et en friche. Nous devions nous ingénier à en tirer le meilleur parti possible, ce que nous fîmes sans tarder.

Récréations et temps libre précédant les entrées du matin et de l'après-midi furent consacrés à réaliser les plans tracés en séances de dessin. De grandes dalles calcaires récupérées dans les ruines des alentours permirent de limiter des plates-bandes. Il fallut les remplir de terre. Elles reçurent sable et fumier puisés au long des chemins et même au fond de la lavagne communale à l'occasion d'un curage à la pelle mécanique.

Une quête réalisée lors du mariage d'une ancienne élève nous permit d'acheter des rosiers. Quant aux arbustes d'hiver, ils provenaient de boutures prélevées dans les jardins du village et des environs, tout comme les bulbes de crocus, de narcisses et les rhizomes de muguet. Trois ans d'efforts nous valurent la médaille d'or de l'école fleurie.

Par mauvais temps, les petits jouaient sous le préau et les autres s'occupaient à des travaux divers, au gré de leur inspiration. Certains visaient la décoration intérieure de la classe, décoration où de luxuriantes plantes vertes tenaient une large place. La lumière entrant à flots et une température assez douce convenaient à leur développement. Des maquettes figurant le Causse prenaient forme, changeaient, disparaissaient. Les filles cousaient, tricotaient, crochetaient. C'était merveilleux.

L'année suivante, pendant les grandes vacances, l'école servit de cadre à une exposition sur le thème de la pierre organisée à l'occasion d'un rassemblement amical. Le cerveau de la réalisation fut un ingénieur géologue, Claude Arnaud, en résidence à quelque 40 kilomètres de Rogues. Mi-vendéen, mi-helvète, sa stature imposante lui avait valu d'être surnommé le « Petit Suisse ». Sous sa direction, la salle de classe était devenue pour quelques jours une caverne d'Ali Baba dont les visiteurs conserveront longtemps encore un souvenir émerveillé. De splendides vases préhistoriques s'alignaient sur les étagères de l'armoire-bibliothèque. La poterie millénaire — obtenue à partir de l'argile et de la calcite broyée — occupait également de larges surfaces tout autour des murs. Armes, outils, objets de parure, tous en pierre, s'offraient aux regards tout en demeurant à l'abri des doigts. Le milieu de la salle était occupé par des reconstitutions de mégalithes, dont un dolmen avec des ossements humains provenant de fouilles. Sur les murs, de très grandes photos dues au talent du « Petit Suisse » provoquaient des murmures admiratifs. Toutes chantaient les splendeurs du monde souterrain depuis les vasques emplies d'eau transparente de la grotte de Saint-Marcel-d'Ardèche jusqu'aux minuscules touffes de cristaux de Clamouse grossies aux limites du possible.

Amateurs de talent et professionnels chevronnés voisinaient sur un pied d'égalité, réunis dans ce village inconnu simplement pour être agréables à deux ou trois farfelus sympathiques rencontrés au hasard de sorties ou de congrès.

Au cours du rassemblement Lithos, nous avions noué de nouvelles relations et élargi le cercle des fervents du Causse.

Depuis leur exposition éphémère à Rogues, les précieux vestiges exhumés au cours des fouilles ont trouvé la place qui leur convenait. Cela est une autre histoire qui débuta quelques années avant le rassemblement Lithos.

Il se trouvait alors au Vigan un ancien directeur de l'école des garçons, Pierre Gorlier, devenu secrétaire général de la mairie, qui souhaitait doter sa ville natale d'un musée. Le maire de l'époque partageait son point de vue. L'idée flottait dans l'air et le futur académicien, André Chamson, Viganais par sa grand-mère, désirait que l'on entrât le plus rapidement possible dans la voie des réalisations. Il semblait manquer, hélas, l'essentiel : un maître d'œuvre possédant les capacités requises, disposant de beaucoup de temps et assez captivé par l'entreprise pour œuvrer bénévolement. Trois conditions indispensables et difficiles à réunir sur un seul et unique individu.

Cette personne existait bel et bien et, à la fin de l'été 1961, elle se présentait : Odette Teissier du Cros, qui n'était pas une inconnue pour moi. Vers les années 40, j'avais lié connaissance avec elle à l'occasion d'une de ses visites à mes beaux-parents. Elle venait revoir le grenier du Taparel où l'arrière-grand-père de son mari avait été caché.

Comme elle résidait une grande partie de l'année à Paris, je ne devais la revoir que rarement dans les années qui suivirent. Je ne me doutais pas alors qu'une passion commune nous amènerait à nous lier d'amitié. Cette passion visait les mille et un objets qui — durant des siècles — ont servi quotidiennement à la ménagère, à l'artisan du village et au berger, ont marqué les grands moments de la vie de chaque individu, comme aussi certaines périodes de l'histoire locale.

Les immenses greniers, les magnaneries des demeures cévenoles de la famille Teissier du Cros recelaient une foule d'ustensiles, d'outils, que l'ancienne assistante du conservateur du musée des Arts et Traditions populaires découvrait avec ravissement. Elle questionnait inlassablement les gens du pays pour connaître la destination de chacun, après quoi elle astiquait, remettait en état le cas échéant, étiquetait, répertoriait avec une furieuse envie d'arriver un jour à montrer ces précieux témoignages d'un mode de vie révolu.

Il arrivait que de vieilles Aulasiennes lui apportassent des objets hors d'usage, recueillis un peu partout et même... au bord de la rivière après les crues. La moindre trouvaille déclenchait un sourire radieux.

Tandis qu'elle sévissait de l'Aigoual au Vigan, je me livrais à la même activité sur le Causse, me bornant toutefois à recueillir et à mettre de côté. Je n'avais ni le temps ni le goût de bichonner ma moisson. Je peux même dire que je répugnais à modifier l'aspect du métal ou du bois oxydé ou patiné par l'usage et le temps. Le vieil outil abandonné, jeté, je le manipulais avec respect, imaginant en silence le *ruscaïre* dénudant le tronc de chêne vert avec la courte lame arrondie, le gosse apprenant à lire à la flamme tremblotante de la lampe à huile, le *lumagnou.*

Après l'exposition de 1961 au Vigan, la création du musée ne pouvait plus tarder. A partir de ce moment, nous fûmes prises, Odette et moi, d'une véritable frénésie. Malgré l'air réprobateur de nos conjoints respectifs, il nous arriva d'inspecter les dépôts d'ordures de la région, à l'affût des choses valables que les jeunes générations jetaient allégrement. Parfois aussi, nous rendions visite aux artisans âgés : *barralièr, pegòt, esquilièr* et j'en passe.

Pendant ce temps, il avait été décidé que le musée serait installé dans un bâtiment jouxtant le vieux pont sur l'Arre.

En 1963, l'inauguration eut lieu. Une salle immense, aux murs blanchis d'un coup de badigeon avec, au fond, une seule vitrine ; mais quelle vitrine ! Plus de 10 mètres de long pour évoquer la sériciculture depuis la graine de ver à soie jusqu'aux somptueux bas brodés destinés aux danseuses de l'Opéra.

Sereine, satisfaite, Odette Teissier du Cros voyait déjà la salle achevée. Aucun obstacle ne serait insurmontable. Ce que femme veut... et la suite devait permettre de vérifier une fois de plus la valeur du vieil adage.

Une salle du Temps allait offrir un raccourci de la vie locale et de son évolution depuis les origines jusqu'à nos jours. Là, les vestiges préhistoriques avaient leur place. Cette perspective déterminait en moi des sentiments contradictoires. J'étais, en effet, partagée entre la satisfaction de les placer en lieu sûr, tout en étant offerts à la contemplation de tous ceux qu'ils pourraient intéresser et le regret de les enlever à leur contexte. La raison me commandait d'accepter. Le Causse n'est qu'à 15 kilomètres du Vigan et il est aisé de voir d'abord les sépultures et les habitats puis les objets qu'ils renfermaient.

Sans hâte, avec émotion, je devrais dire avec ferveur, je les emballai. Chacun d'eux me rappelait des heures exaltantes. Je les manipulai pour la dernière fois. Je devais me détacher d'eux, n'en étant que la dépositaire. Environnés de photos du « pays », à l'abri derrière des glaces, ils témoignent d'un passé millénaire tout au long duquel les difficultés de l'existence n'excluaient pas le souci esthétique.

Dans les premiers temps, je saisissais la moindre occasion pour leur rendre visite, comme si j'avais éprouvé quelque crainte confuse à leur sujet. Insensiblement, je me suis habituée : ils sont bien là où ils sont. Entre eux et moi, le lien affectif demeure. J'ai rempli la mission dont j'étais investie.

Délivrée du souci de la thèse et de la destination des précieux objets préhistoriques, je pouvais enfin songer à mener une vie plus calme. C'était compter sans les conséquences de l'essor touristique lié au développement de l'automobile.

Depuis des années, j'avais multiplié conférences et causeries. Certaines avaient été données dans les agglomérations des alentours, d'autres à Nîmes, Montpellier et Paris. En 1960, Claude Seignolle avait publié un volumineux *Folklore du Languedoc* qu'il m'avait dédié. Cet ouvrage contenait de nombreux extraits de ma thèse demeurée inédite. Il n'en fallut pas davantage pour susciter un courant de curiosité. L'envahissement estival du Causse ne tarda donc pas à se doubler d'un envahissement de la maison.

J'en arrivai à maudire les vacances. Il fallait endiguer le flot. Je commençai par opposer une fin de non-recevoir à tous ceux qui se présentaient à l'heure des repas ; puis je m'exerçai à séparer le bon grain de l'ivraie. Sans doute ai-je commis des erreurs de jugement et repoussé des interlocuteurs dignes d'intérêt. Je le regrette ; mais je ne pouvais ni me laisser dévorer, ni compromettre dangereusement ma vie familiale.

Le Causse n'était plus le havre de paix, l'îlot isolé du

monde où ne venaient que des initiés, des fervents du calcaire et de la solitude.

Cette intrusion engendra un besoin, d'abord inconscient, de prendre mes distances, de couper les ponts. Si je ne pouvais empêcher ce flux saisonnier d'atteindre ma porte, du moins étais-je libre de demeurer au bercail.

CHAPITRE XII

Avec les bergers

Per manja la carn de vaca
Val mai còtel que capa
Per passar la plana de Montbel
Val mai capa que còtel.

Pour manger la viande de vache
Il vaut mieux un couteau qu'une cape
Pour traverser la plaine de Montbel
Il vaut mieux une cape qu'un couteau.

Au point où j'en étais alors, je pouvais me targuer de connaître les grandes lignes du passé de mon pays d'adoption et l'essentiel de sa structure économique et sociale. Il subsistait pourtant une zone d'ombre importante que je souhaitais pénétrer. L'élevage ovin constituait la seule vraie richesse du Causse, or cette spéculation demeurait assez énigmatique pour moi.

Il ne m'avait pas fallu beaucoup de temps après mon arrivée à Rogues pour remarquer qu'autour de moi il était question, à longueur de journée, de *fedas*. Des brebis, encore des brebis, toujours des brebis ! Où étaient donc les moutons ou, plus exactement, les troupeaux de moutons que tous les géographes mentionnent, quand il s'agit des ressources de la Champagne, du Berry, des Causses et j'en passe ?

Je ne devais pas tarder à comprendre, en observant par moi-même les files dodelinantes et sonnaillantes qui traversaient le village matin et soir. La quasi-totalité des bêtes sont des femelles. Les béliers se trouvent en minorité, ils portent le nom d'*arets*. Quant aux moutons, ce sont des mâles châtrés destinés à la boucherie. Ainsi ne peuvent-ils qualifier un groupe dont ils n'assurent pas la pérennité et dont la raison d'être réside dans la production laitière.

Le spectacle des troupeaux escortés d'un berger et d'un

chien allant au pâturage ou en revenant m'intéressait. La masse ondulante, couleur de sable terne, laissait derrière elle une odeur particulière, de suint et d'ammoniac, un peu piquante et fort tenace, qui entrait en classe collée aux galoches et aux vêtements même très propres.

J'avais grande envie de connaître la vie pastorale qui, visiblement, tenait la première place sur le Causse. Je savais peu de choses sur les bêtes à laine et absolument rien concernant les bergers. Je me souvenais seulement avoir aperçu des milliers d'ovins dans le cadre sauvage de l'ancien couvent de Mercoire, en Lozère. Ils étaient arrivés en juin et étaient repartis dès que s'étaient manifestés les signes avant-coureurs de la première neige automnale. Nos séjours respectifs n'ayant pas concordé, j'avais quitté la montagne sans avoir approché les transhumants.

Je rencontrai peu après mon arrivée à Rogues un premier berger. C'était un jeudi après-midi d'hiver. Le ciel était bas, chargé de lourds nuages. Un aigre vent du nord soufflait. Au lieu de suivre la route en direction de Montdardier, j'avais pris un chemin de terre et j'allais droit devant moi, sans but précis, marchant d'un bon pas de manière à me réchauffer. L'absence de soleil estompait les reliefs. Le paysage était morne. Je filais toujours sans m'arrêter quand me parvinrent quelques bruits de cloches. Je ralentis, dressai l'oreille et scrutai l'horizon. Rien. Je restai immobile. Les tintements reprirent. Pas de doute, les bêtes paissaient un peu plus loin, derrière un mur d'enclos. Je m'y dirigeai en évitant de faire résonner les cailloux sous mes semelles. Je ne tardai pas à les apercevoir. Elles avançaient sans hâte, tête baissée, sans interrompre cependant le mouvement latéral de va-et-vient des mâchoires qui assure le broyage de l'herbe rêche. Piètre nourriture que ces végétaux rabougris, chétifs. J'éprouvais quelque peine à croire que les brebis pouvaient s'en contenter. Pourtant elles ne paraissaient pas affamées et leur toison régulière et bien fournie n'inspirait pas la pitié. Ce n'est que plus tard que j'appris la valeur nutritive de ces plantes poussées avec un minimum d'eau.

Un peu à l'écart, une masse noire se tenait accroupie sur le sol. La pointe seule bougeait quelque peu, tandis qu'un grognement contenu s'échappait de la base. Intriguée, je m'approchai. Quand j'arrivai tout près, je découvris un visage moustachu enfoncé sous un capuchon. Deux yeux me fixaient. Au bas de la cape, une autre paire d'yeux embroussaillés de longues mèches raides tout aussi poivre et sel que la moustache. En continuant à émettre quelques grognements, le chien avait complètement sorti la tête de l'abri et je vis deux mains croisées sur son poitrail.

Après avoir répondu au « bonjour mademoiselle » qui n'avait été accompagné d'aucun mouvement, j'avançai doucement une main ouverte en direction du museau levé, désireux de flairer l'inconnue mais contraint à la méfiance par instinct.

Filou multipliait les marques d'affection, le maître lui demeurait parfaitement immobile. Je m'étais assise à quelques pas. Il continuait à m'observer. Je parlais du froid, des mauvais jours qu'il faudrait encore endurer avant l'arrivée du printemps. Il me répondait par monosyllabes. J'essayai alors d'évoquer les bêtes. Mutisme total. Il ne semblait pas avoir entendu ma question. Je n'insistai pas et me bornai à lui demander s'il acceptait d'être photographié avec Filou. Ses yeux brillèrent. Il hocha la tête tout en prononçant un oui très net et en tirant le chien afin qu'il reprît sa place sous la cape. C'était la première fois qu'on lui tirait le portrait, la première fois également qu'il voyait un appareil de près. Curieux comme sa langue se déliait !

Avec les beaux jours, je rencontrai d'autres bergers portant toujours le sac de cuir en bandoulière, battant le haut des reins, et appuyés sur le manche de la *correja*. Ils pouvaient rester ainsi de longs moments debout, immobiles telles des statues. Quand les bêtes étaient paisibles, ils s'asseyaient tandis que les chiens, tête dressée, se chargeaient de la surveillance. Certains profitaient du répit pour façonner une canne, une lame de collier ou les minuscules clés qui permettent de le fermer au cou de la brebis. Un Laguiole de poche avec poinçon suffisait à travailler le buis ou le micocoulier.

Mes tentatives d'approche n'avaient pas eu plus de succès qu'avec le premier. J'en ai même connu un qui n'a jamais consenti à me parler. Dès qu'il m'apercevait, il sifflait son chien qui guidait le troupeau dans la direction opposée !

J'en étais arrivée à comprendre que, au sein de la société villageoise, les bergers constituaient une classe à part, fermée, dans laquelle les rapports de l'homme et de l'animal étaient étroitement soudés et figés depuis des millénaires.

Ce fut grâce à mes élèves que je parvins à comprendre les bergers. Si la plupart des gosses témoignaient d'un penchant très net pour une discipline déterminée, quelques-uns, calmes et méthodiques, se tenaient dans une moyenne très satisfaisante, témoignant d'un équilibre harmonieux. En dehors de la classe, ils s'intéressaient à tout, calmement. Ils étaient heureux de vivre, bien dans leur peau.

L'un d'entre eux était un garçon doux, toujours souriant, bon élève et non moins bon berger. A douze ans, il connaissait chacune de ses brebis et, après l'agnelage, pouvait sans se tromper retrouver mère et rejeton dans l'ensemble remuant et bêlant. Cet amour et cette connaissance n'étaient pas l'apanage des garçons. J'ai connu des filles tout aussi portées vers les bêtes, *bestalhieras* comme on disait.

Pour ces jeunes, passer la journée sur le plateau ou dans les *valats* n'était pas une pénitence. Les brebis, le chien et la nature leur suffisaient. L'œil et l'oreille en perpétuelle sollicitation prenaient une acuité extraordinaire. Le nez lui aussi enregistrait et discernait des nuances qui auraient échappé au commun des mortels.

A travers ces gosses, réapparaissait l'enfance des vieux bergers au calme imperturbable, à la démarche lente, chargés de tout un savoir millénaire que je rencontrais au hasard de mes courses. Je comprenais comment, avec les années, ils étaient devenus avares de paroles et de gestes, s'isolant des autres humains s'enfermant dans un autre univers, celui des bêtes, de « leurs » bêtes. S'ils n'en avaient pas la possession matérielle, ils en détenaient une autre infiniment plus précieuse, tissée au fil d'une présence constante, d'une compréhension profonde et d'un attachement à toute épreuve.

S'ils vivaient à côté des adultes, sans liens réels, les observant, les jaugeant sans la moindre complaisance, ils se montraient doux et même tendres avec les tout-petits, patients avec les galopins pas encore sortis du stade de l'enfance. Peut-être cherchaient-ils à découvrir lequel serait, un jour, digne de porter le sac et la *correja* et d'accéder à la Connaissance ?...

Ces bergers-là, les vrais, *los pastres enfants de pastres* *, ne se comptaient déjà plus que sur les doigts d'une main. Leur race s'éteignait.

Le temps de l'esclavage était révolu. Quel jeune aurait consenti à ne bénéficier d'aucun instant de liberté, à dormir près des bêtes, à demeurer souvent célibataire ? Un peu mieux nourris, un peu moins mal payés que les autres domestiques, ils suscitaient à la fois déférence et mépris. Déférence intéressée car d'eux dépend la bonne santé du troupeau. Quant au mépris, il constituait pour moi une énigme.

Je ne parvenais pas à comprendre que la condition de pâtre fût aussi peu considérée. Il suffisait pourtant de regarder le Causse pour comprendre l'importance primordiale des troupeaux depuis des millénaires. Avant de devenir agriculteur, l'homme avait été pasteur. La cabane gauloise comportait un enclos et la maison traditionnelle offrait aux brebis une bonne partie du rez-de-chaussée voûté, le

* Les bergers fils de bergers.

meilleur gîte contre les intempéries. Pour elles, on avait créé toute la gamme des mares, plantés des ormes près des fermes, disposé en rond les pierres à sel, bâti les murs à pierre sèche des petits enclos, creusé les fosses à loups. Pour elles encore, on avait fabriqué les crèches à barreaux de buis, les claies, les parcs, les colliers, les sonnailles.

Les bêtes qui donnaient lait, viande, toison et fumier avaient conditionné la vie humaine, lui imposant un rythme particulier. Alors, comment ne pas vénérer leur maître le berger qui devait prévoir le temps, connaître les astres, distinguer les herbes, prévenir ou guérir les maladies, remédier aux accidents ?

Bien des années plus tard, je découvris le rôle privilégié du berger au sein de la communauté rurale. Il semblerait que sa condition se soit dégradée à partir de la seconde moitié du XIXe siècle, lorsque débuta l'exode rural. A partir de 1920, le vide s'accéléra et ceux qui restèrent au pays furent, de plus en plus, considérés comme de pauvres types, incapables de s'élever dans l'échelle sociale.

Il leur restait à prouver qu'ils pouvaient aussi évoluer en rejetant au maximum les contraintes inhérentes au métier de paysan. Le développement du machinisme et le bouleversement des conditions économiques leur en fournirent les moyens.

Si les relations de l'agriculteur avec le monde végétal se trouvèrent singulièrement allégées, celles du pâtre avec le troupeau demeurèrent tout aussi astreignantes. Celui qui consentait encore à une telle servitude ne méritait plus que le mépris. Il se plaçait de lui-même au niveau le plus bas dans la structure de la communauté rurale, dont la mutation s'amorçait déjà. Avec le recours systématique au médecin et au vétérinaire, le berger traditionnel qui était généralement détenteur de pouvoirs concernant les humains avait perdu une bonne part de son prestige en même temps que de son utilité.

Fini le temps où il animait les fêtes votives avec son fifre, où il participait au Carnaval du village et des alentours, où il se devait d'être le premier à l'offrande de la messe de minuit.

Conscients de cette déchéance, les derniers vrais bergers se sont enfoncés encore davantage dans leur solitude, perdant leur sociabilité primitive. Les uns après les autres ont disparu. Par respect je n'ai pas cherché à forcer leur mutisme. J'avais, malgré tout, acquis peu à peu pas mal de connaissances sur l'élevage des bêtes à laine.

Si la brebis en soi ne me paraissait pas un animal particulièrement captivant — je lui préférais la chèvre —, le mode de vie que sa domestication avait engendré sur le Causse m'intéressait au plus haut point. *Faire la dralhe*, comme disent les pâtres, m'apparaissait une aventure exaltante. Il me fallait découvrir un troupelier qui accepterait ma présence continuelle durant la montée au séjour estival en montagne, l'*estive*...

Je ne devais avoir finalement aucune démarche à accomplir. L'occasion de *faire la dralhe* me fut offerte par G.-H. Rivière, alors conservateur du musée des Arts et Traditions populaires. A sa demande, j'avais deux mois auparavant donné une causerie illustrée de diapositives. Elle concernait, comme de bien entendu, l'élevage sur le Causse. Le résultat devait avoir convaincu le « patron » de mes capacités à observer le déroulement de la dernière transhumance ovine en Aubrac.

L'hostilité croissante de l'administration lozérienne à l'égard de cette pratique accusée de tous les maux, la difficulté de trouver des bergers acceptant de vivre dans la solitude des hautes terres, l'encombrement des routes sonnaient le glas de la transhumance. La grande *dralhe* du Languedoc était déjà presque silencieuse et gagnée par la végétation, alors il fallait ne rien perdre de cette ultime migration.

Nantie seulement de quelques rouleaux de pellicule pour alimenter mes deux vieux appareils (je ne bénéficiai pas même du prêt d'un magnétophone !), j'acceptai avec enthousiasme et me lançai dans les préparatifs de toutes sortes, à commencer par l'étude du domaine de Cambous, situé en plein cœur de la garrigue héraultaise.

J'assistai aux dernières heures passées par le troupeau et les bergers à Cambous. L'atmosphère était fiévreuse. Toute l'exploitation ressemblait à une ruche bourdonnante au moment de l'essaimage ; mais je sentais que, dans tout ce remue-ménage, chacun tenait le rôle qui lui incombait en gardant la tête froide. Au moment du départ, tout serait en ordre.

Le 9 juin, aux premières lueurs de l'aube, le portail s'était ouvert à deux battants sur la masse impatiente, en proie à l'appel mystérieux des cimes. Aucune force n'eût été capable de la retenir dans la bergerie. Les bêtes savaient que le moment de partir était arrivé, elles se précipitaient en avant, mues par l'instinct. Une rivière de laine ondulante se répandit hors de la cour, dans un fantastique concert de bêlements, véritable hymne au renouveau, à la nature, à l'espace. Aux bêlements se mêlaient des abois impératifs, des cris gutturaux, des appels modulés. Alors commença le chant des *dralhaus*, des *clapas* et des *clapetas* : *montem, montem* exultaient les premiers ; *devalarem, devalarem*, affirmaient les seconds ; *benlèu, benlèu* risquaient timidement les derniers.

Tandis que le calme estival enveloppait Cambous, le voyage commençait pour les migrants à quatre pattes et leur escorte. Il allait durer six jours. En tête, venait Julien, le maître berger, un authentique Cévenol né aux environs de Meyrueis et descendu dans la plaine où les hivers sont moins durs et les relations sociales plus aisées. Il marchait d'une allure régulière, la casquette enfoncée sur son visage anguleux, la cape rejetée sur l'épaule, le sac en bandoulière. Son fouet rasait le sol d'un mouvement rythmé, intimant aux animaux de tête, les *mènaires*, l'ordre de ralentir. Qui veut goûter l'herbe fine et drue des cimes doit ménager ses pattes et se garer sagement à chaque signal donné par les chiens.

A mesure que le temps passait, la circulation s'intensifiait et nous n'avancions plus à un rythme normal. Les chiens ne s'arrêtaient plus de tasser le troupeau afin de libérer un passage pour les véhicules.

Une halte au bord de l'Hérault, sur une plage de sable et de galets, aux premières lueurs du jour, avait permis aux hommes de déjeuner tranquillement et aux bêtes de se désaltérer pour la première fois depuis le départ. La soif étanchée, elles s'en étaient prises aux arbustes et aux ronciers.

Après un dernier tronçon de route en direction du Vigan, l'arrivée à la Terrisse avait marqué la fin des problèmes routiers. Le soleil était déjà haut et l'ombre des premiers châtaigniers constituait une oasis de fraîcheur appréciable. Les bêtes s'étaient répandues parmi les bruyères, sentant l'approche de la montagne. Chaque berger, retrouvant le tronc habituel, s'était laissé tomber lourdement sur le coussin rêche de brindilles. Le dos bien calé contre l'écorce centenaire, genoux remontés à hauteur de la poitrine, les hommes étaient fin prêts pour le repas tiré du sac.

Les gourdes avaient émergé sans précipitation et les torchons s'étaient dépliés tandis que chaque chien s'installait face à son maître. La chaleur de midi, s'ajoutant à la fatigue et à l'énervement, avait empêché de savourer comme il eût convenu la saucisse grillée sur la braise et les petits *pelardons* pleurant leur crème par les fissures de la croûte.

Les chiens s'étaient allongés, museau entre les pattes et paupières à demi closes. Les bêtes n'avaient nulle envie de s'éloigner après les affres de la route. Les bribes de conversation avaient cessé et les corps glissé lentement du tronc vers le sol pour une sieste pesante.

En fin d'après-midi, la grosse chaleur apaisée, il avait fallu songer à accomplir la seconde étape. Les bêtes couchées, pattes repliées, dodelinaient de la tête sans assez de force pour déclencher la musique des cloches. C'était à peine si le battant frôlait le métal. Les sacs remis en ordre et assujettis à l'épaule, quelques appels modulés d'abord doucement puis d'une allure plus rapide, saccadée et enfin impérative, avaient été suivis d'abois non moins convaincants. Le troupeau savait qu'il lui fallait obéir aux injonctions conjuguées. Julien passé devant, l'ascension avait commencé. La file resserrée par l'étroitesse de la *dralhe* ondulait dans la verdure clairsemée des bois taillis dominant le cours de l'Hérault, à l'adret.

Avec le déclin du soleil, les forces revenaient. Au col des Mourèzes, le franchissement de la route Le Vigan-Mandagout s'était effectué sans difficulté, aucune voiture n'étant apparue. A partir de ce moment, la pente s'accentuait, le terrain devenait plus accidenté et l'allure fléchissait. Le paysage changeait. Les châtaigniers, trop frileux, cédaient la place aux conifères. La *dralhe* de la Luzette coupait de son large ruban caillouteux les verdures sombres.

Comme la nuit tombait, nous avions atteint Cap-de-Coste et nous étions désormais en pleine montagne, dominant l'antique voie royale avec les ruines de son relais près duquel nous étions passés, avant de grimper ferme dans l'âcreté des genêts. La halte nocturne avait lieu rituellement sur la pelouse, aux abords de la maison forestière abandonnée.

L'air était vraiment froid et le troupeau, tassé sur lui-même, formait une étrange nappe blanche à la lumière de la lune. Assis en rond, nous avions mangé silencieusement, puis chacun, ayant choisi sa place, s'était roulé dans sa cape et endormi, fouet et sac à portée de la main, sans oublier l'immense parapluie bleu qu'une cordelette, nouée au bout et au manche, permet de porter en bandoulière.

Le lendemain, il était à peine 4 heures que la troupe, tirée de sa torpeur, s'ébranlait obéissante. Les bêtes se dégourdirent avant les hommes et cherchèrent à manger. L'allure fut sérieusement ralentie pour leur permettre de donner quelques coups de dents aux rameaux de hêtre et aux tapis de myrtilles.

La nuit pâlissait quand nous avions longé une bâtisse écroulée, à l'exception d'un angle encore debout. Pour les bergers, c'était la *campaneta*, l'évocation des terribles hivers durant lesquels les voyageurs s'égaraient, perdus au cœur de la tourmente de neige. Afin de leur indiquer le chemin du refuge, la Cloche des Tempêtes sonnait inlassablement. Quand les routes permirent une circulation moins dangereuse, la cloche garda le silence. N'ayant plus de rôle à jouer en ce lieu, elle fut transportée à l'Espérou et installée au faîte de la minuscule église où elle rythme toujours la vie des habitants.

Au sortir des jeunes reboisements vigoureux qui contrastent singulièrement avec leurs chétifs aînés couverts de lichen, le décor avait à nouveau changé. De vastes pelouses s'étendaient, piquetées de chalets dont tous les volets étaient clos et le resteraient jusqu'au début de l'été. Le village lui-même semblait désert. Pourtant, à notre approche, quelques silhouettes avaient surgi à la croisée des routes. Le troupeau arrêté au débouché de la *dralhe*, hommes et chiens s'étaient acheminés en direction d'un bâtiment semblable aux autres. Là, ils étaient attendus par la mère Pialot, une solide Cévenole qui depuis des dizaines d'années — on ne savait plus au juste combien — jouait, pour les bergers de la grande transhumance, un rôle semblable à celui de la mère aubergiste des Compagnons.

En entrant, les mains s'étaient étreintes longuement, avec force et satisfaction. Les regards pénétrants et chaleureux disaient le plaisir des retrouvailles le temps d'un repas. Il était dur de s'arracher à la quiétude, de se remettre debout, de repousser le siège ; mais, à la nuit, il importait d'être loin de l'Espérou, à l'étape suivante. Pas de poignée de main, un simple salut : on se reverrait en septembre.

Cahin-caha, par la large trouée caillouteuse coupée de fondrières, qui ouvre le passage parmi les conifères du massif de l'Aigoual, nous étions arrivés à la maison forestière de la Séreyrède. De chaque côté de la route, une haie de curieux attendait notre passage. Julien, escorté de Marquise, un œil sur le maître et l'autre sur le troupeau, attendait que les bêtes aient fait bloc pour donner le signal de la traversée. Les enfants, très excités, sautaient, battaient des mains, se montrant les quatre gros pompons rouges ornant le sac de Julien et ceux décorant les plus beaux spécimens du cortège.

Fascinante était sans aucun doute cette longue et ample théorie blanche pigmentée de touffes multicolores, de colliers peints ou sculptés. J'éprouvais l'impression d'une brusque plongée dans le passé, aux temps où l'homme, par son intelligence, avait réussi à échapper à l'angoisse permanente de la faim. Pour fortifier l'illusion, la *dralhe* me laissait entrevoir de temps à autre d'énigmatiques et très anciennes cupules entaillées dans la roche, quelque menhir, simple lame de schiste comme celui de Trépaloup, et même des sépultures, modestes monticules de terre et de pierraille.

Une fois la route franchie, nous avions retrouvé le calme de la forêt, juste le temps d'atteindre Prat Pérot, vaste espace empelousé au cœur du reboisement, qui sert de halte. Malgré l'altitude, le soleil tapait ferme et le répit avait été le bienvenu. Il n'avait guère duré car nous devions atteindre Cabrillac à la nuit, Cabrillac invisible, derrière la chaîne bleuâtre là-bas à l'horizon.

L'immensité des pelouses déroulées devant nos yeux, les hêtraies jaillissant en plaques, l'absence totale du moindre signe de vie humaine finissaient par donner un pincement au creux de l'estomac. Grâce au rythme des sonnailles, la progression continuait ; mais les muscles donnaient l'impression d'être devenus aussi rigides que du bois. Nous ressemblions de plus en plus à des automates et nous ne parlions plus.

Les étoiles s'allumaient quand le cortège s'arrêta à l'endroit habituel, sur la *dralhe*. Les bêtes s'étaient affalées sur elles-mêmes et *Jacquou* en personne renonçait à toute fantaisie. La poignée de maisons, au carrefour des routes, ne laissaient guère filtrer de lumière. Seul brillait un rectangle sur lequel se découpait une silhouette aux aguets. La Marie, aubergiste à l'enseigne des *Hauts de Hurlevent* — tout indiquée en ce lieu où le vent souffle à une allure fantastique —, nous avait accueillis avec chaleur, le verbe haut, très accorte.

La maîtresse de céans, l'ambiance et l'enseigne collaient à merveille et j'en avais presque oublié le dos courbé qui se refusait à reprendre une position verticale et les pieds énormes rivés au sol. Sans l'assiette, mon buste et ma tête se seraient vautrés sans honte sur la table. Je n'avais même plus faim et mes narines se refusaient à enregistrer l'appel des odeurs venues de la cuisine.

Le repas était copieux. Conformément à la tradition, les légumes brillaient par leur absence. L'hôtesse forçait la tablée à reprendre de chaque plat, remplissait les verres, plaisantait. Il fallait bien lui répondre et oublier ainsi, un instant, que nous n'avions pas encore atteint le but...

J'avais eu droit à quelques questions accompagnées de coups d'œil railleurs. Où diable les *pastres* avaient-ils découvert cette bonne femme et pourquoi semblaient-ils s'accommoder de sa présence ? J'avais simplement répondu en patois : « *Siai del Causse* *. » Les trois mots avaient eu l'effet d'une formule magique. J'étais acceptée.

Après le pousse-café, la Marie avait apporté les vivres pour le petit déjeuner et le déjeuner du lendemain puis salué du traditionnel : « A septembre. » Moins d'une demi-heure plus tard, les gardiens — allongés à proximité du troupeau — s'endormaient.

Le repos se trouva écourté en raison de la longueur exceptionnelle de l'étape. Dès 3 heures, nous quittâmes Cabrillac où seuls les chiens se manifestèrent. Par le col du Perjuret, nous devions traverser tout le Causse Méjan pour

* Je suis du Causse.

nous arrêter sur les bords du Tarn, à Sainte-Enimie. Il n'était pas encore 7 heures que les bêtes s'abreuvaient à la fontaine de Galy, tandis que nous cassions la croûte. La matinée s'avançait quand le troupeau regroupé s'ébranla en direction du Fraïsse, en plein cœur du plateau. Les murettes, *clapasses,* me rappelaient le Causse de Blandas ; mais l'altitude beaucoup plus élevée se traduisait dans l'aspect rude de la végétation. Je comprenais que la vie était ici encore plus difficile ; d'ailleurs l'abandon semblait plus poussé. Le Fraïsse en témoignait. Jadis, gîte traditionnel pour les transhumants, l'importante exploitation avait, depuis quelques années, fermé portes et volets. Abrités le long du mur maître du bâtiment principal, nous mangeâmes donc les vivres fournis par la Marie. Pendant que les bergers s'arrangeaient pour une bonne sieste, j'explorai le lieux. Tout était encore en état, des toitures jusqu'aux contrevents. Les encadrement des ouvertures en belle pierre de taille, l'harmonie des proportions, l'étendue des bâtiments témoignaient d'une réelle opulence qui était à rapprocher de celle des grands mas abandonnés du Larzac.

Après une remise en route relativement rapide due au fait que la marche s'effectuait alors sur l'immensité presque plate du Méjan, la *dralhe* nous avait amenés au hameau de Champlon où deux cheminées fumaient. Nouvelle halte et accueil dans une grande cuisine où je retrouvais l'ambiance de l'Espérou. Les attitudes réciproques, le déroulement du repas, les semblants de conversation, tout concordait ; il manquait cependant quelque chose d'immatériel, d'indéfinissable. Les gens n'étaient pas de la génération de la mère Pialot. Ils me semblèrent moins fraternels. La civilisation technicienne était passée par Champlon. L'ambiance se ressentait de cet égocentrisme que j'observais chaque jour, tout près de moi. La mère Pialot, elle incarnait encore l'antique solidarité dont on se débarrassait vite, vite, comme d'une vieille défroque inutile et contraignante.

De la pelouse où le troupeau se tenait tranquillement

immobile, j'avais aperçu les escarpements qui couronnent les gorges du Tarn. Elles semblaient très proches et pourtant, d'après les bergers, nous avions encore deux bonnes heures de marche avant de les atteindre. Ils avaient raison, comme toujours... C'est seulement à la tombée de la nuit que la corniche couronnée de conifères s'était trouvée sous nos pieds.

Après une pause particulièrement brève, Julien s'était engagé entre deux rangées de blocs tellement resserrés que les bêtes ne pouvaient passer qu'une après l'autre. Chiens et bergers étaient postés de manière à interdire toute bousculade et toute précipitation.

Malgré les cloches, le bruit de l'eau et des véhicules me parvenait de bas, de très bas ; mais il m'avait fallu amorcer, à mon tour, la descente pour comprendre... J'avais fermé les yeux, prise de vertige. Les lumières de Sainte-Enimie semblaient briller au fond des entrailles de la terre. Je restais interdite, le souffle coupé. Le vieux berger, n'entendant plus marcher derrière lui, s'était retourné et m'avait vue figée sur place. Il n'avait pas prononcé une seule parole et poursuivait sa plongée aux enfers. Je n'avais pas le choix et, appuyant ferme sur mon bâton, je l'avais suivi.

Une heure après, je me trouvais au niveau des lumières, sur le pont. Les talons ne servaient plus de frein. Quelle surprise d'avancer à plat... Dans une galopade, le troupeau avait pris possession de la Gravière, plage caillouteuse en amont du pont. Après avoir bu tout leur saoul l'eau courante, les bêtes s'attrapaient aux branches de quelques arbustes, puis avalaient les touffes herbacées qu'elles auraient dédaignées en temps ordinaire. Même la menthe Pouliot y passait. Surgissant des ruelles, les badauds se précipitaient vers le fleuve. Certains tentaient d'engager la conversation. Ils en étaient pour leurs frais. Le souper avait eu lieu dans un café-restaurant, où notre entrée avait suscité des sourires, quelques plaisanteries et des regards méprisants.

J'avais l'impression de me retrouver à terre après un voyage sur une autre planète. Julien, détendu, se livrait à des pitreries et lançait des quolibets à la cantonade. A la dernière bouchée, je m'étais éclipsée, heureuse de me glisser entre des draps. C'était agréable certes, mais déplacé et, n'eût été le lavabo avec ses deux robinets, je crois que j'aurais été rejoindre les bergers au bord du Tarn...

Au fur et à mesure que nous avancions, l'heure du départ avançait elle aussi. Julien avait donné le signal alors que la cité était endormie. A deux heures du matin, nous avions laissé le fond des gorges pour entreprendre l'ascension du Sauveterre, face au Méjan. Après la dégringolade vertigineuse, la grimpée à pic durant quatre heures, le franchissement de la nationale Saint-Enimie-Marvejols au Bac et enfin le rebord du dernier Causse, avant l'Aubrac. J'avoue que ma résistance était à rude épreuve. J'avais l'impression que les quelques heures passées dans une chambre m'avaient amollie et je me demandais si, en plein jour, j'aurais tenu le coup...

Au lever du soleil, nous étions arrêtés aux abords du hameau de la Péligouze pour la première halte et le casse-croûte. Un petit groupe s'était avancé vers nous, histoire de reconnaître le troupeau et les bergers, ces importuns auxquels les gens du pays ne peuvent refuser ni le passage ni le stationnement, selon les règles intangibles élaborées durant le Moyen Age par les religieux, ces grands maîtres ès-transhumance.

Si les gens n'étaient pas accueillants, le paysage allait de pair. Ce Causse me déroutait. Pour la première fois, je n'éprouvais aucune attirance à l'égard du calcaire. Je supportais mal cette désolation et cela dura jusqu'au Sec, importante exploitation qui tirait visiblement l'essentiel de ses ressources de l'élevage ovin. Comme Champlon, le Sec était gîte d'étape. L'accueil y était nettement plus conforme à la tradition. Le repas nous attendait, simple et copieux, constitué à partir des seuls produits de la ferme. Matériellement, il eût été difficile de découvrir une différence avec le Méjan ; mais l'attitude des hôtes et même leur physique en traduisaient une. Il me semblait que l'accent, les corps trapus au point de paraître plus larges que haut, les crânes ronds tassés sur les épaules me rappelaient un souvenir. C'était une impression de déjà-vu.

Vers le milieu de l'après-midi, la marche avait repris une fois de plus, une de moins... Après l'épreuve de la matinée, avancer sur le Causse — malgré la fatigue croissante — ressemblait presque à une promenade. Aux environs de 19 heures, nous étions à Chanac, bourgade de quelque importance. Le troupeau s'installait, pour la première fois, dans un parc établi sur un terrain communal. Habituellement, il stationnait sur la place ; mais les autorités avaient estimé cette pratique incompatible avec leurs prétentions touristiques, d'où l'innovation. C'était assez curieux car la fameuse place et les rues adjacentes ne me paraissaient pas spécialement propres, ni accueillantes !

Julien m'avait expliqué que cet arrêt à Chanac ne remontait pas au-delà de quelques années. D'ordinaire, l'avant-dernière journée du voyage s'achevait à la Bégude Blanche. Hélas, comme le Fraïsse, cette dernière avait été abandonnée et il ne s'y trouvait plus personne pour recevoir les bergers.

Se sentant presque rendus, les hommes avaient prolongé quelque peu leur soirée au café-restaurant où nous avions pris le repas. Pour deux d'entre eux — Julien, lui, se déplaçait en moto durant l'*estive* —, c'était le dernier contact avec la civilisation et ils semblaient vouloir profiter au maximum des lumières et du bruit...

Le départ, sur la fin de la nuit, avait été affreusement pénible. Les bêtes avançaient de plus en plus lentement. Depuis Sainte-Enimie, la plupart d'entre elles boitaient, les coussinets des pattes endommagés par les cailloux et, plus encore, par le bitume. Le paysage était devenu plus accidenté, plus verdoyant. A Chirac, le troupeau avait stationné devant l'église. Là, il était apparu qu'une bête épuisée se trouvait absolument hors d'état de continuer. Elle devait rester sur place en attendant qu'un des bergers vînt la chercher, après une journée de repos.

Le cheminement dans la *dralhe* du Massibert s'était révélé exténuant par suite d'une ultime grimpée depuis les bords de la Colagne — petit affluent du Lot qui arrose Chirac — jusqu'au col annonciateur de l'Aubrac, 750 mètres plus haut. A force d'appuyer sur le bâton, la main était douloureuse et les phalanges se refusaient à jouer. L'engourdissement semblait gagner le cerveau. Les facultés s'émoussaient.

L'après-midi tirait à sa fin quand nous étions parvenus au sommet d'une hêtraie. A ce moment, un paysage extraordinaire était apparu. Telle la Terre Promise, l'Aubrac infini déroulait ses immensités gris-vert, pailletées d'eaux tranquilles, semées de boules de granit, le tout subtilement voilé d'une impalpable brume... Cette immensité grandiose et paisible me fascinait au point que je me sentais tout à coup capable de marcher autant qu'il le faudrait pour m'y plonger.

Ce soir-là, les bêtes ont retrouvé le parc, la voûte céleste, l'herbe neuve, humide, gorgée de sève. Finies les touffeurs de la bergerie, l'eau saumâtre de la mare, les brindilles desséchées par le soleil. Ce soir-là aussi, les chiens ont commencé leur longue garde et les bergers se sont laissés tomber sur les paillasses de Bonnecombe.

A regret, je devais les laisser reprendre possession de la montagne et regagner le bercail.

Dans les jours qui avaient suivi, je ne parvenais pas à retrouver mon rythme habituel. La fatigue, jusqu'alors méprisée, se vengeait et m'envahissait. Quand je regardais au-delà du domaine familier, ce n'était plus la roche brûlante que je voyais ; mais un mirage de fraîcheur au ras du sol. Durant la nuit, il m'arrivait de me réveiller en sursaut, la tête emplie de la musique des sonnailles.

Au bout d'une semaine, le quotidien avait repris ses droits. Il restait à rédiger le journal de route à partir d'une foule de notes hâtivement gribouillées sur un carnet à la faveur des ralentissements imposés par la circulation, puis des étapes.

Mon rêve eût été de pouvoir passer un certain temps à l'*estive* et profiter de la relative liberté des bergers pour apprendre ce que je brûlais de savoir de leur vie, de leur mentalité et de leurs traditions. Avoir « fait la *dralhe* » avec eux constituait un atout sérieux. Je m'étais rendu compte, en effet, du changement d'attitude à mon égard entre le moment où ils m'avaient vue surgir à Cambous et celui de l'au revoir à Bonnecombe. La confiance et l'estime avaient succédé à la suspicion et à la raillerie. A les observer, je m'étais aperçue qu'ils n'avaient pas la même mentalité que les pâtres sédentaires et qu'avec eux le contact serait plus facile à établir.

Hélas, mes occupations ne s'accommodaient pas de véritables vacances et l'Aubrac était vraiment trop loin du Causse. Quant à mon complice en transhumance, ses fonctions ne lui permettaient guère d'absences prolongées et la vieille fourgonnette dont il disposait n'autorisait pas le moindre record de vitesse !

J'avais dû me contenter d'une brève visite qui m'avait toutefois permis de lier connaissance avec l'art roman du Rouergue et de jeter un coup d'œil sur Espalion, une merveilleuse petite cité en grès rose, reflétant une partie de ses splendeurs dans les eaux du Lot.

La vision un peu moins fugitive de l'Aubrac avait tourné à l'enchantement. Bien que très différent du Causse, il a en commun avec lui l'immensité des horizons, la rudesse grandiose et l'étrangeté de l'ambiance.

L'été s'était écoulé. Sur le Causse et la Garrigue, la sécheresse avait régné à son ordinaire et même largement. A Cambous, l'herbe et l'eau manquaient encore, passé le 15 août. Selon la tradition, le « petit troupeau », composé des bêtes de réforme, des handicapés et surtout des agneaux destinés soit à assurer le remplacement, soit à être vendus en hiver, et malgré les conditions défavorables qui l'attendaient à l'arrivée, était descendu à vitesse réduite, avant la fin de l'été.

Pour le gros du troupeau, le séjour en Aubrac s'était poursuivi, peu profitable en raison des mauvaises conditions atmosphériques. La température était assez basse et les averses très fréquentes. Dès le 25 août, il avait fallu songer à quitter la montagne sous peine d'endurer, à bref délai, le froid en plus de la pluie, également préjudiciables pour la santé du troupeau. Le séjour se prolongea malgré tout. Les deux bergers craignaient d'avoir à effectuer la totalité du trajet par mauvais temps et, se fiant à un proverbe local, ils pensaient qu'après un mois d'août pluvieux, viendrait une période ensoleillée favorable. A Cambous, on attendait toujours vainement les orages du 15 août. Et, sur le chapitre des traditions, figuraient les dates intangibles aussi bien pour le retour que pour le départ. On ne pouvait encourir la réprobation en les enfreignant...

Au cours de la nuit du 31 août au 1er septembre, la température s'était brusquement abaissée et, au lever du jour, la neige tombait. Elle avait continué à flocons menus — de la neige sèche, comme on disait. La situation était devenue critique. Les bergers avaient entrepris de démonter le parc et contraint ensuite les bêtes à remuer pour se réchauffer. Le lendemain, le soleil était revenu, le thermomètre indiquait quelques degrés de plus ; mais c'était insuffisant pour songer à rester. Les hommes avaient dû renoncer au cérémonial habituel et une partie des cloches manquaient au cou des bêtes. Pour le dernier soir, le troupeau avait trouvé refuge sous les hêtres, domaine habituellement réservé aux bovins.

Le 8 septembre au matin, dans un tourbillon de flocons glacés, piquants comme des aiguilles, nous quittions l'Aubrac et le 14, par vagues successives, lentement, les bêtes se retrouvaient en cercle autour de la lavagne de Cambous, s'égaillaient sous les chênes verts en attendant le comptage, puis le monceau de ramée de chêne encombrant le milieu de la cour, en signe de bienvenue au bercail. La transhumance 1965 était achevée.

J'étais retournée sur les pâturages de la Garrigue au cours de l'hiver afin de boucler la boucle et d'achever le compte rendu que l'on attendait. Une certaine indolence semblait s'être emparée des bergers. Ils n'avaient plus leur verve endiablée, ni leurs colères intérieures. Les chiens eux-mêmes traînaient, comme désœuvrés. L'herbe poussée trop tardivement, gorgée d'eau, manquait de saveur et les bêtes se déplaçaient sans cesse à la recherche d'une provende moins fade et plus substantielle.

Après l'épopée de l'Aubrac, j'avais vite renoncé à suivre la migration annuelle. En deux ou trois ans, j'avais accumulé suffisamment de merveilleuses images dans ma tête — sans compter celles fixées sur la pellicule !

Si je m'étais refusée au voyage saisonnier, je n'en avais pour autant cessé de fréquenter le monde pastoral. Les troupeliers dont j'avais fait connaissance manifestaient un réel plaisir à chacune de nos rencontres et ils m'accueillaient avec la plus grande cordialité. Pour eux, je n'étais pas une intruse. Institutrice de village mariée à un paysan, j'appartenais au milieu rural. Ils ne voyaient pas d'inconvénient à ce que je connaisse leur univers et que je transmette cette connaissance par l'image ou la plume. D'instinct, ils me faisaient confiance et j'en étais très touchée.

J'avais encore beaucoup à apprendre car la transhumance vers l'Aubrac ne comportait pas le cérémonial éclatant qui était toujours de rigueur chez d'autres troupeliers cévenols. Je le rencontrai en particulier aux environs de Lasalle, chez les Pantel-Couderc, et leurs parents du Sambuc, et aux alentours de Ganges chez Carrière.

Ce cérémonial nécessite des préparatifs spéciaux auxquels

j'allais assister. Par la même occasion, j'allais découvrir de vieilles choses soigneusement conservées et noter des souvenirs de traditions tombées en désuétude.

J'eus alors vraiment l'impression de voir s'ouvrir les portes de la cité interdite, à la fois différente et proche de celle où je n'avais jamais pénétré. L'élevage sédentaire pratiqué sur les Causses et celui des Garrigues comportant une migration saisonnière ont, en effet, des points communs ; mais ce dernier est demeuré plus proche des origines, plus fidèle aux coutumes. Parmi celles-ci figure la décoration du troupeau, véritable œuvre d'art qui réclame du temps et de la main-d'œuvre. Parer au maximum de belles bêtes était considéré par les vieux troupeliers comme indispensable avant le départ. Il y allait de leur honneur et une seule exception était admise. Elle constituait même un tabou. Quand le maître mourait, le troupeau devait porter le deuil pendant cinq ans.

Cinq ans ! C'est long et bien souvent, à l'expiration de ce délai, le successeur oublie de renouer avec les usages séculaires. Sa tâche s'en trouve tellement facilitée ! Certains pourtant demeurent fidèles. De la Garrigue jusqu'à l'*estive* « derrière l'Aigoual », on se précipite pour les voir passer.

Spectacle extraordinaire qui attire les foules. Pour le profane, il tient de la féerie en plein cœur de la Cévenne, au col de l'Asclier par exemple. La date, transmise de bouche à oreille, est connue une semaine avant, non seulement aux alentours, mais loin, très loin même. Le dimanche arrivé, les curieux affluent, en voiture pour la plupart. Seuls les indigènes des villages et hameaux les plus proches montent pédestrement.

Les immenses pelouses vertes s'offrent aux paresseux et aux novices qui vont attendre des heures entières. Les fervents, eux, s'acheminent d'un pas tranquille au-devant des voyageurs. La *dralhe* est là, qui invite à fuir la vague humaine. Une fois dépassé le Liron, c'est la solitude grandiose au-dessus des vallées profondes où les châtaigneraies s'accrochent aux pentes escarpées, en alternance avec les terrasses dont les murs à pierre sèche témoignent d'un labeur séculaire. Des groupes de maisons apparaissent de loin en loin, accolés à la roche, tassés, respectueux du moindre coin de terre nourricière.

Tout à coup, en premier plan, deux pâtres qui s'avancent contenant une marée ondulante de laine endimanchée de touffes lumineuses jaunes, rouges, bleues, vertes. L'impression de vagues est renforcée par les *raissés,* ces découpes en lames effectuées obliquement dans les toisons.

Une poussière dorée s'élève au-dessus de la colonne qui fonce droit devant elle. D'autres silhouettes apparaissent, fermant le cortège. Alors, il ne reste plus qu'à les escorter jusqu'aux pelouses où s'effectue la halte. Là, les bêtes s'égaillent dans les genêts et les fougères puis, rassasiées, se couchent sur l'herbe. C'est le moment d'examiner les marques et d'apprécier les parures.

Les marques qui permettent de distinguer les différents troupeaux sont plus ou moins belles. La plupart comportent les deux initiales du propriétaire. Certaines sont entourées d'un cercle, d'une double volute parfois même surmontée d'une petite croix.

Certaine croix imprimée au flanc d'une des plus belles bêtes m'a longtemps intriguée. J'ai fini par apprendre qu'elle désignait l'éventuelle victime propitiatoire, dont le sacrifice sauverait le troupeau tout entier...

Les *mènaires,* habitués aux coutumes du voyage, se laissent admirer et amusent les badauds en plongeant le nez dans les musettes ou les poches de leurs accompagnateurs, à la recherche de leur gourmandise favorite : quelques châtaignes sèches. Bien plantées sur leurs pattes, tête haute, elles dégustent longuement.

De la Fête pastorale que je connaissais bien, il me restait à voir tous les préparatifs. Ainsi j'ai assisté aux travaux des fabricants de sonnailles, les *esquilièrs.*

La création d'une sonnaille, et, surtout, la manière de lui

donner la tonalité avec un petit marteau, m'avait fort surprise. J'avais appris qu'au bout de cinq ans, le son disparaissait et que la cloche devait alors être remplacée, d'où une dépense importante. Ainsi s'expliquait leur nombre de plus en plus restreint.

Fabriquer un collier à partir d'une lame de bois de micocoulier, le pourvoir de petites clés et d'une barrette de fermeture était un travail très répandu ; mais les colliers que portaient les bêtes sédentaires, assez étroits, tout lissés et tout unis — à l'exception des initiales du propriétaire imprimées au fer rouge — ne nécessitaient pas la même dextérité. Un collier de transhumance est une petite œuvre d'art et, plus d'une fois, j'ai passé de longs moments à regarder les phalanges noueuses de mon ami Ficelle fignoler avec aisance un même dessin sur la courbure convexe du bois.

J'appris aussi comment s'obtient un beau pompon. C'était sur le *balet* de Sambuc que, assis à califourchon sur le banc, un jeune pâtre enroulait à toute vitesse le fil de laine autour de deux bûchettes plantées verticalement pour la circonstance dans des trous. Quand il jugeait l'épaisseur suffisante, il serrait chaque extrémité du petit écheveau avec une solide ficelle de chanvre et le libérait des supports. Un acolyte intervenait alors pour l'aider à tendre les fils en tirant sur les deux ficelles. Visant le milieu, d'un coup de ciseaux à tondre, il tranchait sec. En un éclair lumineux, les brins jaillissaient tel un éventail qui se déplie jusqu'à former simultanément deux grosses boules. Elles allaient grossir la provision enfermée dans de grands sacs de jute.

Fabriquer et réparer les colliers, vérifier les cloches, exécuter les pompons occupe durant la mauvaise saison. Quand arrivent les beaux jours, et plus précisément le mois de mai, il faut débarrasser les bêtes de leur houppelande. Cette corvée constituait une sorte de fête qui durait plusieurs jours.

Jusqu'à la Seconde Guerre, des équipes de tondeurs

professionnels quittaient alors le village cévenol de Saint-Martial, et s'en allaient — selon un itinéraire immuable — de ferme en ferme jusqu'au cœur des Garrigues. Parmi eux, certains étaient renommés pour leur habileté à « faire la rose ». Avec la généralisation de la tonte électrique, ces techniciens des gros ciseaux ont disparu et les troupeliers qui demeurent fidèles à la coutume décorative s'entraident pour réaliser la tonte en lames, la *cotelada,* puis le marquage.

Cette opération métamorphose les bêtes et annonce le grand voyage dont les responsables vont établir le calendrier. Il importe, en effet, que les troupeaux partant vers une même *estive* ne se trouvent pas ensemble sur la *dralhe.* Ce serait un imbroglio infernal.

C'est alors la rencontre dans un petit bistrot de Saint-Hippolyte-du-Fort. La concertation traduit l'habitude. Le rythme sur la *dralhe* a perdu son intensité d'antan. Il n'existe donc plus guère de problèmes. Quand les participants se séparent, le calendrier est établi.

Dès lors, les jours passent plus vite. Une certaine fébrilité est dans l'air. Les bêtes ont senti l'appel de la montagne et s'impatientent. La veille, c'est la mobilisation de tous les bras valides. L'enclos proche de la bergerie accueille le troupeau en une masse compacte afin d'éviter des efforts inutiles. Bien serrés, les ovins ne peuvent échapper aux hommes qui arrivent, transportant sacs de pompons et chapelets de colliers ensonnaillés. Dans la poche de la veste se trouvent pince coupante et rouleau de fil de fer. En sûreté sur la murette, attendent le seau de badigeon et la brosse.

Quand tout est fin prêt, l'opération commence. Un collier est passé à l'avant-bras et, d'un coup d'œil, l'animal auquel il convient est repéré. Il reste à se frayer un passage entre les toisons pressées pour l'atteindre, le saisir prestement et le bloquer entre les cuisses. En quelques minutes, le collier est assujetti.

Reste à recommencer le même manège pour poser les

pompons qui doivent être solidement ficelés à la toison, afin de résister aux assauts des buissons et des genêts. Quant à la rose, son exécution demeure le privilège du troupelier. Enduire à la brosse tout le rond de laine et rien que le rond, faire de même dans le creux des raies requiert beaucoup d'habileté.

Lorsque le soleil baisse sur l'horizon, le troupeau tout bruissant et enluminé file d'une traite boire à la lavagne ou à la rivière. Combien en ai-je vu se précipiter sur les berges de l'Hérault, faisant voler le sable des pentes, puis remontant lentement vers le mas, escortés des chiens porteurs du collier à gros clous de cuivre !

Tout au long du jour, les troupeaux s'étendent tranquillement parmi les hêtres ou sur les pelouses. Les chiens se contentent de les suivre. Ils n'ont que rarement à intervenir car les cultures sont cantonnées aux abords des hameaux. Tout au plus, faut-il interdire le franchissement des limites.

En cours de journée, ils sont loin des parcs. Quand le soleil se prépare à disparaître derrière les grandes montagnes, en direction des Pyrénées, ils reviennent sans hâte, s'abreuvent à la Dourbie ou aux ruisseaux qui dégringolent du Lingas et finissent vite à la rivière.

Repue d'herbe et d'eau, la cohorte ondulante pénètre à l'intérieur des parcs fixes. Serrées les unes contre les autres, les bêtes dorment jusqu'au retour du soleil. Si les parcs sont établis loin de toute habitation, mais près de la route, les bergers passent la nuit à tour de rôle dans la vieille cabane en bois. C'est une sorte de grand coffre dans lequel l'occupant pénètre à quatre pattes par une porte minuscule. Pour dormir, il s'allonge sur un lit de paille après s'être roulé dans un drap de toile de sac. Si un bruit suspect parvient à ses oreilles ou si le chien gronde, il sort et scrute l'obscurité avec une puissante torche électrique qui a remplacé avantageusement la vieille lanterne tempête.

Quand la nuit est calme et pas trop fraîche, le guichet ménagé dans la porte demeure ouvert. Si le froid ou l'humidité survient, il suffit de faire glisser le volet pour être bien au chaud. Jadis, il se trouvait toujours un gamin désireux de coucher dans la cabane avec le pâtre de service qui se serrait volontiers contre la paroi et lui ménageait ainsi un petit espace.

Une fois le troupeau retourné au bercail, l'homme remonte pour balayer une dernière fois les parcs, entasser le fumier et l'ensacher en vue de son transport par camion. Il servira à fumer les vignes et les jardins du Bas-Languedoc. Après l'engouement pour les seuls engrais, certains reviennent à la raison et achètent comme autrefois du fumier.

Les troupeliers remontent également renouveler l'entente, verbale le plus souvent, concernant la location des pâturages. C'est à eux aussi qu'incombe l'écobuage annuel visant à détruire les genêts, les fougères, les broussailles et les vipères, opération pratiquée avec l'aide des autochtones. Il faut toute une équipe pour contenir le feu courant. Curieux spectacle que celui de la vallée envahie par une fumée bleuâtre et dense voilant les cimes et de laquelle s'échappent des langues de flammes crépitantes.

Le dimanche, il n'est pas rare que le propriétaire d'un des troupeaux vienne, en famille, voir ses bêtes et passer la journée avec les bergers. Il en profite pour apporter du pain frais, une volaille rôtie accompagnée de quelques bonnes bouteilles de derrière les fagots, dont une est, parfois, aussi incolore que de l'eau... Une bonbonne pleine permet de renouveler la provision. Si le visiteur vient d'une vallée de la basse Cévenne, il apporte souvent des plateaux de fruits, des tomates, des oignons de sa récolte.

Jusqu'en 1930, les déplacements s'effectuaient en voiture à cheval et demandaient donc beaucoup plus de temps ; aussi les bergers ne recevaient-ils qu'une seule fois les troupeliers qui leur confiaient leurs bêtes. Ceux-ci s'arrangeaient pour monter tous ensemble, généralement vers la mi-août. A ce moment, les moissons étaient terminées et les vendanges pas encore commencées, et ces messieurs pouvaient s'octroyer un répit. De plus, les bêtes devaient avoir bien profité de leur séjour en montagne et il était alors loisible d'en juger.

Autrefois, seul le chef de famille « montait ». Ils s'assemblaient à quatre par jardinière et en plus des hommes, le cheval devait tirer les provisions, car c'était la fête. La coutume fixait à deux le nombre des repas pris avec les bergers. Un seul n'eût pas suffi à leur rendre hommage et la « montée » était considérée comme une obligation. Malheur à celui qui se serait abstenu. Il aurait encouru la réprobation générale s'il paraissait se désintéresser de ses bêtes.

La journée à l'*estive* se déroulait dans la joie. La ripaille s'accompagnait de danses au son du fifre dont jouait un des bergers et, quand les libations s'opposaient aux virevoltes, les participants entonnaient des refrains à plein gosier. Par mesure de prudence, les visiteurs ne reprenaient la route que le lendemain matin. Maintenant, les fifres ont disparu et le pique-nique dominical est une sortie familiale dont profitent femme et enfants. Le rassemblement de groupes a disparu, remplacé par la réunion de deux individualités. La notion de temps que traduit le port continuel du bracelet-montre domine de telles rencontres et les vide d'une partie de leur intérêt.

Voir les bergers à la montagne, tel était le but de nos promenades en deçà de la longue chaîne qui barrait notre horizon quotidien vers le nord. Ces incursions devaient avoir des prolongements importants.

Au hasard de nos courses, nous admirions l'énorme labeur des Cévenols aménageant les pentes, accrochant des treilles de clinton au bord des murettes de schiste et de granit, tandis que les traversiers portaient les provisions de pommes de terre, de légumes secs, d'oignons et, plus haut, de seigle. Ici, il ne pouvait être question d'utiliser du matériel de plus en plus sophistiqué. Inutile de songer au tracteur, au râteau faneur, à la moissonneuse-batteuse qui fleurissaient sur le Causse. Tout reposait sur l'homme : corbeilles de fumier montées à dos, moisson à la faucille, arrachage périodique des genêts au bigot. Seuls quelques coins à peu près plats et assez vastes pouvaient permettre le recours au motoculteur. Quel que fût le travail auquel le paysan se livrait, il lui fallait toujours monter ou descendre et sa vie était beaucoup plus pénible que celle des Caussenards. Nos incursions au pays du schiste et du granit nous révélaient successivement les multiples aspects de la civilisation cévenole, sa complexité résultant, pour une large part, des diversités du relief et de l'altitude. Il ne s'agissait plus de nuances comme il en existe entre notre petit plateau et celui de Campestre ou le grand Larzac, mais bien de différences très nettes.

Impossible de comparer les riches vallées de Valleraugue et d'Aulas avec leurs vergers, leurs vignes et celle de la Dourbie vouée au seigle et au châtaignier. Sans doute était-ce la présence de la roche qui nous attirait vers ces hautes terres lumineuses. Le granit clair, qui croule en sable blond et enchevêtre ses masses arrondies dans un équilibre précaire n'a pas le rayonnement, la fascination du calcaire ; mais il invite à l'observation, au contact.

Ainsi fut prise l'habitude de passer le dimanche « là-haut ».

Après la belle saison animée par la présence des troupeaux, nous fîmes connaissance avec l'automne éclatant d'or, de cuivre, de roux, l'automne silencieux ; puis avec le printemps glacial tardif. Vint le temps où l'hiver lui-même, l'hiver blanc, nous trouva dans quelque demeure aux longues chandelles de glace frangeant les toits et où il fait si bon devant la cheminée garnie de troncs de hêtre. Pour en arriver là, nous avions dû le mériter.

Au début, il nous arrivait de rencontrer une bergère gardant une dizaine de brebis et trois ou quatre chèvres, un homme courbé sous une charge de fourrage, un autre occupé à émonder un frêne. La conversation s'engageait sur la pluie ou le beau temps, sur la récolte et, chaque fois, au bout de quelques minutes, notre interlocuteur s'enquérait du lieu d'où nous venions. Bien souvent il connaissait quelqu'un qui, ayant délaissé la montagne, s'était installé vers chez nous. Après le pays nous arrivaient des questions plus précises. Que faisions-nous au juste ? *Siai mestra d'escòla* * allumait généralement une lueur de septicisme dans les yeux qui me regardaient bien en face. Les grosses chaussures, le survêtement ou la canadienne ne correspondaient point à l'image type qu'un Cévenol pouvait se forger d'une enseignante. Quant au mari-paysan qui se promène un dimanche par n'importe quel temps loin de chez lui, ce n'était pas normal. Pourtant, ils durent se rendre à l'évidence : il savait aiguiser une faux et la tenir, il n'avait pas les mains blanches et fines et il parlait comme eux. Et ça, ça ne pouvait tromper.

Nous revenions de plus en plus souvent et la prévention commençait à céder. D'ailleurs les bergers transhumants nous connaissaient et confirmaient nos dires. Oui, je « faisais la *dralhe* » avec eux, quand j'étais libre, oui j'avais des poules et des lapins, oui je préparais les fromages avec le lait de mes deux chèvres. Et c'est précisément cette dernière occupation qui allait nous valoir une amitié exceptionnelle.

Depuis l'utilisation de la moissonneuse-batteuse, il était devenu impossible de disposer de paille brute pour garnir les claies sur lesquelles séchaient les petits fromages. Avoir, comme à l'accoutumée, les longues tiges, aurait nécessité la fauchaison d'un coin de champ avant l'arrivée de la machine. Il aurait ensuite fallu extraire le grain des épis, mettre en gerbes. Le temps manquait et les fermières avaient jugé plus facile de recourir à la toile métallique plastifiée.

Je n'avais pas envie de suivre la mode. Puisque, en Cévennes, chaque petite ferme avait son gerbier qui, tout au long de l'année, pourvoyait aux besoins en fine et belle

* Je suis institutrice.

paille, j'allais tenter d'en acheter, mais je n'osais pas aller frapper à une porte. L'occasion se présenta au hameau du Prunaret perché sur un replat, à l'écart de la route. De cette dernière, j'avais aperçu un couple de maisons, parmi lesquelles plusieurs coiffées de chaume. C'était tellement exceptionnel que nous résolûmes de voir de près ces vestiges d'une technique disparue. La première habitation en bordure de la chaussée était bel et bien une authentique chaumière. Mon regard se portait sur une silhouette qui s'en allait avec une énorme gerbe. Entendant le bruit de notre voiture, le porteur s'était retourné.

Comme toujours en pareil cas, je laissai à mon mari le soin d'entamer la conversation. L'homme était de petite taille, trapu. Une cigarette éteinte occupait un coin des lèvres surmontées d'une courte moustache poivre et sel. Sous la visière de la casquette, un regard aigu nous fixait tour à tour. La demande était lâchée : consentirait-il à nous céder un *gruech* pour apprêter les *pèrals*, mes *pèrals*. Les yeux sévères me regardaient, attendant une explication. Dame, c'était tellement inattendu, insolite, que je devais me justifier. Je le fis dans la « langue nôtre ».

Quelques instants plus tard, deux magnifiques bottes trouvaient tout juste place à l'arrière de la voiture. Restait à régler le montant. Ce fut impossible. Nous étions à la fin de l'été et le nombre de fromages diminuait. Je disposais donc d'une provision de paille capable de durer des mois. Lorsqu'elle serait achevée, je n'aurais qu'à revenir.

Nous avions compris que l'homme habitait la chaumière. Comme nous admirions silencieusement la toiture en parfait état, les proportions harmonieuses de la demeure, les blocs de granit composant les murs, j'avais senti passer une onde d'étonnement. Un peu en retrait du seuil, deux visages nous épiaient. Sur un mouvement de la casquette, les femmes sortirent et s'avancèrent de quelques pas, craintives et gauches. La plus jeune ressemblait trait pour trait à l'homme : regard brillant, visage grave. L'autre, toute menue dans ses vêtements noirs, souriait. Son profil mince avait le modelé d'une médaille. Des yeux d'un vert sombre mangeaient la face d'une matité à peine ridée. Sous la pointe bien serrée, apparaissait une opulente chevelure noire de jais. Quels envahisseurs lointains devaient être à l'origine d'une telle finesse et d'une telle beauté ? Le cuivre et l'argent des antiques mines de Villemagne pouvaient expliquer un tel prodige.

Une maigre treille ombrageait la porte. De chaque côté, un banc minuscule taillé à la hache permettait de goûter un instant de repos, sans doute le soir, après une dure journée aux champs.

Nous fûmes alors conviés par le maître des lieux à entrer et à boire une tasse de café. Nous déclinâmes l'invitation, nous bornant à promettre de revenir. Le trio, immobile sur le chemin, nous regarda partir. Pour ne pas être importuns, nous laissâmes passer quelques semaines avant de retourner au Prunaret. Cette fois, nous pouvions, nous devions entrer.

Les précieuses gerbes furent le motif d'un petit souvenir que je déposai sur la table et qui disparut prestement dans la pièce à côté. Le paquet n'avait pas été ouvert et j'en déduisis une différence de comportement avec le Causse où l'on se devait de regarder le contenu et de témoigner aussitôt sa satisfaction, qu'elle fût réelle ou feinte. D'ailleurs, le proverbe recommandait cette attitude : « *Que presa lo present, lo pòrta a la dent* * », ce qui s'explique par le fait que les petits cadeaux habituels consistaient en denrées alimentaires depuis les biscuits jusqu'au café.

Où les habitudes caussenardes et cévenoles se rejoignaient, c'était sur la réciprocité des dons, surtout entre femmes. Selon un autre proverbe du calcaire : « *Entrè dolhas e tolhas l'om se fai de bonas amigas* **. J'en fis

* Qui apprécie le présent, le porte à la dent.
** Avec les petits dons réciproques, on devient bonnes amies.

l'expérience au fur et à mesure de nos visites. Ce n'était pas la valeur de ce que je pouvais apporter qui était appréciée, mais l'attention. Un sac de thym fraîchement cueilli suscitait autant de plaisir, si ce n'est plus, qu'un objet du commerce. Pour ma part, je recevais ce dont j'étais privée : de savoureuses pommes, des reines-claudes quasi sauvages ou des cèpes séchés au soleil.

Nous avions peu à peu lié connaissance avec les autres habitants du hameau. Ainsi, nous découvrions un mode de vie fondé à la fois sur l'élevage des bovins, ovins et caprins et sur la culture du seigle. Il s'agissait d'une véritable autarcie qui avait subsisté sans aucune évolution jusqu'à la Seconde Guerre mondiale. Le porc représentait l'essentiel de la viande et les châtaignes étaient récoltées de Dourbies jusqu'à Saint-Jean-du-Bruel. En amont, l'altitude trop élevée s'oppose à la présence de l'arbre précieux entre tous ; mais un échange séculaire persistait d'un bout à l'autre de la vallée. Chaque famille produisait toujours sa provision de choux, de raves, de pommes de terre. Les ruches obtenues à partir de vieux troncs de châtaigniers continuaient à se tasser aux endroits abrités.

Ce qui s'offrait à notre curiosité et à notre sympathie, c'était une société rurale uniforme composée de petits propriétaires vivant tous à peu près de la même manière, liés les uns aux autres par la traditionnelle et indispensable solidarité dont le Causse avait perdu le besoin en s'ouvrant sur le monde extérieur. Nous avions l'impression qu'un décalage de plusieurs décennies séparait les deux zones. Cette plongée au cœur d'une contrée, à la fois proche et différente, nous permit de mieux comprendre le Causse.

Nous découvrions la moisson du seigle telle qu'elle était pratiquée depuis le fond des âges. Le battage au fléau, lui, appartenait au domaine du passé par manque de bras et par diminution des surfaces ensemencées. L'expulsion du grain s'effectuait par frappement sur un billot, au moyen d'un bâton. Tout à côté de l'aire pavée, une longue perche attendait les gerbes reconstituées qui s'amoncelaient tout autour, retenues au dernier rang par un bandage de roue de charrette. La plus belle paille, bien triée et mise en bottes, trouvait place dans la grange. Elle permettait non seulement de sécher les fromages, mais surtout de couvrir les charpentes à neuf, de restaurer les toits et aussi de pailler les chaises et confectionner des récipients analogues à ceux du Causse.

En bordure de la rivière et à proximité de la moindre source, des saules, *amarines*, taillés chaque année, fournissaient les liens indispensables à la couverture en chaume et la matière première des paniers et des corbeilles. Nous découvrions que chaque Cévenol était un paysan-artisan et nous en avions un exemple remarquable avec celui qui était devenu notre ami.

Durant le long hiver, la neige contraignant à demeurer à l'intérieur, une fois les animaux soignés, il restait du temps pour des travaux d'adresse et de patience. Papé Bastide ne chômait pas. De la Toussaint à Pâques, il confectionnait des paniers de diverses tailles, des corbeilles d'une résistance à toute épreuve. Des paniers, il s'en trouvait habituellement une bonne demi-douzaine suspendus au plafond et garnis de fromages de vaches auxquels la fumée du feu de bois conférait une saveur spéciale. D'autres servaient à transporter fruits et légumes. Quant aux corbeilles, elles avaient un rôle identique, et permettaient en outre de charrier le fumier.

Papé Bastide était également capable de travailler le bois de frêne en se servant d'un appareil hérité de son grand-père qui l'avait fabriqué à partir d'un tronc de hêtre. D'un fragment de branche plus ou moins volumineux, il pouvait obtenir un barreau de chaise, un montant de fauteuil, un manche d'outil. Quand le vent s'acharnait sur un arbre fruitier jusqu'à le déraciner ou le briser, il le laissait sécher et, au gré de sa fantaisie, il en tirait un mortier à sel, un vase ou une salière. Dans la petite cuisine, tout ce qui était en bois sortait de ses mains.

Si elles étaient rarement au repos, il en allait de même pour sa tête comme il disait. Au cours des veillées, il trouvait le temps de lire. Ses préférences allaient aux ouvrages traitant de la Grande Guerre et aux études sur la région. Je lui en prêtais. Je pris l'habitude de le questionner sur tout ce qui concernait la vie telle qu'elle était au temps de sa jeunesse. C'est à lui que je dois la plus grande partie de ce que j'ai appris sur les plantes, les animaux et les gens de la haute Cévenne gardoise.

Par bribes, Papé Bastide laissa entrevoir ce qu'avait été sa vie. Vinrent d'abord les épisodes les plus marquants de sa jeunesse laborieuse. Il n'avait jamais rechigné devant l'effort et il en éprouvait une légitime fierté. Les souvenirs vraiment personnels ne furent abordés que plus tard. Ce qu'il disait très franchement ressemblait à une ultime confession dont il nous jugeait dignes d'être les dépositaires.

Lorsque je lui fis part de mon intention de noter très précisément tous ses souvenirs en vue de les publier, je constatai avec stupeur qu'un grain de sable s'était glissé dans les rouages. Le regard, soudain vide, la voix moins ferme semblaient dire : « Trop tard. » C'était dans les premiers jours de janvier 1977. Il relevait d'une mauvaise grippe qui avait révélé une atteinte plus profonde. Le 21 février suivant, il reposait dans le cimetière de Dourbies, le village où il était né en 1901.

Papé Bastide n'est plus, sa chaumière a troqué le toit de paille contre des plaques d'éverit ; mais certaines traditions demeurent. Si les impératifs de la vie ne nous permettent plus d'aller aussi souvent à la montagne que nous le souhaiterions, les liens tissés avec les Cévenols des cimes, ces liens subsistent.

CHAPITRE XIII

Ultime étape

Jamai s'es pas fach bugada
Que se siague pas secada.

Jamais il ne s'est fait une lessive
Qui n'ait fini par sécher.

La découverte de la haute Cévenne au fil des dimanches, les réflexions qu'elle suscitait dans l'intervalle et le parallèle qui en découlait, m'empêchaient de mesurer avec quelle rapidité le temps passait.

Il fallut un bouleversement dans ma vie pour que je prenne enfin conscience de la métamorphose de mon univers. Le bouleversement, ce fut l'approche de la retraite, la fin de ce qui constituait pour moi un sacerdoce.

J'avais alors l'impression que la prise de contact avec la minuscule classe humide et sombre, avec les petits Caussenards en pèlerine, bonnet ou béret et galoches, c'était presque de la veille. Trente années s'étaient pourtant écoulées depuis...

Je m'étais toujours promis — sauf obligation imprévisible — de quitter l'enseignement dès que la loi m'en donnerait la possibilité.

La retraite vint juste à l'âge où j'avais souhaité en bénéficier; mais d'une manière inattendue. A la fin de l'année scolaire 1968-1969, la fermeture de l'école apparrut inévitable. Je refusai pourtant de me rendre à l'évidence.

Grâce à la compréhension de l'inspecteur qui connaissait non seulement mon dossier, mais également les travaux réalisés tout au long de ma carrière et la situation dans laquelle je me trouvais (mon mari se remettait lentement d'un second accident), l'administration octroya un sursis exceptionnel à l'école quasi vide…

En juin 1970, mon unique élève affronta avec succès les épreuves du certificat, puis celles de l'entrée d'un lycée agricole de l'Aveyron. Celui-ci au moins serait un paysan. Il ne quitterait pas le Causse où il allait poursuivre la tâche de ses ancêtres ; mais avec une optique et des méthodes différentes.

Il ne me restait plus qu'à vider les lieux. Le matériel qui m'appartenait fit le bonheur de deux collègues. Quant aux ouvrages constituant la bibliothèque de la coopérative, ils allèrent aux anciennes élèves les plus passionnées de lecture. Pour terminer, nous rangeâmes ce qui devait rester sur place.

C'était terminé. Je donnai un tour de clé. Je traversai le village comme un automate, sans rien voir.

Quand j'arrivai près du Taparel, selon le rite ordinaire, Tosca bondit sur moi, multipliant les démonstrations d'amitié, et Poussy, souple et silencieuse, se frotta à mes jambes en ronronnant. A leur tour, les volailles caquetantes accoururent réclamer leur ration de grain. Julienne, qui m'avait vu passer de sa fenêtre, de son « observatoire », comme je lui disais parfois, ne tarda pas à venir, silencieuse, amicale et fidèle Le fil des jours continuait à se dévider.

Une très longue page était tournée, celle de ma vie professionnelle. J'allais devoir trouver un nouveau rythme.

Je savourai la splendeur de l'été, passant le plus clair de mes journées au-dehors. Le champ devant la maison, que j'avais toujours connu en friche et livré aux animaux domestiques, venait de subir une transformation importante. Mon mari avait accepté qu'une bonne partie fût clôturée pour me permettre d'y établir un jardin dont j'allais disposer à ma guise. Certes, il existait depuis toujours un potager familial ménagé dans un champ en contrebas ; mais le seul ornement toléré consistait en deux mûriers centenaires dont l'un supportait les rameaux d'une souche tout aussi ancienne. Les vieux arbres au tronc creux représentaient l'ultime témoignage de la production de *magnans* et, pour rien au monde, le maître du lieu n'aurait consenti à les arracher ces « arbres d'or », comme on les appelait.

Une année sur deux, il coupait leurs branches flexibles juste avant les premières gelées, les assemblait en fagots qui, l'hiver venu, nourrissaient chèvres et lapins. Quant à la souche, collée à l'arbre, faisant corps avec lui, elle ne le gênait nullement et ses fruits d'un rose clair, gorgés de sucre, évoquaient sans doute des souvenirs d'enfance.

En vrai Caussenard, il ne pouvait supporter que des fleurs vinssent disputer la place aux poireaux, asperges et autres légumes. Les rares tentatives de sa mère, puis de sa femme s'étaient invariablement soldées par un échec. La touffe de chrysanthèmes ou la bouture de rosier pourtant coincée au long du mur disparaissait comme par enchantement. Quand les reproches pleuvaient, il ne se fâchait pas. Il se contentait d'affirmer d'un air innocent : « Tu ne me l'avais pas dit. J'ai dû l'arracher sans faire attention. » Le corps du délit, nous le retrouvions desséché au soleil… de l'autre côté du mur.

L'heure de la retraite arrivée, le cher homme avait compris qu'il convenait de remplacer les massifs fleuris de l'école par l'octroi d'une surface assez grande sur laquelle je pourrais planter les indésirables. Ainsi donc, il serait en paix au milieu de ses légumes, tandis que je m'occuperais de mes rosiers.

Julienne, me sachant disponible, venait voir les plantations et donnait son avis, un avis toujours pertinent, parfois moqueur. Elle venait aussi simplement pour dire quelques mots et échapper à sa solitude ou pour me demander un livre. Quand les bourrasques de pluie commencèrent à brouiller le ciel et à refroidir l'atmosphère, elle s'en alla, comme elle en avait l'habitude, passer la mauvaise saison chez sa sœur. Je me retrouvai seule. Je passai alors un peu plus de temps à l'intérieur de la maison.

J'avais, enfin, des après-midi entiers pour étudier. Le temps de la liberté était là. Et voici que, subitement, cette liberté tant désirée ne m'intéressait plus.

A vrai dire, l'atmosphère de l'*ostal* avait changé. Dans l'impossibilité de fournir un effort physique prolongé, et donc contraint de renoncer aux travaux des champs, mon mari était devenu agent général d'assurances. Cette situation l'obligeait à s'absenter quotidiennement. L'aïeule nous avait quittés depuis deux ans. Les enfants ne pouvaient plus venir aussi souvent que nous le souhaitions les uns et les autres. Prise par ma profession, je ne m'étais pas vraiment rendu compte que le vide grandissait au foyer. Et voilà que je me trouvais tout à coup seule des journées entières dans la vieille demeure trop vaste, trop silencieuse et trop peuplée de souvenirs. J'éprouvais une étrange sensation d'engourdissement. Je ne vivais plus, j'existais.

Le moment de la rentrée scolaire était passé sans provoquer de réaction notable. Sans doute aurais-je éprouvé un pincement au cœur si j'avais eu devant mes yeux le spectacle de l'école continuant avec une autre institutrice ; mais le choc encaissé, j'aurais goûté la joie d'une animation juvénile au village.

En guise de joie, tout était silence dans la rue et même à perte d'oreille. La forge éteinte à jamais, l'enclume avait cessé de résonner. La laiterie avec les roulements de jardinière n'était plus qu'un souvenir déjà ancien. L'angélus ne rythmait plus le travail des champs. Seules résonnaient encore les notes lugubres des glas. Vaincu par l'âge, le vieux curé avait dû renoncer à l'inconfort et à l'isolement du presbytère.

Peu à peu, j'en vins à reprendre les courses aux alentours, sans but défini, simple besoin de renouer avec le calcaire, le vent, les végétaux, les odeurs. Ces courses furent pendant un certain temps solitaires. Parler était au-dessus de mes forces. Le jour où j'allai demander à Julienne si elle voulait bien m'accompagner, je me sentis renaître.

A partir de ce moment, on ne nous vit plus guère l'une sans l'autre. Au rythme des saisons, nous revenions au village chargées comme deux abeilles : bois d'allumage, fleurs, salades, etc. Passe de porter un bouquet de fleurs, une touffe de thym ou un fricot de champignons ; mais cueillir des seaux de fruits sauvages, se charger d'un faix d'herbe pour les lapins et, pis encore, charrier un fagot de bois mort, ça dépasse l'entendement !

Que Julienne, qui vivait seule, ramassât des branches sèches afin d'allumer son feu ; mais la *mestra* ! Non vraiment, on ne la comprendrait jamais !

Durant des années, le rythme ne changea pas. Vint, hélas, un jour où Julienne très âgée ne put continuer à vivre seule. Elle quitta le village. Le dernier maillon du passé vivant a alors cédé.

Le Causse évolue de plus en plus rapidement. Les souvenirs s'estompent, se perdent. Alors il faut poursuivre la quête, engranger vite, très vite, car il reste encore à glaner alors même que tout semble disparu.

Annexes

ANNEXE I

Proverbes et dictons

Toute une foule de proverbes et de dictons concernaient le temps, la longueur des jours et, par voie de conséquence, les récoltes, la durée du travail. Je décidai de les noter en commençant par ceux qui revenaient le plus souvent dans les conversations. Pour janvier on se contentait d'affirmer qu'il « laisse la terre se reposer » et puis voici que le 13 *per St Alari, lo carretie quitò de crida harri* *.

Le redoutable février n'est point totalement dépourvu d'avantages. Sa neige « court comme lévrier » et, de fait, sa présence est éphémère, ce qui ne l'empêche pas de « valoir du fumier ». Pluie ou neige, peu importe ; mais il doit en tomber beaucoup : *Cal que lo mès de febrier, quite lo valat rasier* **. La nuit continue de régresser et si « les paillers ne sont plus remplis qu'à moitié, les journées, elles, sont entières » (sous-entendu : on peut travailler de six heures du matin à six heures du soir).

L'arrivée de mars est guettée attentivement en raison de l'importance des premiers jours appelés jours de remarque. Le temps qu'il fait le 1er mars indique l'orientation générale de mai, celui du 2 « marque » pour avril et, enfin, celui du 3 « marque » pour mars.

* Pour Saint-Hilaire, le charretier cesse de harceler son attelage, car les jours allongent.

** Il faut qu'en fin février, le ruisseau soit plein à ras bord.

Mars et avril — peu fiables — sont mis dans le même panier : *Marc martela, abril pela**. En mai, il convient encore de se tenir sur ses gardes : « En avril, ne te déshabille pas d'un fil et, en mai, reste prudent, rien n'est certain. » Comment doivent-ils se comporter tous les trois pour assurer de bonnes récoltes aux Caussenards qui en ont grand besoin ? Nous connaissons la réponse : *Marc ventos, abril pluvios, Mai sorelhos, faù lo paisan orguelhos***. De même, « Pluies de Pâques font abondance de grain à l'aire » et « Rosée de mai remplit les greniers » et encore : « Les plantes poussent plus en une nuit de mai qu'en dix d'avril. » Venteux et nuageux, mars est bon, autrement il est mauvais : « Le soleil de mars fait avorter les chèvres. »

Gare aux orages trop précoces : *Quand trana abans la Crotz, lo temps es destracos****. L'attitude de certains animaux, à une période donnée, peut être considérée comme un présage sérieux. Ainsi : « Quand les grenouilles chantent en mars, le beau temps est arrivé. » Hélas, elles sont souvent muettes à pareille époque !... Il est certain que « serpent qui sort en avril annonce la pluie ».

C'est avec les Vaccarials qu'apparaît pleinement la collusion mars, avril et mai : « *Marc dignet a Abril presto me tres jorns que ieu n'ai quatre e las vacas de la Vielha faren batre*****. Passé les premiers jours d'avril, les vaches sont mortes de froid et de faim. La Vieille les remplace par des brebis et l'histoire recommence avec ces animaux à la fin du mois. Ils meurent à leur tour début mai. Cette image traduit une observation bien connue : les derniers jours de mars et d'avril, les premiers d'avril et de mai sont souvent caractérisés par une recrudescence du froid. Pour compléter ce

* Mars frappe et avril pèle.

** Mars venteux, avril pluvieux, mai ensoleillé rendent le paysan orgueilleux.

*** Quand il tonne le 3 mai, le temps est irrégulier.

**** Mars dit à avril : prête-moi 3 jours et avec les 4 miens nous ferons battre les vaches de la Vieille.

tableau peu rassurant, il faut ajouter aux Vaccharialx les Cavaliers du Froid Savoir : Jorguet, Marguet, Crozet, Tropet et Janet. Saint-Georges (23 avril) est caractérisé d'ordinaire par une baisse des températures brusque et notable, qui continue avec Saint-Marc (25 avril), Saint-Eutrope (30 avril), l'Invention de la Croix (3 mai, personnifiée par un Saint-Cavalier qui tire son nom de la Croix) et, enfin, Saint-Jean-Porte-Latine (6 mai) ; Saint-Eutrope est considéré comme le plus dangereux. Il s'ajoute à cette liste un retardataire : Saint-Urbain (25 mai) particulièrement redoutable pour les vignes.

En mai, on doit s'occuper des jardins : *Per la Crotz, planta tas sebas et semena tos gojos* *. A Pentecôte, on sort les bœufs au pâturage car, à ce moment : « Il y a de l'herbe et il ne faut pas s'attendre à ce qu'il en pousse davantage. » La saison des pluies est, en effet, à peu près terminée et une averse survenant alors n'a pas grande importance pour le développement ultérieur des végétaux : *Per Pentacosta, la renda creis o diminua d'una crosta* **. Il faut dire qu'en ce qui concerne la plupart des plantes cultivées, le cycle végétatif est déjà assez avancé pour que l'évolution soit irréversible. Ainsi peut se traduire le proverbe : *Per Sant-Joan, los ceses veno blancs* ***.

La pluie devient alors néfaste : *Plueja de Sant-Joan, leva lo vin et lo pas* **** Ah ! saint Jean-Baptiste ! Avec lui c'était une sorte d'apothéose.

Avec l'avancée du printemps, les bergers lorgnaient de plus en plus souvent vers les asphodèles. A l'extrême pointe de la hampe, les dernières corolles achevaient de se faner tandis qu'au-dessous les premiers fruits se formaient.

* Pour la Sainte-Croix, plante les oignons et sème les courges.

** Pour Pentecôte, la récolte augmente ou diminue de l'épaisseur d'une croûte.

*** A la Saint-Jean, les pois chiches blanchissent, autrement dit, ils approchent de leur maturité.

**** Pluie de Saint-Jean supprime le vin et le pain.

C'était le moment crucial : Y en avait-il ? Peu ou beaucoup ? S'ils se montraient en nombre, les brebis auraient du lait.

A partir de juillet, proverbes et dictons se raréfient pour reprendre en septembre, époque où l'on commence à supputer ce que sera l'hiver. Une remarque importante au 15 août : *La peira rebanhar dejos* *.ce qui laisse présager l'approche des pluies. Si elles surviennent dès avant le 15 et en quantité suffisante, les chercheurs de truffes peuvent espérer une récolte satisfaisante. Encore deux semaines et pronostics et conseils s'en donnent à cœur joie. S'il pleut abondamment entre les deux foires du Vigan (9 et 22 septembre) les châtaignes sont abondantes et de qualité, alors disparaît le spectre de la disette pour les mois à venir. C'était d'autant plus important que le froid ne tarde pas à s'annoncer : « *Per Sant-Lue* (18 octobre) *neir per truc, per Totsants neu per camp* **. Octobre à ses débuts est le temps idéal des semailles : semer à la Saint-François (4 octobre) c'est pouvoir espérer qualité et quantité. Si Saint-Denis (9 octobre) est mouillé, l'hiver est germé.

Avec Sainte-Catherine, c'est l'apothéose ! Le 25 novembre est, avec le 24 juin, le grand repère, comme on a pu le constater au fil des pages. Un ultime conseil : il faut alors aller moudre le grain au moulin de la Vis ou de l'Arre, pour Saint-André (30 novembre) le bief est gelé. Après avoir cueilli les olives, préparé la farine, repiqué, transplanté, le Caussenard peut connaître un repos relatif.

* Le dessous des pierres est humide.

** A la Saint-Luc, la neige apparaît sur les cimes et à la Toussaint elle recouvre les champs.

ANNEXE II

Catholiques et protestants

Ainsi la nouvelle religion ne remonta pas en amont de Madières, dans la vallée de la Vis, sans doute par suite de la difficulté des communications, par suite aussi de l'attitude des seigneurs locaux et, enfin, en raison de l'emprise profonde des moines de Saint-Guilhem sur Navacelle et les alentours dont ils possédaient terres, moulins et habitations.

Dès la fin XVIe siècle, une cassure s'était opérée entre les deux blocs : celui du plateau fidèle aux pratiques ancestrales et celui de la périphérie convertie aux idées nouvelles. Une différenciation des mentalités et des comportements allait en résulter.

Est-ce à dire que la froide rigueur du raisonnement pouvait anéantir à jamais la somme des croyances relatives aux forces mauvaises et à leurs antidotes en tout genre ? Je ne le pense pas. Placé en position d'étroite dépendance vis-à-vis d'une nature hostile, le paysan devait être tenté — face à une situation délicate — de revenir aux anciens usages. Il lui fallait simplement agir en cachette de tous ses coreligionnaires et de faire chorus quand ceux-ci exhalaient leur réprobation à l'égard des coupables d'idolâtrie... J'en ai eu des preuves, à propos des vers à soie et des feux de la Saint-Jean.

Dans les paroisses, les pratiques religieuses étaient surtout animées par les confréries dont la fondation résultait souvent d'une mission. En 1716, à Alzon, fut ainsi établie une confrérie de Pénitents blancs qui eut bientôt sa propre chapelle construite à la corvée, et déploya beaucoup de zèle lors des cérémonies et pèlerinages locaux. Comme il existait en outre une confrérie du Saint-Sacrement et une du Rosaire, l'entente ne régnait pas toujours entre les membres qui ne craignaient pas de s'injurier ou d'en venir aux mains. Quant aux discussions avec le curé, elles étaient parfois orageuses et l'autorité épiscopale devait intervenir pour ramener le calme et la dignité.

Un excellent raccourci de la vie paroissiale au XVIIIe siècle sur le Causse est fourni par la conclusion de la visite épiscopale à Campestre, en date du 15 septembre 1787. Il convient tout d'abord de noter que l'évêque fut accueilli par le prieur La Pomarède, lequel devait être venu tout exprès, car la quasi-totalité des actes de l'état civil portait la signature du vicaire Mazel. Donc La Pomarède se vit écrire par son supérieur d'effectuer les réparations nécessaires au bâtiment et même de « redresser la croix du cimetière sur son piédestal », d'acquérir rituel, linge d'autel, etc. et de ne pas oublier d'envoyer chaque année « l'état de la recette et de la dépense du bureau de charité et un double du tableau des fondations » qu'il était « chargé d'assurer », mais c'est la conclusion qui offre le plus d'intérêt : « Exhortons les fidèles à éviter avec soin les danses et les cabarets, à s'approcher des sacrements et se sanctifier les jours de dimanche et fêtes en s'abstenant de toute œuvre servile. Recommandons aux pères et mères d'envoyer exactement leurs enfants et domestiques aux catéchismes, offices et instructions de la paroisse, d'y assister eux-mêmes avec assiduité et édification. Approuvons et confirmons la confrérie du Saint-Sacrement. Au prieur d'y maintenir l'ordre et la régularité. »

Si certaines églises du Causse bénéficiaient d'un entretien à peu près correct, d'autres tombaient en ruine. En 1688, Mgr de Saulx (qui devait être le premier évêque du diocèse d'Alès créé pour amener les nouveaux catholiques à l'obéissance), visitant Saint-Félix-de-Rogues, avait trouvé les murailles en fort mauvais état. Elles n'étaient « ni crépies au-dehors ni enduites au-dedans ». La toiture devait être réparée d'urgence. Il n'existait alors ni chaire ni fonts baptismaux. Quant à l'autre église, Saint-André, elle n'était plus qu'une « vieille masure ».

En 1723, à l'occasion d'une autre visite, il fut constaté que le bâtiment n'avait subi aucune réparation, malgré les ordres donnés. Le cimetière restait « non clos et livré au bestail ». Evidemment, l'entretien nécessitait de grosses sommes et les seigneurs se contentaient de maintenir en état leurs propres chapelles. A Vissec, elle servait pour tous les paroissiens et il semble qu'il ait dû en aller de même pour celles des châteaux de Rogues, de Montdardier ainsi que celles du Salze et du Luc sur le Causse du Campestre. L'entretien de la chapelle rurale de Saint-Christophe, en bordure d'une importante voie passant par le Causse et la vallée de l'Arre, était assuré par le propriétaire de la ferme des Trestoulières.

Attirer les villageois à la chapelle du château pour y entendre les offices présentait aux yeux du seigneur un double avantage : surveiller le comportement de ses vassaux et bien montrer au curé qu'il était sous sa dépendance. Cette pratique entraînait l'abandon de l'église où, très souvent, les chapelles fondées par les nobles étaient dans un état lamentable. Ainsi, après sa visite à Campestre du 25 septembre 1738, l'évêque d'Alès écrivait-il au curé : « Nous ordonnons [...] que la chapelle qui est au bas de l'Eglise du côté de l'Epitre appartenant au sieur de Graille* sera entièrement pavée, que l'autel [...] sera orné d'une manière convenable et qu'il y sera fourni toutes les choses nécessaires pour y pouvoir dire la messe avec la décense requise

* La famille de Graille qui possédait l'important domaine de Lamanderie, sur le Causse de Campestre, était parmi les principales de la région. C'est un de Graille qui avait dirigé la restauration des remparts de la Couvertoirade.

faute dequoy ladite chapelle sera déclarée libre pour être concédée à qui voudra l'orner [...] » Le délai accordé était de 3 mois. Aucun acte ultérieur ne nous permet de savoir si le sieur de Graille obtempéra...

Les évêques furent contraints de limiter la célébration des offices dans les chapelles privées. En 1838, l'évêque de Nîmes donna satisfaction à une demande visant à la célébration de la messe dans la chapelle du château de Rogues ; mais il précisa les limites de l'autorisation : « [...] ne s'étend ni aux dimanches, ni aux fêtes ; il ne sera placé dans la chapelle ni confessionnal, ni grille et il est expressément défendu d'y entendre les confession [...]. » De plus, sauf dérogation spéciale, seul le prêtre de la paroisse pouvait y officier.

Quant à l'influence des nobles sur le clergé rural, elle constituait une véritable mainmise. Bien souvent, les visites épiscopales étaient motivées par le désir de se débarrasser du prêtre en exercice dans la paroisse. Nous avons lu ce que l'évêque d'Alès écrivait au prieur de Campestre après sa visite du 15 septembre 1787. Le même jour, il s'était rendu dans deux autres paroisses distantes de quelques kilomètres : Le Luc et Alzon. Que s'y passa-t-il exactement ?

Le 22 novembre, une lettre partait d'Alzon. En voici un extrait : « [...] tout le pays alzonnais est dans le bouleversement depuis la visite de Mr l'évesque d'Alais, les plaintes portées contre le curé furent renouvellées avec le plus grand acharnement et le nigau fut se cacher dans son lit au lieu de se deffendre et perdit par conséquent sa cause. Mr l'évesque rendit de suite une ordonnance qui l'envoye pendant trois mois au seminaire pour y apprendre les devoirs de son etat on dit meme que ce prélat n'entend pas en rester la et qu'il est decidé à lui faire son proces s'il ne se decide pas à quitter le pays. »

« Mr le curé du Luc n'a pas été finalement si malheureux il n'y eut point de plaintes comme tu le sens bien de la part des paroissiens et par consequent point d'ordonnance de visite contre lui [...]. Mais comme les personnes puissantes du voisinage s'étaient plusieurs fois plaintes de son obstination à ne pas quitter le séjour d'Alzon, il fut très violament admonesté de vive voie et on lui notifia que si dans peu de jours il ne se fixait dans sa cure on enverrait sans faute un procure a Luc d'après les menaces il est tout decidé a permuter cette cure et les choses en sont bien avancées et cest Mr le Prieur de Saint-Pierre de Lodève pretre que vous connoissez particulièrement en sorte que nous sommes bien assurés de ne pas perdre au change... »

A XIXe siècle, les nobles conservèrent leur suprématie. Dans la nuit du 17 au 18 janvier 1840, des voleurs s'étant introduits dans l'église de Rogues, ils dérobèrent les vases sacrés et le contenu du tronc. Si les pièces de monnaie ne représentaient pas une grosse perte, il en allait tout autrement avec le calice et le ciboire. L'abbé Marquès et le conseil de la fabrique se demandaient bien où trouver l'argent pour les remplacer. Ils auraient pu demander au marquis de Ginestous ; mais le bonhomme était connu pour son avarice. Après mûre réflexion, Marquès s'en alla quand même frapper à la porte du château. A la rigueur M. le Marquis pourrait bien prêter ceux de sa chapelle. Il n'en était pas question ; mais puisque lui seul pouvait résoudre le problème il allait prouver qu'il s'en chargerait et sans bourse délier. Il écrivit tout simplement à la Reine qui lui fit expédier un mandat de 200 F « à son ordre ». Après cela, curé, maire et fidèles pouvaient bien comprendre qu'il valait mieux plier devant lui. Quant aux auteurs du vol, découverts un peu plus tard, ils furent exécutés à Nîmes, ayant commis un crime impardonnable.

Le temps passait avec son cortège de misères, de calamités naturelles entraînant la famine, des épidémies comme la peste, des différends entre paysans et seigneurs. Les Caussenards ne s'inclinaient pas plus devant les prétentions injustifiées des nobles que des ecclésiastiques, en matière de dîme. Droit de champart et autres sur les récoltes devaient être perçus selon les usages en vigueur, sinon appel était lancé aux juges et bien des fois le pot de terre l'emportait sur le pot de fer.

On pourrait donc croire que les Caussenards, invités à rédiger des cahiers de doléances, en aient profité pour clamer leurs griefs. Il n'en fut rien. La lecture de ces pages montre que, fort embarrassés, ils se contentèrent de choisir la solution la plus simple. Ils se rallièrent aux conclusions formulées dans les cahiers du Vigan auxquelles ils ajoutèrent un bref alinéa relatif à la stérilité du pays. Cet additif laisse l'impression d'un pensum qu'il était impossible d'esquiver et que l'on rédigea sans enthousiasme et sans illusion quant à sa portée.

La méfiance à l'égard de cette innovation n'est pas sans rappeler l'attitude vis-à-vis de la Réforme. A l'assemblée représentative, tenue à Nîmes en 1793, aucune des communautés caussenardes n'envoya de député. Déjà, en 1790, quand avait été formée l'administration du district du Vigan, aucun Caussenard ne figurait parmi les membres. A l'exception d'Arnal, d'Alzon, tous étaient de purs Cévenols...

Comment fut accueillie l'annonce de la Constitution civile du Clergé ? Je n'ai retrouvé aucun témoignage écrit, sauf celui concernant le passage au Vigan du curé de Montdardier qui fut insulté par une bande de gosses. Quant à l'attitude des curés, elle varia selon les paroisses et même selon les individus. On compte cinq prêtres schismatiques et cinq hostiles au serment pour l'ensemble du Causse. Parmi ceux qui refusèrent d'obéir, se trouvaient deux vicaires : celui de Montdardier, Alban Jonquet, et celui de Blandas, Simon Masclès. L'un et l'autre quittèrent la France pour l'Espagne en septembre 1792, du moins si l'on en croit les documents officiels car nombreux furent les prêtres — comme l'assure la tradition orale — qui se cachèrent aux alentours et assurèrent leur ministère plus ou moins clandestinement. Il en alla sans doute ainsi pour les desservants de Campestre et du Luc.

Le cas de J.-F. Pascal, curé de Rogues, qui prêta le serment, est assurément le plus curieux. Venu du diocèse de Vabres, en 1766, il avait succédé à un vieux prêtre et, au moment où la Constituante décida de s'occuper du clergé, il aspirait à quitter une cure aux trop modestes revenus de 845 livres. Il visait celle de Saint-Laurent-le-Minier beaucoup plus importante et dont le presbytère devait être aussi plus confortable.

Le 6 février 1791, il prêta le serment et demanda son changement. Pendant plusieurs mois, sa situation demeura assez ambiguë, car le procès-verbal de son serment ne fut envoyé au Directoire que le 12 juillet. Le 10 octobre suivant, l'assemblée électorale, au lieu de le nommer à Saint-Laurent, lui octroya Le Vigan, dont un vicaire fut désigné pour Saint-Laurent. Pascal, transporté de joie, remercia l'assemblée de l'honneur qui lui était réservé ; mais après réflexion, l'enthousiasme de la première heure disparut. Habitué à un ministère rural, en milieu catholique, donc de tout repos, il dut penser qu'au chef-lieu les choses ne seraient pas aussi faciles et il tenta de gagner du temps.

Sommation lui ayant été notifiée par huissier de prendre possession de son nouveau poste, il écrivit au président de l'assemblée le 8 novembre : « [...] après avoir réfléchi et mûrement réfléchi je me sens toujours plus insuffisant à ajouter un poids aussi grave que la cure du Vigan au poids de mes 69 ans [...]. Bientôt, Messieurs, je serai au nombre des inutiles et, par conséquent, un objet de surcharge à la nature, étant placé hors de ma sphère, tandis que sur un petit théâtre je puis servir encore quelques années. Vous savez qu'un vieux arbre transplanté ne manque pas de dépérir. »

Le serment n'avait pas été inutile. Le curé se trouvant en règle avec la République, l'église de Rogues continua à servir à l'exercice du culte catholique, comme en témoigne un écrit de 1797, tandis que Pascal, renonçant à son ministère, épousa une de ses ouailles et devint l'instituteur du village, oui « l'instituteur », comme il est indiqué sur son acte de décès et comme il en résulte d'une délibération municipale du 20 vendémiaire an 11 : « Depuis l'an mil sept cent huitante neuf, le citoyen feu Pascal a joui de tout le local et jardin ... qu'étant salarié par la nation et payé par la commune comme instituteur, il sera tenu de payer lui *(sic)* ou ses représentants la somme de 100 F par an pour la rente de la maison ou jardin [...] » Que se passa-t-il alors ? Je ne suis jamais parvenue à le savoir exactement. Toujours est-il que, pendant près de quarante ans, les prêtres se succédèrent à une allure record, certains refusant même le poste et créant ainsi des vacances prolongées.

Il n'est pas interdit de penser qu'il s'agit là de remous consécutifs aux troubles de cette période dont témoignent les attaques perpétrées contre les châteaux. Ces attaques avaient pour principal objectif la destruction des titres de féodalité. Le 4 avril 1792, une trentaine d'hommes avaient pénétré dans le château de Montdardier. Le directoire du district mis au courant envoya 25 dragons et 30 gardes nationaux du Vigan qui arrivèrent sur les lieux le lendemain matin. Peu après des gens du village et des environs, au nombre approximatif de 1 200, chassèrent la troupe, brisèrent la vaisselle, jetèrent les meubles par les fenêtres, incendiant des amoncellements de boiseries, puis le château lui-même. Les dégâts furent évalués à 30 000 livres.

LEXIQUE

A

Aija Bolhida : soupe obtenue à partir d'eau salée dans laquelle on fait bouillir de l'ail coupé menu, du thym ou de la menthe. Après ébullition le liquide est versé sur des tranches de pain arrosées d'une cuillerée d'huile d'olive.
Airièr : tamis à fond d'osier fin.
Alifo : du verbe alifar, se peigner avec grand soin.
Amarine : saule.
Ampoletas : valérianelles.
Aplechaire : jouattier.
Apodonit : soigné.
Aret : bélier.
Arjalas : variété de genêt.

B

Balandran : marieur.
Balet : terrasse couverte.
Banasta : grande corbeille en éclisses de châtaignier que l'on employait pour transporter les produits de la terre.
Barrada : longue barre suspendue à une poutre par deux cordes et qui supportait les tours de saucisses et les saucissons de la fabrication au séchage. Ce même mot désigne aussi l'ensemble des saucisses et des saucissons.
Barralièr : tonnelier.
Bélem : peut-être.
Belho : lucarne du grenier.
Bestalhieras : qui aime et connaît les bêtes.
Bigot : pioche à deux longues pointes.
Biscotin : petit biscuit sec.
Blet : rumex.
Borda : fétu de paille.
Bondon : tonneau en paille tressée.
Borbolhadas : plats d'herbes.
Boriaires : fermiers, tenanciers.
Bòrias : fermes, exploitations agricoles.
Borieta : petite exploitation.
Bortolaigo : pourpier.
Bralhas a la fendiscla : culottes fendues.

Brèudi : laitue vivace.
Bricolaire : bricoleur dans le sens d'incapable.

C

Cabrat : troupeau de chèvres.
Cabridelas : fruits de buis.
Caïrissa : ce terme, formé à partir de la racine « *car* » (la pierre) désigne un lapiaz, c'est-à-dire une étendue couverte de blocs burinés, séparés par des intervalles plus ou moins profonds, l'ensemble résultant de l'érosion et de la corrosion. Il existe trois formes de lapiaz sur le Causse de Blandas.
Calhòls : résistant, dur, ferme.
Calocès : tiges dégarnies.
Camp des ases : champ des ânes.
Campaneta : clochette.
Cap de jovents : conscrits.
Capelan : curé.
Caraque : bohémien.
Cardosset : chardon des champs.
Cavilhada : bourrelet en chiffons tressés avec de la ficelle.
Cessa (la) : rente servie en argent ou en nature au propriétaire foncier par le tenancier d'une terre. Elle correspondait à la censive liée au bail à locatairie perpétuelle ou bail emphythéotique.
Chabrot : soupe allongée d'un verre de vin.
Chicoreiàs : léontodons.
Clapasses : amoncellements de blocs de toutes dimensions réalisés lors de l'épierrement des champs et même des pâturages.
Clapetas : petite cloche que l'on emploie pour les jeunes moutons.
Clavier : châtelaine, sautoir à gros chaînons.
Coca : sorte de *fogassa* mais présentée en plaques rectangulaires composées de portions individuelles.
Colle : équipe de saisonniers comportant cinq à vingt ouvriers.
Communa : commune.
Conco : creux.
Cotilhon : cotillon.
Cocir : couper les rameaux du buis.
Coirassa : marmite en cuivre contenant plusieurs dizaines de litres.
Cojal : étui en bois pendu à la ceinture.
Comedia : comédie.
Corduriéra : couturière.
Correja : fouet.

Cotelado : tonte en lames des moutons.
Crédença : crédence.
Crès : affleurement de la roche en place.

D

Davalarem : nous descendons.
Dalha : faux armée.
Dralhaus : grosses cloches pour les moutons effectuant la transhumance.

E

Embut : entonnoir.
Engarafataver (s') : s'étouffer, se bloquer.
Ensalado a la bròca : salade à la bûche, laiteron.
Escala : échelle.
Escaufa-lièch : bassinoire.
Espère : petite construction circulaire à pierre sèche où les chasseurs se tenaient à l'affût.
Espoudasser : supprimer les bois inutiles, élaguer les sarments.
Esquilièr : fabricant de cloches pour ovins.
Estamaire : étameur.
Estive : séjour estival en montagne.
Eune : lierre.

F

Faire la dralhe : les dralhes sont des chemins empruntés par les troupeaux lors de leurs déplacements. Ces voies — très anciennes — font l'objet de règlements très précis faisant partie des usages locaux.
Fairé los botels : faire les mollets.
Fedas : brebis.
Flasco : bouteille plate contenant un mélange d'eau et de vin.
Fogassa : sorte de brioche en forme de couronne.
Foliéta : un demi-litre.
Forcat : fourche métallique.
Fornièra : personne qui enfourne le pain.
Franchiman : français plus ou moins teinté d'occitant.

G

Galha : graisse du cou de porc.
Garbièras : Meule de gerbes édifiée en bordure de l'aire de battage.

Gleizette : petite église.
Gorgò : cuvette creusée dans l'argile.
Gostar : déjeuner.
Gostassor : goûter.
Gota : goutte dans le sens de liqueur de ménage.
Grapies : grains non décortiqués, criblures.
Gruech : gerbe après le dépiquage, donc dépourvue de grains.

J

Jacquou : il s'agit du bouc qui accompagnait traditionnellement le troupeau d'ovins dont il assurait la protection symbolique, jouant ainsi le rôle de bouc-émissaire.
Jas : gîte.
Jasse : bergerie.
Juèrs : rameaux.

L

Lauza : pierre plate.
Lavagne : mare aménagée par l'homme. A noter que sur les Grands Causses on dit « Lavogne » et non « Lavagne ».
Lapin de pouor : filet de porc.
Lo camin dels mòrts : le chemin des morts.
Lo manit : le petit.
Lumagnou : lampe à huile.

M

Magnans : vers à soie.
Marcas : marques, entailles sur une latte de bois attestant d'un achat.
Martelet : petit marteau ; jeu qui consiste à heurter une porte ou des volets avec une pierre fixée au bout d'une longue ficelle actionnée à distance.
Masage : hameau.
Masc : envoûteur.
Matelota : cache-corset.
Mènaires : animaux à la tête d'un troupeau ; ils doivent entraîner derrière eux le gros du troupeau et ont déjà fait le chemin plusieurs fois.
Merluça burrada : brandade de morue.
Mestre d'escòla mestra : instituteur, institutrice.
Molin : moulin.
Molon : tas de grains et de vannes.

Mondaire : crible en peau de porc.
Montem : nous montons.
Moscas blancas : flocons de neige.
Monsur : monsieur.

N

Novi : le marié.
Novia : la mariée.

O-P

Ostal : maison.
Padenada : poêlée de boudins.
Palhasson : récipient.
Pairòl : grand chaudron.
Pastièra : pétrin.
Patas de galinas : pimprenelle.
Pomola : variété d'orge à deux rangs.
Pausas dels mòrts : pauses des morts.
Pegòt : cordonnier.
Pélardons : petits fromages obtenus à partir de lait de chèvre ou de brebis soumis à un affinage prolongé après séchage, en d'autres endroits *pèrals.*
Perusses : poires sauvages.
Perussiers : poiriers sauvages.
Polses : vannes.

R

Raissés : découpes en lames de la toison des moutons.
Ramassés : fagots de ramée destinés à l'alimentation des troupeaux pendant la mauvaise saison.
Raméjaient : enlever les feuilles de muriers ou d'ormeaux pour la nourriture des animaux domestiques tels que le porc.
Recate : ensemble des plats préparés en vue du repas.
Rèire grand : arrière grand-père, de façon plus générale un ancêtre plus ou moins lointain.
Repontchons : raiponces.
Ressa : disposition des gerbes sur deux rangs.
Restol : chaume.
Rebarba : fromage très fort, mou, de teinte brunâtre, peu appétissant, obtenu en mélangeant des débris de roquefort avec du caillé, le tout assaisonné de poivre, de girofle, d'eau-de-vie et conservé en jarre de terre durant plusieurs mois.

Rosèlo : coquelicot.
Rosselo : pièce d'or.
Rossinhol : rossignol.
Ropilhas : vieilleries.
Ruscaïre : écorceur. A la morte saison, les journaliers s'en allaient en garrigue pratiquer l'écorçage des chênes verts.

S

Sambuc : sureau noir.
Sagna : saigner.
Sanaïre : saigneur de cochons.
Saussòla : trempette.
Saqueta : petit sac.
Sòna : pièce de deux sous.
Sot : dépression arrondie propre aux cultures.
Soupar : dîner.
Sota : porcherie.
Sornetas : sornettes.
Susari : suaire.

T

Tabletas : bonbons plats.
Taparel : petit bouchon.
Térra grépia : picridium.
Tessia : casse-croûte.
Tuovèrme : tue-vers, il s'agit ici d'un alcool.
Topins : petites jarres, saladiers, grandes bassines.
Tortièra : moule à tarte muni d'un manche.
Trescòla : passe d'un versant à l'autre de la colline à la faveur d'un col.

V

Valat : ruisseau à sec.
Ventadon : fourche plate à trois lames.
Vergonhosa : « vergogneuse ».
Verquièra : fille bien dotée, dot.
Violonaire : violoneux.
Vota : fête patronale, fête locale.
Volant : grande faucille.

Table des matières

Ouvrage réalisé en photocomposition
par l'Imprimerie BUSSIÈRE
et imprimé sur presse CAMERON
dans les ateliers de la S.E.P.C.
à Saint-Amand-Montrond (Cher)
en août 1989

ISBN 2-228-88201-1

— N° d'impression : 8978-1452. —
Dépôt légal : septembre 1989.

Imprimé en France